ANGÉLICA LOPES

— ROMANCE —

A MALDIÇÃO DAS FLORES

O destino de sete gerações de mulheres traçado pelos fios da renda

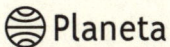

Copyright © Angélica Lopes, 2022
Copyright © Editora Planeta do Brasil, 2022
Todos os direitos reservados.

Preparação: Ligia Alves
Revisão: Laura Folgueira e Elisa Martins
Projeto gráfico e diagramação: Negrito Produção Editorial
Imagens de miolo: baseadas em ilustração de Ajuga/istockphoto
Capa: Filipa Damião Pinto | Foresti Design
Imagens de capa: Sveta_Aho/istockphoto

DADOS INTERNACIONAIS DE CATALOGAÇÃO NA PUBLICAÇÃO (CIP)
ANGÉLICA ILACQUA CRB-8/7057

Lopes, Angélica
　　A maldição das Flores/ Angélica Lopes. – São Paulo: Planeta do Brasil, 2022.
　　256 p.

ISBN 978-65-5535-731-8

22-1634　　　　　　　　　　　　　　　　　　CDD B869.3

Índice para catálogo sistemático:
1. Ficção brasileira

Ao escolher este livro, você está apoiando o manejo responsável das florestas do mundo

2022
Todos os direitos desta edição reservados à
Editora Planeta do Brasil Ltda.
Rua Bela Cintra, 986, 4º andar – Consolação
São Paulo – SP – 01415-002
www.planetadelivros.com.br
faleconosco@editoraplaneta.com.br

Para
LYGIA, HILDA, CELINA *e* SONIA,
que vieram antes.

Para
GABRIELA,
que veio junto.

Para
CECÍLIA,
que veio depois.

I

Sempre foi um ato de rebeldia, ainda que invisível.
Sabíamos que havia um risco no que fazíamos, e talvez fosse justamente o perigo de sermos descobertas, mesmo que pequeno a princípio, mesmo que pouco evidente aos olhos de todos, entrelaçado nos fios dos desenhos da renda que tão discretamente exibíamos em nossos lenços e véus, que fez crescer em nós a ousadia para nos arriscarmos mais e mais.

Não éramos todas parentes, mas estávamos unidas pela arte de combinar linha e lacê e transformá-los em padrões únicos. Aqui, neste pedaço de terra onde pequenos detalhes importam mais do que grandes acontecimentos, onde o chão de barro é tão marcado quanto o rosto de minha Tia Firmina – ambos esculpidos pelo tempo e pelas mágoas –, onde o destino das mulheres é reto e seco, tal qual um avesso imperfeito da única trama guiada exclusivamente pela nossa vontade: a renda. Já que os demais caminhos não nos pertenciam por inteiro.

Quem nos tornou senhoras desse saber foi minha amiga Vitorina, que, do alto de uma escada, espiou o segredo que viera da capital.

— O que fazes aí, menina? — Dona Hildinha perguntou, quando viu a filha espiando pelo vão do telhado do quarto de hóspedes.

— Me deixe, minha mãe, que estou a aprender algo que há de ser de grande valia.

Graças à curiosidade de Vitorina, a técnica de renda que havia séculos enfeitava altares na Europa, segredo de claustro, conhecido apenas pelas freiras dos conventos das grandes cidades, veio se firmar em nossa Bom Retiro.

Coisa do acaso, fio solto do destino, trazido pela prima de uma prima de outra prima de Vitorina, que, depois de ter seu segredo roubado, nunca perdoou minha amiga pela deslealdade.

A moça trabalhava como ajudante de cozinha de um convento de regras muito severas. Após anos de bons serviços, ganhou a confiança das religiosas, que lhe ensinaram a arte de rendar. Primeiro, ainda desconfiadas, as freiras lhe passaram apenas os pontos básicos, e só mais tarde, depois de muito observar a firmeza do caráter da moça e considerá-la merecedora de crédito, lhe mostraram os pontos mais elaborados.

A parenta de Vitorina tinha "mão de renda", como se dizia, e sabia ser discreta, qualidade indispensável para as detentoras daquele segredo. Quando, na ocasião da época das festas de fim de ano, a moça avisou que iria partir para visitar parentes no interior, as freiras lhe aconselharam:

— Se fores rendar lá na tua terra, ponha-te longe da vista de todos.

Sempre respeitosa com as superioras, a moça obedecera à determinação. Para manter-se fiel à promessa feita diante dos santos, aquela prima de uma prima de outra prima de Vitorina rendava apenas quando estava sozinha no quarto de hóspedes, tendo apenas uma vela de sebo amarelado para lhe iluminar o trabalho.

Mas lá no alto da escada, decidida a descobrir o que a parenta tanto fazia naquele cubículo de janelas fechadas com o sol a pino, Vitorina espiava.

Tanto espiou que conseguiu memorizar cada movimento.

Curvada sobre uma almofada em forma de rolo, a hóspede trançava linhas que se transformavam em desenhos compostos pelos mais variados pontos.

Dois amarrados, vassoura, torre, nervura. Aranha, lua, pipoca.

Pôr do sol, amor seguro e – o meu ponto preferido – o ponto fundo de balaio, que me encantava não tanto pela forma, mas pelo nome, que parecia oferecer, ao mesmo tempo, uma ameaça e uma promessa. Espaço inexplorado, desconhecido, que pode significar sorte ou revés, moeda de prata ou escorpião, qualidade só revelada aos que têm coragem de se arriscar e meter a mão em seu interior.

É verdade que os pontos não se chamavam assim na época. Chegaram aqui no vale do rio Pajeú com nomes estrangeiros, dos quais nunca tomamos conhecimento. Mas, conforme nos acostumávamos a eles, fomos identificando suas semelhanças com as coisas do mundo e batizando um a um, como se fôssemos suas donas desde sempre.

Nas tardes em que passava debruçada sobre minha almofada, eu tentava imaginar que nome daria a um ponto se, por acaso, inventasse algum. Não que eu tivesse tal ambição. Mas, num momento de desatenção, a agulha embola no fio, entra por onde não devia entrar e lá está: um novo ponto passa a existir.

Seria, então, o primeiro ponto nascido nesta terra quente e não na terra estrangeira de onde vieram os primeiros, a um mar de distância deste sertão, trazidos pelas freiras e espiados por Vitorina do alto da escada.

Ponto riacho, ponto orvalho, ponto alvorecer.

Eram os nomes que eu havia secretamente escolhido para batizar meu primeiro ponto, que talvez nunca fosse inventado. Filho da caatinga de altitude, região onde também nasceu Virgulino, que, naquela época, no ano da graça de 1918, ainda estava se iniciando na vida de crimes e de quem só ouviríamos falar em Bom Retiro anos depois. Uma história de homens, ruidosa, tão diferente da nossa, que se deu de forma quase imperceptível, entre silêncios e sussurros.

Sempre acreditei que, quando pusesse os olhos em meu ponto inventado, saberia com que coisa do mundo ele se pareceria. Tal qual as mães fazem com os filhos. As que não o fazem se arriscam a dar ao rebento um nome que não era para ser dele. Escolhe-se Nonato em homenagem a um avô e o menino teima em se parecer com Casemiro para o resto da vida. Daí a profusão de apelidos no mundo. Afinal, são as coisas que escolhem seus nomes, e não as gentes.

Assim que a prima de uma prima de outra prima de Vitorina voltou para o convento, o segredo espiado pelo vão do telhado foi passado a quem se dispusesse a aprender. Em pouco tempo, um pequeno grupo de mulheres, no qual eu me incluía, passou a se reunir diariamente para tecer toalhas, centros de mesa, panos para bandejas e guardanapos muitíssimo refinados.

Não demorou para que uma de nossas peças chegasse à capital, como um presente oferecido a uma dama de boa família, que mostrou o trabalho para outra dama de boa família, que, por sua vez, entre um sequilho e uma queijadinha à mesa do chá, mostrou para outra dama de boa família.

— Percebem a perfeição? Veio de um cafundó perto de Serra Talhada, mas parece feito na Europa. Será que há algum meio de encomendar?

As encomendas foram logo arranjadas.

Quando damas de boa família demonstram interesse por algo, sempre há quem aproveite a oportunidade para lhes facilitar a vida e tirar o seu quinhão.

Semanas depois, chegava à nossa cidade um senhor de terno escuro, suando mais do que os homens da terra e anunciando seu intuito de comprar nossa produção a um bom preço para nós e para ele.

Tia Firmina ficou responsável por tratar com o homem. Por ser a mais velha do grupo e por não ter filhos que lhe roubassem o tempo, podia dedicar suas horas a anotar os pedidos e fazer a contabilidade das vendas para depois repartir o ganho igualmente entre nós.

— Se não fosse por mim, esse sujeito passaria a perna em todas. Queria levar uma toalha de festa por uma ninharia, veja que patacoada. Sorte que eu estou aqui para defender nossos interesses — se gabava.

Quando as primeiras moedas trazidas pelo homem de terno escuro foram postas sobre a mesa, ficamos absortas a admirá-las por um momento que nos pareceu eterno.

Era como se não nos pertencessem. Itens de museu, com placa de "Favor não tocar" abaixo.

— É tudo nosso? — Vitorina perguntou, como se não acreditasse.

Até então, rendar era apenas um passatempo para nossas tardes quentes.

Algumas rendavam para si mesmas, criando vestidos para bailes que nunca aconteciam em nossa cidade.

Outras faziam colchas para o enxoval de um casamento que ainda não fora arranjado.

A exceção era Tia Firmina, que se dedicava a tecer sua própria mortalha.

— Entrarei no paraíso com a elegância que Nosso Senhor Jesus Cristo merece — anunciava, nos parecendo ansiosa demais por um momento que todos tendem a adiar.

Até onde sabíamos, dinheiro era um assunto exclusivo dos homens, que trabalhavam a terra e cuidavam do gado. Fossem patrões, donos das terras ou donos do gado. Fossem homens da lida, capangas ou mascates. Fossem nossos maridos, pais ou irmãos. O dinheiro era sempre deles.

Nós, mulheres, éramos apenas quem lhes tirava a mesa ou quem ordenava que outras mulheres lhes tirassem a mesa. Era o sobrenome desses homens, registrado em nossas certidões de nascimento e casamento, que determinava nosso lugar no mundo.

Era assim com a maioria, menos com a minha família.

Muitos acreditavam que as Flores carregavam uma sina, vítimas de uma maldição proferida por uma cigana em tempos passados. Mas, para nós, viver sem homens à nossa volta era apenas a vida como nos fora apresentada.

"Eles não duram tanto, coitados", minha mãe explicara a mim e à minha irmã, saudosa de meu pai, morto antes dos trinta e cinco, vítima de impaludismo.

Ela o amara profundamente, assim como amara seu pai, meu avô, e depois seu filho, meu irmão caçula, que não chegou a completar um ano de vida.

Minha mãe fora ensinada por sua mãe, que, por sua vez, também fora ensinada por sua mãe, que os homens da nossa vida estariam sempre de passagem, visitas apressadas que já chegam avisando que não vão se demorar. No máximo, um café, obrigado, já pegando o chapéu para sair.

Casavam-se conosco, nasciam de nossos ventres, mas, com o passar de alguns anos, simplesmente partiam, preocupados com o compromisso importante que teriam em seguida. Morriam de morte morrida, de morte matada, por desavença ou febre alta. Morriam novos, alguns na meia-idade, mas jamais víamos seus rostos enrugados e seus cabelos embranquecidos pelo tempo.

Como boas anfitriãs de suas existências, sabíamos ser nosso dever deixá-los o mais à vontade possível durante sua passagem por este mundo e fazer as despedidas mais afetuosas quando a hora derradeira chegasse. Por saber que o encontro seria breve, uma saudade já começava a nos atravessar o peito no momento em que os conhecíamos.

Quando minha mãe beijou meu pai pela primeira vez durante uma Festa de Santa Águeda, o encanto pelo rapaz surgiu entrelaçado à angústia de saber que os dois, ao darem o primeiro beijo, teriam um beijo a menos do total não muito extenso de beijos que lhes fora destinado. Ela precisava aproveitá-los intensamente.

Com a mesma naturalidade com que lidávamos com suas chegadas, no momento em que colocávamos uma rosa branca sobre suas lápides, tratávamos de arrumar a casa para a chegada da próxima visita. Logo se iniciaria um novo ciclo, que terminaria numa partida tão prematura quanto as anteriores. Acostumadas àquele modo de viver já tão conhecido, não sofríamos nem questionávamos o porquê daquele destino, chamado pelo povo de "a maldição das Flores".

Fosse por compaixão ou maledicência, era comum que os moradores de Bom Retiro nos lançassem olhares quando cruzavam conosco na rua. A boa gente da terra se condoía por não haver quem cuidasse de nós, achando que, por sermos mulheres, precisaríamos de mais do que nós mesmas para sobreviver. Já os mais desconfiados tinham a convicção de que algum pecado devíamos ter cometido para merecer o castigo. "Não se deixem enganar por elas. Alguma aprontaram", era o que se comentava sobre nós, nem sempre pelas nossas costas.

Minha mãe não se deixava envenenar pelos fragmentos de frases que às vezes ouvíamos na igreja.

— A vida que se apresenta é a vida que se tem — ela nos ensinava. — Contrariar o destino só aumenta a dor. É preciso seguir o caminho que vai se formando à nossa frente.

— Essa gente não sabe de nada. — Tia Firmina não se conformava, ofendida com o falatório do povo. — Que guardem tanta piedade para si ou para os necessitados. Para quê, por misericórdia divina, precisaríamos de um homem por aqui? Alguém a soltar arrotos e a reclamar da consistência da marmelada? Não sei qual seria a valia de ter um estorvo desses atravancando a casa.

Minha tia orgulhava-se de ter dedicado sua existência a uma única figura masculina: Nosso Senhor Jesus Cristo. E talvez por isso tenha sofrido menos que minha mãe, que carregava escondido no peito, mas evidente no olhar, o luto da viuvez e da perda do único filho varão.

— Pelo menos eu os amei imensamente. É melhor a saudade do que o vazio — minha mãe reafirmava para mim e para minha irmã, toda vez que Tia Firmina sugeria que deveríamos seguir a vida religiosa para evitar as lágrimas que estavam por vir.

— A escolha será delas, Firmina. Deixe as meninas.

Mas minha tia não se conformava:

— É certo que não serão felizes, Carmelita. Ademais, uma freira na família é entrada certa para o céu. Eu digo isso por vocês, porque minha alma já está mais do que salva.

Apesar da quantidade de velórios que já havíamos presenciado naquela casa, vivíamos felizes. Tínhamos nossos homens presentes nas fotos na parede e em nossas lembranças. Umas ternas, outras duras. Outras nem isso. Do meu pai, lembro-me do cachimbo que eu acreditava ser uma extensão da sua mão e que deixava a casa com um cheiro morno e amadeirado. E de seu assobio.

Foi ele quem ensinou a mim e a minha irmã Cândida a reconhecer as aves pelo canto. Era comum passarmos as tardes em seu colo, enquanto ele assobiava a melodia de um sabiá-laranjeira ou de um bem-te-vi, para que soubéssemos diferenciá-los. Hoje, mesmo após tantos anos da sua morte, escuto o assobio do meu pai no canto de cada passarinho.

Apesar do nosso sobrenome de família ser originalmente Oliveira, nos chamavam de "as meninas Flores". A confusão começou em parte pelo jardim bem cuidado que tínhamos em frente à nossa casa e também por morarmos no caminho de quem vai para a igreja matriz. Na época, quando um viajante recém-chegado a Bom Retiro pedia indicação sobre o caminho para a igreja, o povo geralmente respondia: "Siga até a casa das flores e vire à direita".

A casa das flores era, a princípio, apenas uma casa com jardim de marias-sem-vergonha, jitiranas, pentes-de-macaco, malvas-brancas e muçambês roxos. Mas com o tempo, de tanto ser dito, redito e nunca desdito, nossa casa de janelas azuis passou a ser conhecida como a Casa das Flores, mesmo sendo a Casa das Oliveiras. O jardim virou sobrenome e, com o passar do tempo, acabamos o incorporando também aos nossos documentos.

Foi justamente por sermos as Flores que não pareceu estranho aos moradores de Bom Retiro que a tragédia ocorrida tivesse ligação com a casa de janelas azuis onde os encontros do nosso grupo de rendeiras aconteciam.

— Isso é coisa das Flores — foi o que se comentou na época.

Mas não merecíamos o crédito. Tudo o que se passou no início daquele ano de 1919 nasceu da angústia de minha amiga Eugênia, que nascera Damásio Lima, mas estava prestes a se tornar uma Medeiros Galvão.

2

RIO DE JANEIRO, DIAS ATUAIS

Alice decidira ir a uma festa na noite anterior e, depois, esticar num bar da Lapa.

No bar, Alice decidira beber o quanto quisesse porque o chope estava barato e a semana de provas na faculdade tinha sido estressante. A decisão de beber o quanto quisesse de certa forma impediu que Alice tivesse a capacidade de decidir a melhor hora de pedir a saideira.

Tanto que, naquela quase tarde de sábado, a decisão mais recente de Alice tinha sido arrastar-se da cama até a estante para alcançar duas Neosaldinas e uma garrafa de água. Mas nem isso Alice conseguiu, já que os comprimidos escaparam entre seus dedos e rolaram para debaixo da cama.

Ainda deitada, olhou-se no espelho pendurado na parede à sua frente, que lhe lembrou da decisão que tomara alguns dias antes: pintar o cabelo de azul.

Sorriu para si mesma, aprovando o visual, e sentiu uma leve tontura. Sabia que em breve a mãe bateria na porta para fazê-la levantar-se e lhe encher o saco por ela ter chegado bêbada na noite anterior. Mas Alice já tomara a decisão de não lhe dar ouvidos e fazer apenas "hã-hã". A mãe também bebia, também saía para se divertir, portanto, não podia criticá-la. Direitos iguais naquela casa. Era o combinado.

— Alice? — A mãe veio mais rápido do que ela esperava. Ou talvez sua noção de tempo estivesse alterada pela ressaca. — Levanta.

— Não dá — Alice grunhiu ou sonhou que grunhiu.

— Estamos com visita. Ajeita essa cara e vem.

Alice tomou a decisão de não obedecer à mãe e virou-se novamente para a parede, com o objetivo de conseguir uma extensão de prazo embaixo do edredom, que não aconteceu.

— Não ouviu, garota? Sua tia quer te conhecer.

"Tia?"

Alice colocou o travesseiro na cara para se proteger da claridade que entrava pela cortina recém-aberta pela mãe.

— Sua tia de Pernambuco. Anda.

Alice lembrou-se vagamente de ter uma família num estado no qual nunca estivera, e algumas conexões mentais começaram a ser feitas em sua mente.

Sua avó tinha vindo de Pernambuco quando jovem e mal falava sobre suas origens. Depois de sua morte, Vera, mãe de Alice, esta sim nascida no Rio, chegou a arquitetar um plano de usar as milhas que acumulara no programa de fidelidade da companhia aérea para finalmente conhecer a terra de seus ancestrais, mas isso nunca acontecera de fato. As milhas acabaram sendo gastas na véspera de expirarem num pacote de duas noites em Buenos Aires, viagem em que Alice e Vera passaram o tempo todo discutindo.

A tia, que se chamava Helena, informação que Alice só descobriu quando foram apresentadas na sala, era uma senhora simpática de bochechas altas que pareciam querer saltar para fora do rosto. Aos aparentes oitenta, demonstrava ter mais disposição que Alice aos dezoito.

— Esta é a Alice, tia — a mãe começou, cheia de caras e bocas para Alice. A filha ter aparecido descabelada e só de camiseta e calcinha na sala não atendia às suas expectativas, como sempre. — Eu mandei um link com as fotos de formatura dela no ano passado, não mandei, tia? Ela está cursando Comunicação agora. Mas falta dia sim e outro também. — A mãe fez a piada e nenhuma das outras duas riu.

Vera já operava no seu modo preferido: alfinetar Alice de forma bem-humorada para, ao ser confrontada pela filha depois, ter o salvo-conduto de "Ai, nossa, não posso nem brincar com você".

A mãe também puxava assuntos aleatórios para preencher os silêncios. Provavelmente não havia enviado link de fotos algum, mas a tia, educada, fingiu lembrar-se.

— Claro, eu vi as fotos, uma festa muito bonita. Você estava linda, Alice.

Alice esforçou-se mais uma vez para sorrir e, como a mãe continuava a lhe arregalar os olhos, arriscou-se a dizer alguma coisa agradável. As regras da civilidade determinam que sejamos amáveis com tias desconhecidas, mesmo que não sonhássemos com sua existência até minutos antes. Ainda mais quando essas tias exibiam um sorriso aberto que Alice nem merecia, já que ainda mantinha uma postura um tanto antipática, checando o celular com uma mão e tirando a mistura de rímel seco e remela dos cílios com a outra.

— E aí, tia? O voo foi tranquilo? — Alice começou a conversa, jogando-se na poltrona com as pernas semiabertas sobre o apoio do braço, o que deixou sua mãe ainda mais desconfortável.

Alice sabia que ouviria uma ladainha de reclamações assim que a visita fosse embora, mas, no fundo, não resistia a provocar Vera. Gostava de vê-la desconcertada daquela forma. Além disso, estava com muita dor de cabeça para se portar com bons modos.

Silenciosamente e desde sempre, Vera e Alice travavam uma guerra de forças: de um lado, uma mãe querendo colocar a filha em moldes que a aprisionariam. De outro, uma filha lutando para expandir seus limites além do recorte imposto pelo desejo materno. Uma dinâmica de relacionamento extremamente cansativa para ambas, mas que as duas repetiam em eterno ciclo, por não conhecerem outra maneira de conviver.

De forma consciente, Alice empurrava os limites de conduta considerados aceitáveis por Vera para além do que lhe seria natural. Rebelava-se de caso pensado, para que a mãe não tivesse dúvidas de que qualquer tentativa de transformá-la seria em vão.

— Tia Helena — a mãe recomeçou, fazendo questão de enfatizar o nome da visita para que Alice não cometesse nenhuma gafe. — A senhora veio para uma festa aqui no Rio, não foi?

— Para as bodas de ouro de uma amiga de infância que se mudou para cá ainda jovem. E, estando por aqui, eu não podia deixar de visitar vocês. Trouxe até umas lembrancinhas! Querem ver? São coisas típicas lá do Norte.

Tecnicamente, a tia morava na região Nordeste, e não na região Norte, mas nascera num tempo em que era assim que se dizia, como se o país fosse dividido em apenas duas partes: Sul e Norte. Com uma agilidade que deixou Alice zonza e a fez se lembrar das Neosaldinas que jaziam sob sua cama, Tia Helena foi tirando pequenos embrulhinhos de uma sacola. Um ímã de geladeira, um cesto de palha e até um bolo passaram para as mãos agradecidas de Vera, que se comportava de maneira irritantemente infantil diante da tia.

— Ai, não precisava. Ai, mas que beleza. A senhora carregou tudo isso no avião? Bolo de rolo? Não acredito. — Comemorava cada presente como se fossem os itens mais preciosos do planeta.

Quando a mãe se levantou para servir o doce, Alice pegou o celular por hábito para checar algo que não precisava. Em sua caixa de entrada, apenas um "oi, sumida" de um professor que queria levá-la para a cama.

Ao ser cortado, o interior do bolo de rolo revelava-se em dezenas de camadas milimétricas, quase transparentes, marcadas pelo contraste que a massa amanteigada fazia com o recheio de goiabada, colocado numa quantidade tão precisa que mal sujava a faca. Uma arte delicada que Alice admirou, mas não viu motivo para tanto esforço. Seria muito mais fácil cortar uma fatia grossa do que repetir tantas vezes, como teve que fazer.

Depois do café, a tia tirou da bolsa o que parecia ser o presente principal, cuidadosamente envolto num papel de seda.

— Trouxe também uma relíquia de família — anunciou, solene. — É para você, Alice.

Alice largou o celular de lado, achando não ter entendido bem.

— Para mim?

— Claro. Você é uma Flores, afinal — disse, desfazendo ela mesma o embrulho — Veja, é um véu. Pertenceu à sua bisavó, que era rendeira.

Com um cuidado que Alice considerou exagerado, uma vez que a renda não era cristal, a tia abriu a peça no colo, orgulhosa, mas Alice não conseguiu sorrir de volta como o jogo social pedia e a mãe certamente desejava.

— Um véu? — Alice externou seu estranhamento quando viu a peça diante de si. — Espero que não seja de casamento.

Vera se contorceu no sofá diante do que classificaria depois como "uma grande indelicadeza com uma senhora tão gentil, que só queria te agradar, mas eu não esperaria nada diferente de você, Alice. Não sei com quem você aprendeu a agir assim. Comigo é que não foi. Sou educadíssima, me preocupo com os sentimentos dos outros, ao contrário de você, sempre querendo agredir todo mundo". Mas esse discurso Alice só ouviria depois.

— Alice! — a mãe a repreendeu, com um olhar que até hoje, aos dezoito, transportava a filha diretamente para a infância, quando Alice sentiu-se abandonada pela primeira vez na vida.

Mãe e filha estavam hospedadas na casa de praia de um casal de amigos de Vera, quando, ocupada na cozinha, a mãe pediu um favor para a filha, então com seis anos: buscar um absorvente no banheiro.

Orgulhosa por ter recebido tarefa tão adulta, Alice foi eficientíssima. Assim que encontrou o absorvente na mala de Vera, saiu correndo pelo jardim, afoita para entregá-lo e dizer: "Eu consegui, veja como sou responsável, veja como sou boa filha". Mas, em vez do elogio esperado, o olhar da mãe destruiu a boa-fé da menina. Em sua inocência infantil, Alice havia entregado o absorvente na frente dos demais adultos, sem imaginar que esse gesto constrangeria a mãe de tal forma que ela deixaria de falar com Alice pelo resto do dia.

Nunca se sentira tão injustiçada na vida. Se Alice nem ao menos sabia o que era um absorvente, como poderia imaginar que não deveria entregá-lo na frente de outros adultos? A mãe fizera o pedido sem qualquer ressalva. Esperou o erro para recriminá-la. Um hábito que Vera continuou aperfeiçoando no decorrer dos anos que se seguiram, mesmo sem refletir muito sobre o assunto.

Foi assim que, desde cedo, Alice entendeu que ninguém a conduziria por atalhos já testados. Não contava com o apoio emocional materno e teria que se arriscar para descobrir sua própria maneira de se defender no mundo, consciente de que não haveria rede de proteção caso caísse.

Tia Helena percebeu a tensão entre mãe e filha e começou a falar do véu centenário para que o desconforto se dissipasse.

— Não é um véu de casamento, não se preocupe. É um véu de missa — explicou.

Alice ia dizer "Afe, pior ainda!", mas se conteve. Não pela mãe, mas pela tia. Não queria comprovar a teoria materna de que tinha um comportamento naturalmente agressivo com todos à sua volta. Não daria esse gostinho a Vera.

— Imagino que você não seja religiosa também — a tia continuou.

— Imaginou certo — Alice respondeu, irônica, e depois, meio arrependida pela sinceridade, elogiou o presente — Mas é bonito, posso usar de outro jeito. Valeu.

— Você não precisa usar, se não quiser. — Tia Helena fez a ressalva, tranquilizando a sobrinha. — Eu é que precisava trazer. Desde que foi rendado, esse véu vem sendo guardado pela mulher mais jovem da nossa família. Minha tarefa era apenas passá-lo adiante. Pode fazer o que quiser com ele. Guardar numa gaveta e nunca mais abrir, customizar, como vocês dizem agora, não é? Por algum tempo, eu achei que ele seria da sua mãe, mas demorei tanto para conseguir vir ao Rio que acho que agora deve pertencer a você, Alice. Me desculpe, Vera, minha querida — a tia lamentou para a sobrinha mais velha, que tentou disfarçar sem sucesso a decepção. — É a tradição, você me entende.

— Claro — Vera minimizou, incomodada por ter sido preterida, mas já desacreditando Alice. — De qualquer forma, sou eu que vou acabar tomando conta dele. Alice não tem cuidado com nada. Ninguém consegue entrar no quarto dela de tanta bagunça. Uma zona. — Alice sentia aquelas palavras como golpes. De direita, de esquerda, cruzado, *plaft, pow*. Mas não iria revidar, apenas esperar o sinal. — Vai acabar perdendo em dois dias, a senhora vai ver. Uma relíquia dessas, guardada por tanto tempo. Uma pena.

A tia não pareceu levar a sério as previsões nem a propagandeada falta de mérito de Alice:

— Sua única tarefa é passar para sua filha — disse por fim para a sobrinha mais nova.

Alice riu alto. Aquela mulher realmente não a conhecia.

— Ou outra parenta mais jovem — Tia Helena se corrigiu, ao perceber a contrariedade no rosto da sobrinha. — Como eu estou fazendo agora.

Alice pensou que não faria nada daquilo. Ainda faltava muito tempo para que um daqueles cenários se concretizasse, e caso se concretizasse, ela certamente não se lembraria da estranha tarefa que acabara de receber. Mesmo assim, tranquilizou a tia com um "Deixa comigo" e, na sequência, considerando seu papel na visita já cumprido, levantou-se para seguir de volta ao quarto e esqueceu o véu no braço da poltrona.

— Olha aí! Não disse que ela não cuida de nada, tia? — Vera se gabou, enquanto Alice voltava para pegar o presente. Sua cabeça ainda pulsava, ela precisava realmente encontrar aquelas Neosaldinas.

3

BOM RETIRO, 1918

— Que trama mais descabida é essa, Eugênia? — Tia Firmina reclamou, referindo-se à renda que Eugênia fazia naquela tarde. — Um ponto seguido de outro, sem padrões, trevos ou pássaros. Onde já se viu?

— Deu vontade de fazer assim, Dona Firmina. Qual o problema? — Eugênia respondeu, um tanto malcriada e sem interromper o movimento da agulha.

Naquela tarde, em que tivemos bolo de milho para o lanche e a brisa de abril entrava tímida pela porta da varanda, Eugênia fazia pontos aleatórios, sem seguir o desenho que havia riscado a partir de um molde que escolhera no dia anterior.

— Espiem a ousadia dessa menina! — Tia Firmina continuava, inconformada com o que ela considerava "um desleixo". — Está a colocar os pontos enfileirados. Melhor desfazer para pelo menos aproveitar o material. Assim vamos ter prejuízo. Eugênia, está me escutando? Tua cabeça anda por onde, no mundo da lua?

— Vai ver que é, Dona Firmina — Eugênia respondeu, seca e mais uma vez sem o respeito que minha tia considerava adequado.

Uma moça da idade de Eugênia não podia se dirigir a uma mulher experiente como ela daquela forma. A afronta deixou minha tia ainda mais nos cascos.

— Isso é jeito de falar com os mais velhos? Quero ver se você continuará assim rebelde depois do seu casamento.

A agulha de Eugênia ficou suspensa no ar, como se aquele gesto pudesse interromper o avançar do tempo.

Até algumas semanas antes, Eugênia não tinha grandes preocupações na vida, além de folhear as revistas de moda que eram encomendadas por sua mãe na capital e de vender as rifas para a festa de Santa Águeda, padroeira da cidade.

Aos quinze anos, filha única do delegado, nada lhe faltava.

Tinha tempo de sobra, tarefas de menos e, apesar de suspirar desejosa de que algo empolgante acontecesse em sua vida, não invejava a lida de outras moças que, como eu, tinham que fazer o pão, tratar da horta e cuidar dos animais.

Por se achar destinada a um futuro mais grandioso do que o nosso, Eugênia não se preocupou quando o Coronel Aristeu Medeiros Galvão, viúvo recente com dois filhos pequenos, apareceu para uma visita à sua casa.

Eugênia me contou mais tarde que na ocasião ficara até satisfeita quando soube que receberiam convidados. A mãe passara a manhã tão atarefada, preparando quitutes, que mal tivera tempo para lhe explicar o motivo da visita marcada.

Quando o sino da igreja bateu anunciando as onze horas, Eugênia ouviu as palmas no portão. O Coronel era conhecido por ser um homem de palavra, que honrava seus compromissos. Não chegava nem antes, nem depois de um horário marcado.

— Vamos entrando, faz favor. Fique à vontade, Coronel. Mas que calor está fazendo hoje, não? Em pleno abril. Sente-se aqui, que é mais fresco. Que encanto os seus meninos. Entrem, crianças. Querem um suco de cajá? Temos biscoitos também. Acabaram de sair do forno.

A mãe de Eugênia não agia como de costume. Parecia um tanto apressada, um tanto subserviente, um tanto atrapalhada, limpando as mãos nervosamente na saia do vestido e procurando Eugênia a todo instante com o canto dos olhos.

— Eugênia, minha filha. Vá pedir o suco e os biscoitos na cozinha, ande. E mostre o quintal para os meninos. Eles devem estar afoitos para esticar as pernas depois da viagem. Se avie, menina, não ouviu? Por ali, meninos. Vão com Eugênia, vão.

As crianças obedeceram à dona da casa. Caminharam na direção de Eugênia, que lhes sorriu com uma curiosidade levemente mórbida. Os dois eram órfãos recentes, e, em sua fantasia romantizada, Eugênia acreditava que, por terem perdido a mãe havia tão pouco tempo, os filhos do Coronel seriam pálidos e teriam os olhos sempre marejados.

Pronta para acolher os pequenos em sua dor, Eugênia chegou a ficar levemente frustrada quando viu aquelas crianças coradas, correndo animadas a brincar no quintal.

— Venham! Vou levá-los para conhecer o balanço.

— Obrigado, Senhora Eugênia — o mais velho agradeceu, educado, e Eugênia achou graça da formalidade.

— Ora, o que é isso, menino? Senhora está no céu. Me chame apenas de Eugênia.

— Meu pai ordenou que chamássemos a senhora de senhora — o menino explicou, e Eugênia tratou de desfazer o que considerou ser um desses mal-entendidos próprios da infância.

— Seu pai certamente deve ter se referido à minha mãe como senhora. Eu sou apenas Eugênia, está bem? Temos quase a mesma idade — disse ao menino, que sorriu aliviado por não precisar tratar a moça com tanta deferência.

Após o almoço, quando sua presença foi requisitada na saleta, Eugênia também não fez caso. Imaginou que o pai pediria que ela buscasse um café ou aquele licor de graviola, ainda com lacre no fundo da cristaleira, que vinha sendo reservado havia alguns anos para visitas importantes como aquela.

Foi o olhar do pai, mais fugidio e temeroso do que o usual, que indicou a Eugênia que algo estava para acontecer.

Em pé na entrada do pequeno cômodo, Eugênia recebeu a notícia que lhe escurecera os olhos desde então. O Coronel pedira sua mão em casamento e o pai a concedera de bom grado.

— Um casamento melhor do que esse você não arranja por aqui, menina — a mãe tentava convencer a filha. — Você tirou a sorte grande e ainda há de se arrepender por essas lágrimas.

Bem-apessoado, o Coronel mal havia passado dos trinta e daria a Eugênia todo o conforto que ela merecia na Fazenda Caviúna.

— E você terá as crianças — a mãe insistia, listando uma infinidade de vantagens que, segundo ela, a filha não tinha maturidade para enxergar naquele momento. — Órfãs, pobrezinhas!

Eugênia deveria ter compaixão por aqueles anjinhos que precisavam de quem cuidasse deles, tanto quanto a filha necessitava de um propósito na vida.

Em menos de um ano, a mãe estava certa de que Eugênia mal se daria conta de que aqueles meninos não eram seus filhos de sangue e, quem sabe, outra criança estaria a caminho.

— Que bênção seria. Meus netos, herdeiros da Caviúna — a mãe sonhava.

Mas aquela não era a vida que Eugênia imaginara para si.

Os filhos do Coronel haviam sofrido um baque com a morte da mãe, mas estavam corados e riam alegres enquanto o balanço ganhava altura. Não precisavam dela, assim como ela não precisava das terras da Fazenda. Eugênia gostava de morar na cidade, de exibir seus vestidos novos na missa, de ver as gentes nas ruas.

Ainda de pé na entrada da saleta, ouvindo a voz do pai lhe comunicando sobre a decisão que mudaria sua vida, Eugênia sentiu o ar lhe faltar. À sua frente, o Coronel Aristeu permanecia num silêncio respeitoso, sem se mostrar particularmente interessado na futura noiva. Fora até ali em busca da peça que faltava na engrenagem de sua vida.

O motor que, até poucos meses antes, garantia que tudo estaria funcionando – comida na mesa, roupa engomada, família sentada na primeira fileira na missa de domingo – havia se quebrado e era urgente fazer o reparo.

Naquela tarde, o Coronel talvez apenas avaliasse se a filha do delegado se encaixaria no espaço vazio deixado pela falecida esposa, que saíra da vida antes do tempo previsto, causando tanta desordem. Se fizesse uma boa escolha, dali a alguns anos, talvez ele mesmo nem se desse conta de que aquela segunda esposa era uma peça substituta, e não a original.

A Eugênia, não fora perguntado nada. Não era do interesse dos homens presentes, e nem da mãe – que àquela hora rezava em seu quarto pedindo a Deus, nosso Senhor, que tudo corresse como planejado e que o Coronel não desistisse de suas intenções para com a filha –, se Eugênia estava de acordo com o destino acertado à sua revelia.

Se fosse consultada, Eugênia diria não. Não queria ser esposa do Coronel, tampouco mãe daquelas duas crianças. Havia sido criada com mimos de filha única. Não lhe foram dados castigos, nem lhe foram ensinadas tarefas domésticas, como estender as roupas para quarar ao sol e debulhar o milho, separando os melhores grãos para o fubá e deixando os cacos para as galinhas. Eugênia era uma moça de vontades, e ser a nova esposa do Coronel Aristeu Medeiros Galvão não estava entre elas.

— Ande, não fique aí parada. Venha cumprimentar seu noivo — ouviu o pai lhe ordenar, ainda atônita. Em vez de obedecer-lhe, num impulso, Eugênia virou as costas e saiu correndo para o interior da casa, gesto que foi considerado uma grande desfeita ao Coronel e lhe rendeu um castigo de dias trancada.

Por pouco o delegado não lhe sentou a correia. Salvou-se Eugênia da coça graças aos apelos da mãe, que argumentou com o marido que aquele tipo de rompante era muito comum entre as moças.

"O Coronel certamente irá entender, foi a emoção da notícia, o que mais haveria de ser?"

Envergonhado dos maus modos da filha, o delegado, que era muito duro fora de casa, mas tinha o coração mole quando se tratava de sua família, pendurou a correia de couro no batente da porta para alertar Eugênia de que não haveria recuo em relação ao compromisso já acordado.

No fundo, culpava-se. Seu pulso fraco com a menina o levara àquele constrangimento diante do homem mais poderoso da região.

Mesmo sem a punição física, o delegado não perdoou a filha e determinou que Eugênia passasse as semanas seguintes sem colocar os pés fora de casa. Nem no quintal ela poderia pisar. Quem sabe assim Eugênia criaria juízo. Só voltaria a ver a rua se passasse a se comportar como deveria uma moça comprometida e demonstrasse seu sincero arrependimento na próxima visita do Coronel.

— Ela pedirá desculpas ao noivo — a mãe garantira ao marido em nome da filha. — O casamento a fará amadurecer, você verá. Acontece com todas nós. Eu também chorei quando meu pai chegou contigo pelo braço anunciando o nosso casamento e estou aqui, não estou?

O delegado surpreendeu-se. Em quase vinte anos de casado, ele nunca fora informado daquele detalhe.

— São coisas da juventude, homem! Tome este licor, que amanhã tudo muda de figura.

Quando finalmente foi liberada do castigo, após um pedido formal de desculpas ao Coronel, numa segunda visita do noivo, Eugênia apareceu em nossa casa para retomar o trabalho. A peça de renda à qual se dedicava nos últimos tempos ainda ia pela metade, mas Eugênia não era mais a mesma. Nossa amiga parecia ter desaprendido o ofício de rendeira.

Antes tão caprichosa com suas peças, Eugênia perdera a mão por tristeza. Em vez dos lindos arabescos de antigamente, agora fazia aqueles desenhos sem forma que tanto irritaram minha tia.

— O Coronel não é tão velho assim, Eugênia — Vitorina tentava animá-la. — Tem estampa e ainda é rico. Pode te levar para ver o mar no Recife. Ou quem sabe até para a Europa? Você conheceria Paris, já pensou?

Calada, Eugênia parecia não ouvir os devaneios de Vitorina.

— Você tem é sorte — minha tia completava. — Preferia o quê? Ficar solteira? Morrer moça? Cair na lábia de um pé-rapado e se perder na vida? Deveria era levantar as mãos para o céu, isso sim. Vou lhe dizer uma verdade, Eugênia, já que suas amigas não têm coragem de lhe fazer frente. Essa sua cara amuada é uma grande ingratidão com teus pais, que te arranjaram um bom acerto com o Coronel visando apenas o teu bem. Mas Deus há de mandar um castigo. Não há outro destino para quem cospe para cima como você vem fazendo desde que esse noivado foi firmado.

Mas Eugênia já se considerava punida por Deus e por isso continuou rendando em silêncio, com ar melancólico e daquele jeito incomum, sem formar desenhos, como uma aprendiz que ainda está praticando os pontos básicos.

— Ninguém irá comprar essa renda — minha tia reclamou mais uma vez, ao se inclinar para analisar o trabalho de Eugênia mais de perto. — Nem para mostruário servirá.

— Não irei vendê-la, Dona Firmina — minha amiga acabou dizendo, em meio a um suspiro. — Farei uma gola para o vestido que usarei na missa.

Ao ouvir aquilo, Tia Firmina empertigou-se:

— Vai usar esse malfeito na igreja? Exibir um trabalho descuidado na frente de toda a gente? Para quê, menina? Para manchar o nosso nome? Pois eu não vejo a hora desse casamento acontecer. Teu marido irá te colocar cabresto. Ah, se vai!

Dessa vez Eugênia não respondeu à provocação. Deu mais um suspiro, dos tantos que lhe brotavam do peito nos últimos tempos, e voltou à renda.

Terminou a gola naquela mesma tarde e, para nossa surpresa, quando chegou o domingo, entrou na igreja matriz com um sorriso confiante, exibindo o trabalho alinhavado ao vestido de uma forma que parecia meio incômoda, como o cabresto ao qual minha tia se referia.

Com anel de noivado na mão direita, Eugênia passou a se vestir de maneira diferente. Moça comprometida, não usava mais tranças ou babados. Era esperado que seu cabelo estivesse preso num coque e que seu vestido fosse de cor neutra e com o corte reto. O Coronel e seus filhos também assistiram à missa, mas, dessa vez, sentaram-se no mesmo banco que o delegado com a esposa e a filha, o que já anunciava para a cidade o compromisso entre as duas casas. Quem os olhava de longe na primeira fileira conseguia antever o retrato da família que formariam em breve.

A gola de Eugênia, feita com aquela renda incomum, não chamou a atenção de nenhum dos presentes além de nós, rendeiras. Aos olhos de quem não tinha conhecimento dos pontos, Eugênia estava usando uma renda como outra qualquer. Um pouco mais discreta, o que estaria de acordo com sua nova condição de noiva.

Mas, logo na saída da missa, Eugênia me alcançou, agitada.

— Preciso lhe contar um segredo.

Seu olhar brilhava como fazia muito eu não via.

— Veja se consegue entender meu propósito com esta gola.

Antes que eu tivesse tempo de lhe perguntar a que ela estava se referindo, Eugênia virou a palma da minha mão e, num movimento rápido, colocou um pedaço de papel dobrado sobre ela. Depois, fechou meus dedos com força e sorriu cúmplice antes de correr na direção do pai, que já a chamava à porta da Igreja.

Só tive coragem de verificar o que estava escrito naquele papel quando cheguei em casa. É verdade que não o compreendi de imediato. No bilhete que me fora entregue por Eugênia havia apenas um conjunto de letras dispostas ao lado de símbolos desenhados com grafite e caligrafia arredondada.

Foi só ao analisá-los com mais atenção que reconheci a forma dos desenhos e compreendi o que se passava. Eugênia havia atribuído para cada ponto da nossa renda uma letra. Minha amiga havia criado um código. Um código de renda.

Eugênia começara utilizando as iniciais de cada ponto. O ponto aranha representava o A; o ponto borboleta, o B; o caseado, o C; até que, por não haver pontos começados com todas as letras do alfabeto, passou a fazer seus próprios ajustes. Para o Z escolheu o ponto abelha, para o X o ponto cruzado e logo todo o abecedário foi contemplado.

No dia seguinte ao nosso encontro na missa, quando nos reunimos para rendar em minha casa, Eugênia usava a mesma gola da véspera, agora presa a uma blusa de algodão.

— E então? — ela veio me perguntar, discretamente, para que as demais não a ouvissem. — Compreendeu o meu propósito?

Num reflexo imediato, olhei para a gola com mais atenção, agora tentando decodificá-la. Ao perceber o que eu tentava fazer, Eugênia deu uma risada, divertindo-se.

— Hoje terá um desafio a mais além das tuas rendas perfeitas. Não se preocupe, me sentarei bem na sua frente para lhe facilitar a vida.

— O que vocês duas tanto cochicham? — Tia Firmina quis saber, e Eugênia inventou ser algo sobre uma encomenda que tínhamos que terminar ainda naquela semana.

Enquanto Eugênia conversava com as demais, aproveitei para ajeitar minha almofada, colocando o papel com o código por debaixo da peça em que eu estava trabalhando, com cuidado para que ninguém reparasse.

Durante aquele dia, a cada ponto arrematado na renda, eu acrescentava ao meu movimento de braço um leve levantar de cabeça, que me permitia conferir a sequência de pontos na gola de Eugênia e depois compará-la com o código anotado.

O primeiro ponto era um C, o segundo era um A. Demorei um pouco para identificar a terceira letra, porque precisava enxergar através das linhas vazadas do meu trabalho. Nesse subir e descer da agulha, fui decifrando a mensagem de Eugênia e também decorando as combinações, até que, passada meia hora, eu já não precisava mais recorrer ao papel.

Quando compreendi a primeira frase, cheguei a derrubar um carretel, que bateu no chão, produzindo um som seco para depois rolar por toda a extensão da sala até chegar ao alpendre.

Caso-me com desgosto. Era o que a gola anunciava.

Minha irmã Cândida, que brincava do lado de fora, ouviu o estalar do carretel no chão de pedra e, seguindo a direção do som, tateou o vazio até encontrá-lo e devolvê-lo para mim.

— Aqui está, Inês — ela me estendeu com sua mãozinha delicada.

— Essa menina até parece que enxerga — Vitorina comentou, e minha mãe se gabou:

— Cândida enxerga melhor do que muita gente. Não se deixa enganar pelos olhos.

— Essa linha é de que cor, Inês? — minha irmã quis saber.

— É branca, como uma viuvinha-alegre — respondi.

Minha irmã entendia as cores por sua correspondência com pássaros. Por saber o quanto ela admirava o canto daquela ave tão comum no semiárido, também conhecida como noivinha, me ocorreu pegá-la como exemplo para lhe explicar o branco.

Já recuperada do susto, olhei novamente para Eugênia e percebi que minha amiga esperava alguma reação da minha parte à sua mensagem, mas meu impulso foi me fingir concentrada em colocar uma linha na agulha.

Quando se passa muito tempo em silêncio ao lado das mesmas pessoas, desenvolve-se a capacidade de reconhecer seus humores através de suas respirações. Mesmo quando estávamos distraídas ou perdidas em nossos pensamentos, eu e as demais rendeiras nos mantínhamos atentas aos movimentos umas das outras, como se fôssemos parte de um único corpo.

Eugênia sabia que, numa roda de renda, não há suspiro fora do lugar que não seja percebido imediatamente pelas companheiras e, para distrair as demais, trouxe à tona um assunto que desviaria a atenção de todas do meu nervosismo evidente. As obras do Cine Teatro Guarany, que vinha sendo construído na cidade vizinha, Triunfo, nos moldes dos cinemas das grandes capitais do mundo.

— Teremos filmes, espetáculos, óperas e até bailes dos mais elegantes. — Vitorina enumerava — É o progresso chegando.

— Pois eu acho um desperdício de dinheiro. Para que cinema, meu Deus? — opinou minha tia. — Para o povo ficar acreditando que vai ter um final feliz?

O debate que se seguiu entre elas me fez ganhar tempo para decodificar tudo o que a gola de Eugênia dizia.

Quando terminei, meu coração batia acelerado. Tentei sorrir, mas não consegui.

— Inês? — Vitorina percebeu meu rosto pálido, e minha tia foi conferir a renda que eu estava fazendo.

— Você mal começou, Inês. Logo você que está sempre mais adiantada — E, ao se curvar para analisar meu rosto, preocupou-se. — Que cara é essa? Parece um sabão. Está naqueles dias, por acaso? Vocês sabem que não podem rendar durante as regras, a mão fica preguiçosa. Quantas vezes tenho que ensinar?

Ao me ver tão pálida, minha mãe deixou seu trabalho de lado e levantou-se para me preparar um caldo de carne, fervido com osso, garantia de que eu me recuperaria com rapidez.

— Por que você não avisou que estava passando mal, minha filha? — ela perguntou, carinhosa, me conduzindo até o sofá, enquanto Tia Firmina tirava o trabalho da minha frente e reclamava da fragilidade das moças de hoje em dia, sem a robustez das mulheres dos tempos antigos.

— Vocês se desfazem por nada, umas desmilinguidas. Traga esse caldo para todas, Carmelita. Ou teremos que terminar a colcha sozinhas. E, nesse caso, a partilha do ganho será somente entre quem trabalhou. Não irei premiar molenguices.

Aceitei os cuidados com que me cercavam, enquanto repetia em minha mente as palavras que tanto me surpreenderam na gola de Eugênia.

Caso-me com desgosto,
sem o direito de negar.
Por fora, pareço calada,
mas por dentro estou a gritar.
Véu, anel e coleira,
escrava da vida inteira.

Enquanto sorvia o caldo que chegou a me queimar a língua de tão quente, eu olhava para o pescoço de Eugênia. Na minha frente, eu não via mais um adorno rendado, mas o desabafo sem esperança de uma condenada.

4

BOM RETIRO, 1918

Eugênia sumiu de nossa vida pouco tempo depois da tarde em que decifrei a mensagem em sua gola. Com a proximidade do casamento, ela não apareceu num dia, depois no outro, até que suas ausências seguidas começaram a interferir na nossa produção, o que obrigou Tia Firmina a pedir ao homem de terno escuro uma extensão no prazo de entrega de algumas encomendas.

Após um mês, quando já não contávamos mais com sua presença, nem estranhávamos mais não ouvir sua respiração em nossa roda, sua mãe apareceu à nossa porta.

Viera nos avisar que a filha não frequentaria mais as tardes de renda. Ocupada demais com os preparativos do casamento, a moça não teria mais tempo para se dedicar à atividade.

Ela mesma estava fazendo um grande esforço para vir até ali nos avisar, em meio a tanta agitação e compromissos para que a cerimônia de casamento da filha saísse perfeita. Além disso, Eugênia agora ocupava outra posição social, bem diferente da nossa. O noivo era um homem muito rico, como todas ali sabiam, e não ficaria bem para a esposa de um coronel continuar tecendo toalhas que seriam vendidas em feiras por alguns vinténs, não concordam?

Preferimos não responder àquela pergunta, e, depois de alguns instantes, o silêncio que havia tomado conta da sala foi quebrado por minha tia, que, um tanto ofendida com os comentários que acabara de ouvir, citou uma passagem sagrada.

— "Aquele que lavra a terra sempre se fartará de pão." Não sou eu quem diz. Está na Bíblia, livro dos Provérbios. Trabalho nunca foi vergonha — Tia Firmina finalizou a conversa, sem disfarçar o desdém por Eugênia e sua família, ludibriadas pela vida mansa que a fortuna do Coronel Aristeu lhes acenava.

No rol de virtudes de minha tia, o trabalho árduo perdia apenas para a fé. Eugênia, que nunca fora muito afeita a nenhuma das duas, agora estava perdida para sempre.

— Sentiremos muita falta de Eugênia — minha mãe lamentou. — Peça que ela venha nos visitar depois do casamento.

Mas a mãe de Eugênia logo descartou a ideia.

— Darei o recado, Carmelita, mas não garanto. Depois de casada, Eugênia terá que se dedicar inteiramente ao marido e às crianças, pobres orfãozinhos. E a Fazenda Caviúna é afastada demais da cidade para que ela continue vindo até Bom Retiro com a mesma regularidade. Até mesmo eu e meu marido teremos que ir até lá para vê-la, mas planejo passar temporadas inteiras na Caviúna. Principalmente quando os netos vierem.

— Isso certamente não será sacrifício para a senhora — Tia Firmina alfinetou, mas a visitante não pareceu se afetar.

— É claro que sentirei falta da minha casa, mas Eugênia precisará de mim para orientá-la nas tarefas do lar e da maternidade. Tão inexperiente, a minha menina. Mas estou certa de que ela sentirá saudades de todas aqui — nos garantiu, já finalizando a conversa. — Eugênia sempre teve muito apreço por vocês. Tanto que me pediu que eu trouxesse estes sachês perfumados como presente de despedida. Foi ela mesma que rendou, vejam.

Sobre a mesa, a mãe de Eugênia dispôs meia dúzia de sachês em forma de coração, rendados com a inicial de cada uma de nós e que exalavam um aroma cítrico de capim-limão. Ficamos todas comovidas com a delicadeza do gesto de Eugênia e com o capricho do trabalho. Havia até mesmo um sachê para Cândida, que, tateando a renda com seus dedinhos experientes, identificou dois Cs diferentes. O com mais textura de relevo era certamente para ela, o outro, para a mãe. Foi ela também que percebeu que o sachê com a letra I, de Inês, era mais simples dos que os demais.

— O seu veio sem enfeites, Inês — Cândida me avisou, e eu, rapidamente, tirei o pequeno saquinho da vista de todas, para que o assunto não se estendesse. Eu sabia por que meu sachê não seguia o padrão e não queria chamar atenção para o fato.

Com os presentes distribuídos, a mãe de Eugênia considerou sua tarefa cumprida e anunciou que precisava partir, pois as provas dos doces seriam feitas naquela tarde mesmo.

— São tantos detalhes a resolver. Vocês não imaginam como estou exausta. Nunca pensei que casar uma filha desse tanto trabalho. Você verá, Carmelita. Se bem que... — e interrompeu-se, antes de dizer o que lhe viera à mente, algo como "seria melhor que as meninas Flores não se casassem".

— "Se bem que" o quê? — minha tia repetiu, inquisitiva, percebendo a intenção oculta no comentário da visita.

— Se bem que, quanto mais tempo as meninas ficarem solteiras, mais companhia você terá, Carmelita — a mãe de Eugênia contornou, acobertando sua primeira intenção. — Acreditam que eu mesma choro toda noite de saudades da minha menina que ainda nem foi embora? — mentiu, para disfarçar a gafe que quase cometera.

Educada, minha mãe sorriu e, acompanhando a visitante até a porta, se ofereceu para ajudar no que fosse preciso até a data marcada para o casamento.

— A senhora pode contar conosco. Aliás, teríamos muito prazer em rendar o véu da noiva. Se vocês ainda não tiveram encomendado, claro.

— Encomendado onde, Carmelita? — Tia Firmina perguntou, quase ofendida. — Se até as noivas do Recife vêm atrás de nós? São tantos véus que não damos conta de todos os pedidos. Ainda mais agora, sem uma de nossas rendeiras. Por sorte, Eugênia não era das mais dedicadas. Não fará tanta falta. Se fosse Inês, aí sim estaríamos muito mal paradas.

— O véu poderia ser nosso presente para a noiva — Vitorina acrescentou, já animada com a ideia.

Mas a mãe de Eugênia recusou a oferta.

— Agradeço pela gentileza. Mas Eugênia não abre mão de fazer ela mesma o véu. Vocês sabem como ela é teimosa. Quer porque quer rendá-lo com as próprias mãos. Disse que será uma surpresa para o noivo. E como se dedica a esse intento! Tem passado os dias trancada no quarto a rendar. Eu vivo lhe dizendo que estará pálida no dia do casório, mas ela não me ouve.

Tia Firmina concordou que Eugênia tinha mesmo um temperamento difícil, mas elogiou a mudança de atitude em relação ao casamento.

— Folgo em saber que essa menina anda menos rebelde. Já era tempo de Eugênia se emendar e parar de reclamar do casamento. Não há marido que aguente uma esposa dada a muxoxos. A senhora me desculpe a franqueza, mas sua filha nos enchia os ouvidos com lamentos que nada mais eram que caprichos.

A mãe de Eugênia sorriu, um tanto envergonhada pela atitude da filha que ela conhecia bem, e, em seguida, parecendo lembrar-se de algo muito urgente, levantou-se:

— Nossa, já passa das três! Preciso ir.

Desejou boa sorte a todas, frisou que contava com nossa presença na cerimônia e saiu certa de que não teria mais motivo para voltar à casa das Flores.

Assim que a mãe de Eugênia se retirou da casa de janelas azuis, Tia Firmina e Vitorina se afastaram até um canto da sala para falar sobre a indelicadeza daquela mulher que mal tocou no bolo que lhe fora servido. Aproveitei que as duas estavam envolvidas na conversa e que minha mãe se levantara para levar a bandeja intacta de volta à cozinha para examinar melhor meu sachê.

O papel com o código escrito por Eugênia estava escondido dentro de um livro em meu quarto, mas eu me lembrava de algumas correspondências e pude decifrar ali mesmo a mensagem que o sachê com a letra I trazia.

Era uma frase curta. Um recado.

*Para que eu tenha certeza de que
posso contar contigo,
vá de amarelo ao casamento.*

— O que você tanto olha para esse sachê, filha? — minha mãe quis saber, curiosa e já de volta à sala, percebendo minha expressão distante dali.

— Estou só analisando os pontos, minha mãe — respondi com uma meia verdade. Ela se aproximou de mim e os avaliou também.

— Não são tão bonitos quanto os seus. Mas o de nenhuma de nós é. Sua tia que não nos ouça — brincou e rimos, cúmplices.

O posto não pleiteado de melhor rendeira do grupo era como uma roupa desconfortável para mim, daquelas que servem de forma justa, mas que não foram escolhidas por nós. Na maioria das vezes, eu tentava minimizar os elogios que costumava receber, mesmo sabendo que minhas rendas eram sempre as primeiras a saírem do mostruário.

— Temos que esperar o estoque de Inês terminar para começarmos a vender as nossas — Vitorina brincava depois de uma feira ou de uma visita a um comprador. — Se ainda houver um paninho de boca de Inês disponível, minhas rendas ficam lá, esquecidas no fundo do baú.

— Pare de besteira, Vitorina — eu rebatia. — Você foi nossa professora, nunca se esqueça. — Mas ela dava de ombros, pois não fazia mesmo questão de ser a melhor.

Meu temperamento naturalmente sereno, aliado a uma mente pouco dada a divagações, me favorecia na atividade. Ao contrário das demais, eu podia passar horas calada, com a atenção voltada apenas ao grafismo da renda, num eterno sobe-agulha-desce-agulha, arrematando um ponto após o outro com a mesma regularidade com que uma expiração vinha após uma inspiração, em ciclos que se repetiam indefinidamente.

Ao fim do dia, quando dava a peça por terminada, a sensação era de ter acabado de despertar de um sonho. Daqueles que vão nos escapando feito água entre os dedos nos primeiros instantes da manhã. Muitas vezes eu era incapaz de sequer me lembrar do desenho recém-feito, de tão embalada pelo movimento contínuo que me levava àquele transe.

Talvez fosse por isso que eu não desenvolvia um apego particular pelas peças que saíam da minha almofada e chegava a ficar em dúvida se no dia anterior eu tinha feito uma camisola de batismo ou uma toalha de mesa.

— Como você pode ter se esquecido daquela camisola, Inês? Ficou dias debruçada sobre ela — Eugênia se espantava.

Mas eu realmente não lembrava. Para mim, o produto final não fazia tanta diferença como fazia para Eugênia, sempre entusiasmada com a possibilidade de novos desenhos.

— Pensei em fazer uma revoada de borboletas para este vestido, Dona Carmelita. Nunca fizemos borboletas. Que tal?

Minha amiga também não se conformava quando tinha que refazer um ponto.

— Não posso deixar como está, Dona Firmina? Mal se vê a falha, levarei horas para refazer essa barra — choramingava, inconformada, sempre reclamando do desperdício de tempo de voltar atrás para percorrer o mesmo caminho.

Ao contrário de minhas amigas, recomeçar não me aborrecia, já que era justamente a repetição que me embriagava. Apesar de ser guiado pela minha mão, o constante ir-e-vir da linha parecia ter vontade própria e me conduzia a lugares nunca vistos e que talvez nem existissem. Esse torpor quase místico, ao qual eu me entregava diariamente, tinha mais valor para mim do que a vaidade de ver minha peça pronta. Por isso, assim que arrematava um trabalho, eu imediatamente iniciava outro, como um vício, um escape.

Vitorina era ainda menos forjada para a atividade do que Eugênia. Tinha energia demais dentro de si para se manter tanto tempo parada. Começávamos o trabalho normalmente às nove da manhã e antes das onze lá estava ela naquele mexe-pra-cá, mexe-pra-lá, se oferecendo para ir até a cozinha buscar um suco de graviola, fechar ou abrir as janelas, "que hoje está muito quente, minha gente" ou "que hoje é certo que vai chover, não acham?".

— Faça o que quiser, Eugênia, mas que seja logo. Chega a me dar tontura ver essa menina se contorcendo na cadeira desse jeito — minha tia reclamava, e Vitorina aproveitava para levantar-se mais uma vez para ir ao banheiro, pegar um ar na varanda, olhar o movimento na rua.

— A senhora pode não acreditar, Dona Firmina — ela se justificava, com ares sabidos. — Mas, se os meus braços não se esticarem um pouco, hão de ficar travados e amanhã não poderei render de tanta dor das juntas. Vai que as encomendas atrasam por minha causa. É isso que a senhora quer? — Vitorina inventava desculpas.

Minha mãe se parecia mais comigo. De suas mãos saíam trabalhos quase tão elogiados quanto os meus. Os de Tia Firmina também eram impecáveis, de uma perfeição alcançada graças à teimosia. Sua determinação em produzir uma peça que fosse motivo de exaltação era tanta que, de fato, ela conseguia fazer obras de arte.

Até Cândida se arriscava a fazer alguns pontos. Com seus dedos pequeninos, ia tateando a fita até identificar o ponto em que a agulha deveria entrar. Depois, com a outra mão, se assegurava do local exato por onde ela deveria sair e, assim, criava sua renda. Registrava com linha, mesmo que com desenhos muito simples, coisas que ela só enxergava em sua mente.

— Até a menina cega consegue ser mais rápida do que eu — Vitorina fazia troça de si mesma quando via um trabalho feito por minha irmã. — Vou desistir dessa vida de rendeira e voltar a ajudar meu pai no armazém.

— Não faça isso, Vitorina — minha mãe aconselhava. — Lá o dinheiro é dele. Aqui o dinheiro é seu.

— Além disso, foi graças a tua xeretice que aprendemos os pontos — Eugênia acrescentou, e Vitorina arrepiou-se, contorcendo-se na cadeira.

— Nem me fale disso. Por conta desse episódio, minha prima me ameaçou com o fogo do inferno. Jurou que pediria às freiras que rezassem para que Deus me mandasse um castigo pelo malfeito.

— Ora, que sandice! — Tia Firmina ofendeu-se. — Quem pecou foi ela, aquela parva que se deixou observar. Não é sua culpa se tua prima quebrou o voto de confiança que tinha feito. E, se Deus permitiu que o segredo da renda chegasse até nós, algum motivo Nosso Senhor Jesus Cristo devia ter. Estamos apenas fazendo a Sua vontade, Vitorina, e, portanto, estamos todas perdoadas.

A firmeza daquelas palavras nos confortou. Fora o pároco, ninguém entendia mais sobre os assuntos de Deus do que minha tia. Beata devota, orgulhava-se de dizer que eram os seus cabelos da juventude que até hoje escorriam pelos ombros da imagem de Santa Águeda no altar da igreja.

— Lá eles estão em melhor lugar. Na santa, ainda exibem a cor de mel dos meus quinze anos. Em mim, já teriam se colocado todos brancos.

Por ser tão ativa nos assuntos da paróquia, ficou secretamente ofendida por não ter sido consultada pela família de Eugênia sobre os detalhes da cerimônia religiosa que se aproximava. Nem para escolher os cânticos e as leituras do casamento.

— Se Eugênia não fosse tão teimosa e nos deixasse fazer o véu, não haveria quem tirasse os olhos dela na entrada da igreja, tamanho seria o encantamento. Faríamos a oito mãos para terminá-lo a tempo. No centro, colocaríamos corações e casais de pombos, que representariam o amor dos noivos. Mais acima, duas alianças entrelaçadas, como símbolo do matrimônio, sacramento indissolúvel. Na borda, uma moldura de flores de laranjeira, conhecidas por trazerem boa fortuna. Mas aquela ingrata não merece um véu desse porte. Se ela não quer, não serei eu a insistir. Deixe estar. Quem sabe fazemos um véu nesses moldes para outra noiva?

Vitorina logo se candidatou:

— Só se for para mim, Dona Firmina. Porque nenhum moço da terra vai se arriscar a morrer pela maldição das Flores — brincou, marota, falando por falar, sem intenção de ofender a mim ou a Cândida.

— Deixe de besteira, menina — Tia Firmina endureceu. — Não existe maldição alguma.

— Não é o que o povo diz — Vitorina rebateu.

— Esse povo não tem mais o que fazer. — Tia Firmina invocou-se, mas Vitorina insistia:

— Se não é verdade, como a senhora explica que todos os homens que passaram por esta casa não duraram para ver os netos?

— Ora, e eu lá tenho que te dar explicações agora, menina? É Deus quem decide a hora de cada um. Faça-me o favor.

— Perdemos nossos homens por conta da vida, Vitorina — minha mãe interferiu depois de um tempo. — É assim que são as coisas.

— Mesmo assim — Vitorina continuou, ainda sem dar o braço a torcer. — Tem que ser muito corajoso para namorar Inês ou Cândida.

— Pois eu não me importo com essa maldição — Cândida confessou, enquanto alimentava um cardeal que tinha feito ninho numa das pilastras da sala. — Não quero sair desta casa. Quem vai cuidar dos meus passarinhos se eu não estiver aqui?

— Vocês estão ouvindo o que essa menina está dizendo? — Tia Firmina se aborreceu ainda mais, agora deixando a renda de lado. — Viu o que você fez, Vitorina? Satisfeita agora? Impressionou a criança.

— Não fiquei impressionada, não, tia — Cândida garantiu. — Já ouvi essa história várias vezes. Foi uma cigana que amaldiçoou nossa bisavó, não foi?

— Mas será possível! — Tia Firmina levantou-se, no auge da indignação e dando o expediente daquela tarde por encerrado. Não gostava de ver o nome da família envolvido com crendices. — Não ficarei aqui ouvindo essas parvoíces. Vocês me deem licença.

Naquela noite, Tia Firmina não apareceu para o jantar. Mandou um recado por Cândida de que a azia lhe atacara após a conversa da tarde e passou os dias que se seguiram culpando Vitorina por ter lhe provocado a acidez no estômago.

Em seu íntimo, porém, minha tia se afligia pelo segredo que ouvira da boca de sua avó e que nunca tivera coragem de dividir com a irmã mais nova. Eu e Cândida éramos a quarta geração condenada por um desígnio no qual ela acreditava e que estava longe de terminar. Por muitos anos, as Flores ainda viveriam sob o fio daquela adaga invisível e afiada e, por isso, Firmina rezava diariamente um salve-rainha na intenção das parentas ainda não nascidas, mas que já dividiam com ela, e conosco, a mesma sina da infelicidade no amor.

5

RIO DE JANEIRO, DIAS ATUAIS

Alice voltou da passeata com os olhos ardendo com o gás de pimenta. "Filhos da puta", pensou, e logo se repreendeu. Não queria ofender as mães dos sujeitos, e sim eles, os policiais que agrediram os manifestantes que protestavam de forma pacífica no centro da cidade.

"Putos", corrigiu-se, mentalmente. "São todos uns putos."

Por baixo da camiseta, ainda era possível ler parte do lema "Nenhuma a menos" que havia escrito horas antes sobre a pele. As letras pintadas com tinta guache sobre o peito nu, um tanto tortas pelo relevo curvo dos seios, eram um alerta para o mundo. Bastaria que uma mulher fosse vítima de violência para que as demais se unissem e clamassem por justiça.

Agora, a malha da camiseta cobria quase que totalmente os dizeres, exibidos com orgulho naquela tarde, durante a manifestação organizada para chamar atenção para o ataque à farmacêutica Kaylane, 24 anos, que ocorrera no início daquela semana.

O agressor, o ex-namorado inconformado com a separação, a esperara na saída do trabalho com uma garrafa de gasolina na mão. Não houve discussão. Talvez Kaylane nem o tivesse visto quando ele se aproximou por trás. Apenas sentiu o corpo inesperadamente molhado e, depois, o calor a consumindo por inteira. Cleyton, 25 anos, auxiliar administrativo, jogou uma garrafa PET com combustível na direção da pessoa a quem jurava amor eterno até o dia anterior e, sem hesitar, acendeu o fósforo.

Segundo um morador de rua que estava próximo ao casal no momento, Cleyton ainda teria desafiado a moça antes de lhe tocar fogo: "Ninguém vai te querer agora, vagabunda!".

Estar entre a vida e a morte numa cama de hospital, com oitenta por cento do corpo queimado, era o castigo de Kaylane, 24, por ter decidido não pertencer a Cleyton, 25, sem passagem pela polícia, considerado um rapaz tranquilo e trabalhador por todos os que o conheciam.

Se Kaylane não fosse dele, não seria de mais ninguém, e, para garantir que outro homem jamais amasse Kaylane, Cleyton considerou ser preciso que a ex-namorada tivesse o corpo – de cheiros e curvas tão conhecidas por ele – deformado pelo fogo. Era sua garantia de que não seria substituído.

Se a ex-namorada acabasse morta pelo fogo, tanto fazia. O efeito seria o mesmo. Cleyton, 25, já havia perdido Kaylane, 24, e a escolha havia sido dela.

Depois de preso em flagrante no local, Cleyton chorou na TV, alegando que só fez o que fez porque não podia imaginar sua vida sem Kaylane.

"Filho da puta", Alice pensou novamente ao relembrar o caso e se reprimiu mais uma vez. Cleyton não era o filho de uma prostituta, era um assassino. Era preciso dar os nomes certos. "Assassino", repetiu para si.

No celular, as amigas a chamavam para a balada, mas Alice estava sem ânimo para papos amenos sobre dietas. Tirou a camiseta e viu refletidas no espelho as palavras que pulsavam em seu corpo, agora invertidas. Deitou-se na cama exausta e, ao se recostar no travesseiro, esbarrou no embrulho de papel de seda ganho dias antes.

Ao se lembrar do que se tratava, Alice fez uma careta de desprezo. Um véu de missa reunia duas grandes ferramentas de castração feminina – casamento e igreja. Irritou-se tanto que jogou o embrulho para o lado, querendo livrar-se dele, e, no movimento, uma ponta da renda escapuliu para fora do papel de seda.

Para surpresa de Alice, em vez de mofo ou naftalina, como ela esperava, o véu trouxe um cheiro de flores para o quarto. O perfume fresco, que lhe despertou ao mesmo tempo a curiosidade e os sentidos, a fez puxar a renda na sua direção para depois estendê-la diante de si.

A luz da mesa de cabeceira transpassava a renda, projetando na pele de Alice a sombra dos pontos trançados. Sob seu peito, ainda com resquícios das palavras de luta "Nenhuma a menos", via-se agora também a sombra daquela renda feita cem anos antes. Alice cedeu à tentação por um instante e deixou o véu cair sobre seu rosto para sentir o perfume. Respirou fundo, mas o ar logo lhe faltou.

Apesar da aparência delicada, a renda também era uma prisão.

Seu trançado era como o de uma grade forjada para cercear pensamentos. Não havia liberdade num véu de missa. Por um momento, Alice teve pena da antiga dona da peça, uma ancestral cujo nome ela desconhecia – nem essa marca a pobre deixara no mundo, subjugada por tudo o que aquele véu representava.

Alice concluiu que eram todas reféns: a ancestral que guardara o véu, a farmacêutica Kaylane, 24 anos, hospitalizada entre a vida e a morte, a mãe, com o rosto quase inerte pelo botox, sempre a vangloriar-se para talvez sentir-se maior, e até mesmo ela, que, apesar do cabelo azul e do lema escrito no peito, ainda chamava um "assassino" de "filho da puta".

Em pleno 2010, o mundo podia ter mudado, mas também continuava igual. Alice jogou a renda para longe de si com o intuito de se libertar da sensação de impotência que a angustiava e, no movimento, um pequeno pedaço de papel voou por entre as dobras do véu, como uma mariposa que escapa da rede que a capturou. Depois de planar por alguns segundos no ar, pousou no tapete ao pé da cama.

A princípio Alice não fez caso, pensando no esforço que faria para verificar do que se tratava. Um bilhete esquecido, uma lista de compras, uma nota de lavanderia esquecida ou que entrara por acaso no embrulho. Mas a curiosidade era destinada a crescer até obter respostas que lhe apaziguassem a fúria, e, por ser inquieta por natureza, do tipo que lê as respostas das palavras cruzadas antes de iniciá-las, Alice sabia de antemão que não conseguiria desprezar aquele papel por muito tempo.

Depois de alguns instantes, atormentada pelas diversas possibilidades que sua mente ia criando a respeito daquele pequeno intruso sobre o tapete do quarto, Alice se rendeu. Esticou-se o máximo que pôde sem ter que sair da cama e, com um certo malabarismo, alcançou o papel no chão.

Ao contrário do véu, que era de um branco imaculado, mantido com cuidado pelas parentes que o guardaram por tantos anos, o papel estava amarelado pelo tempo e talvez tivesse a mesma idade da peça.

Alice não o compreendeu de pronto. Não era um bilhete, nem uma lista de compras, nem uma nota de lavanderia. Nenhuma das possibilidades que imaginara estava correta. Com uma caligrafia caprichada, via-se uma coluna de letras escritas a lápis ao lado de desenhos geométricos que se pareciam com exóticos hieróglifos.

Alice concluiu se tratar de algum exercício de criança em alfabetização, e essa resposta domou sua curiosidade. Chegou a ter o impulso de amassá-lo e arremessá-lo no lixo, mas não o fez, pensando que não tinha o direito de jogar fora um papel com sei lá quantas vezes a sua idade.

Quando o vento entrou pela janela, porque já era junho, Alice sentiu um arrepio em seu peito contestador, ainda sem camisa, ainda com os vestígios de tinta. Era pelo frio, mas também pelo desamparo que os acontecimentos daquele dia lhe haviam trazido.

Acordara com a esperança de poder fazer a diferença, vivera a euforia de gritar as palavras de ordem acreditando que tudo poderia mudar se todas gritassem bem alto até que fossem ouvidas. Mas, logo depois, o corre-corre, a repressão policial, o gás de pimenta lhe sufocando, o refúgio no banheiro de um restaurante até a confusão passar. E ainda, na sequência, a volta solitária no metrô, onde a maioria dos passageiros, com olhos voltados para seus celulares, se mantinha apática, confortável em sua rotina, sem lemas escritos no peito, sem conhecer a história de Kaylane, 24, sem imaginar que Alice tinha uma parente morta que um dia possuíra o véu de missa que agora estava em suas mãos.

Alice puxou a renda para se proteger da solidão que lhe tomou por um instante e imediatamente se arrependeu do gesto: a tinta em seu peito certamente iria manchar a peça. "Ora, que se foda essa bosta de renda", pensou na sequência, sem interromper o movimento.

As paredes da prisão são para serem pichadas. Se a tia quisesse que o véu ficasse intacto, o teria mantido numa gaveta a setecentos quilômetros de distância de Alice. Se por algum motivo aquele item passava de mão em mão havia tantos anos, num revezamento de guardiãs cuja razão Alice ainda não entendera, era para ser usado do jeito que fosse.

Se agora o véu estava sob sua responsabilidade, sentia-se autorizada a fazer o que quisesse com ele. Inclusive desatar os arremates e desfiá-lo por inteiro. Tal qual uma Penélope de saco cheio de tanto esperar pelo heteromacho que foi dar uma saidinha e demorou trinta e cinco anos para voltar. Aquele puto. "Puto." Agora sim.

Um véu é, antes de tudo, uma linha trançada sob um molde, mas Alice não seguia molde algum. Aquela renda que um dia venerara os santos agora aquecia seus seios inconformados. O que um dia fora a prisão de alguém agora lhe servia de abrigo. Era prova de que as coisas podiam mudar. Mesmo sentindo o sono chegar, com o alento do véu que a envolvia, Alice não podia adormecer. Kaylane, 24, estava com oitenta por cento do corpo queimado numa cama de hospital.

6

BOM RETIRO, 1918

Naquela época, os arbustos de quaresminha ainda estavam verdes. Ao contrário do que se poderia imaginar, eram as folhas e os gravetos – e não as flores – que, se fervidos num tacho largo e raso com os galhos por baixo, onde o calor é maior, liberavam um pigmento amarelo muito usado pelos antigos para tingir linhas e tecidos.

O segredo estava na quantidade de água, que tinha que ser pouca, a menos que se desejasse um amarelo esmaecido, quase bege.

Já fazia mais de uma hora que eu me mantinha concentrada na tarefa de controlar a altura do fogo, abanando a lenha com um leque de juçara, na intenção de que a brasa não se apagasse. Ao meu lado, minha mãe suspirava de forma propositadamente alta para que eu percebesse sua insatisfação com meu projeto. Ela não se conformava com minha repentina vontade de mudar a cor do vestido:

— Ainda está novo, Inês. É um pecado tingir. Não tem manchas que se precise encobrir.

— Usei esse vestido na festa dos cinquenta anos da paróquia, minha mãe. Não quero que pensem que só tenho um — expliquei, de forma pouco firme, uma vez que me era muito difícil mentir. Ainda mais para ela.

Minha mãe entendeu o motivo, mas não concordou com ele. Eu não era do tipo que se preocupava com futilidades como repetição de vestidos; porém, como também não era do feitio de minha mãe impor sua vontade aos outros, se calou.

Cândida quis saber:

— Amarelo é que cor mesmo, Inês?

— A cor do canário.

Cândida acabara de colocar um pedaço de jiló para seus pássaros, que àquela hora começavam a dar rasantes pela casa em busca da comida que minha irmã lhes deixava por toda parte.

Na casa das Flores eles viviam soltos, fazendo ninhos em cima das prateleiras, voando de um cômodo para outro e se empoleirando nos lustres. Eram ao mesmo tempo uma responsabilidade e uma diversão para Cândida, que os tratava como filhos.

O canto e o farfalhar das asas preenchiam com uma infinidade de sons o mundo de escuridão que minha irmã habitava.

— Se o amarelo for bonito como o canto do canário, você fará vista na festa, Inês — ela opinou e, depois de refletir por um instante, completou: — Se eu fosse mudar a cor do meu vestido, eu o tingiria de vermelho, que é a cor do penacho do galo-da-campina.

Minha mãe riu ao imaginar uma menina de oito anos vestida de vermelho num casamento.

— O seu vestido será branco como a pomba do Espírito Santo. É mais adequado para sua idade — minha mãe explicou, e Cândida apenas fez uma careta.

As pombas tinham um arrulho desajeitado, que incomodava os ouvidos, mas talvez essa pomba à qual a mãe se referia e que representava o terceiro elemento da Santíssima Trindade fosse diferente. Seu canto poderia soar como um coro celestial.

Apesar de confiar inteiramente em minha mãe e em minha irmã, eu não podia revelar que o tingimento do vestido era uma resposta à mensagem que Eugênia me enviara no sachê. Minha amiga queria saber se poderia contar comigo, e, mesmo sem alcançar na época a extensão daquele compromisso, considerei ser meu dever dar alguma tranquilidade a ela.

A aflição de Eugênia era compreensível. Uma união sem amor, com um homem mais velho e desconhecido, faria germinar a semente do medo em qualquer um. Principalmente numa alma que havia sonhado com outros caminhos para sua vida.

Por outro lado, nada impedia que Eugênia viesse a gostar do futuro marido. Era o que acontecia na maioria dos casamentos, não? Talvez a angústia pelo compromisso arranjado fosse só um pedaço de uma história de amor, da qual Eugênia se lembraria anos mais tarde, achando graça de sua imaturidade nos primeiros anos de casada.

Aos poucos, Eugênia poderia perceber qualidades no Coronel e afeiçoar-se a ele. E ainda haveria os órfãos para lhe fazer companhia.

Apesar de não achar que o casamento fosse um castigo para as mulheres, uma parte de mim sentia-se aliviada pela certeza de que, como uma Flores, eu jamais seria obrigada por minha família a me casar.

Na casa de janelas azuis não se falava em casamento. Órfã de pai desde muito nova, jovem viúva antes dos vinte e cinco após o terceiro parto, minha mãe aprendera desde cedo que era possível viver sem a presença masculina.

O rendimento que ganhava com seu emprego como funcionária administrativa do posto de saúde sempre nos fora suficiente, e, depois que iniciamos o negócio das rendas, passamos a usufruir de alguns luxos: água de colônia vinda da capital e bombons embrulhados em papel dourado trazidos pelo homem de terno escuro.

Assim como minha mãe, Tia Firmina também parecia satisfeita vivendo cercada apenas por mulheres. Desde moça, dizia-se casada com Nosso Senhor Jesus Cristo e com fortes laços de amizade com seus santos de devoção. Companhia não lhe faltava e, portanto, aquele afeto lhe bastava.

— Nenhum amor é maior do que o de Deus. Nenhuma proteção é mais eficiente do que a dos anjos. Não precisamos de homens para nos defender — ensinou a mim e a Cândida, ainda crianças, e desde então vínhamos confirmando que não havia verdade maior.

— Mas os anjos são homens — Cândida questionara na ocasião.

— Aí é que você se engana. O corpo é uma carcaça mundana. Criaturas divinas como os anjos não são homem nem mulher. Não são feitos de carne, como os seres humanos. São feitos de luz.

Apesar de não saber na época o significado da palavra "mundana" nem compartilhar a mesma percepção sobre o conceito de "luz", lembro-me de ter percebido o encantamento que tomou o rosto de Cândida ao imaginar esse panteão divino de seres alados que minha tia descrevia de forma tão rica de detalhes.

Mesmo sem ter sido a intenção de Tia Firmina, aquela conversa na infância nos fez passar a imaginar os anjos sempre na forma feminina. Se não tinham sexo definido, era justo que as pessoas sob sua proteção escolhessem como se pareceriam. A nossa passou a ser, desde então, uma belíssima e afetuosa guardiã dos caminhos.

※

Estranhamente, quando deixei de ser uma menina e ganhei formas de moça, não me surgiram devaneios românticos, nem comichões de enamoramento, reais ou imaginários, como vi acontecer com Eugênia, por exemplo.

Lembro-me de um dia de Santo Antônio, quando Eugênia apareceu com uma maçã nas mãos, animada para ensinar-me uma simpatia que acabara de entreouvir entre mulheres mais velhas que trabalhavam em sua casa.

Ela estava afoita para colocar em prática um procedimento que faria com que o santo casamenteiro revelasse uma pista sobre o seu futuro amor.

— Preste atenção, Inês. Tem que descascar a maçã de uma vez só, tirando-lhe a casca como se fosse uma fita. Depois, pegamos a casca inteira e jogamos numa bacia de água. Mas atente: a bacia deve ser virgem. Como nós. Fazendo isso com fé no coração, a letra que a casca irá formar na água será igual à inicial do nosso futuro marido, entendeu?

Ao ouvir a explicação, sorri, incrédula. Um artifício como aquele jamais nos levaria a um resultado confiável. Mesmo tentando argumentar que existiam várias letras que não podiam se formar a partir de uma tripa contínua de casca de maçã – como o X ou o T, por exemplo – e que as letras curvas – como o C ou o U – teriam vantagem sobre as outras e mais probabilidade de aparecerem flutuando na bacia, Eugênia não me escutava.

Em vez de me dar razão, suspirou enfadada, me repreendendo por duvidar da força do santo.

— Essa falta de fé é que faz com que as Flores continuem solitárias por tantas gerações. Se você acreditasse, era capaz do santo te livrar da maldição. Santo Antônio tem grandes poderes e pode conduzir uma casca de maçã aos mais diversos formatos. Além do que, quem iria querer um marido com nome iniciado com X? Nem consigo me lembrar de um nome com X.

— Xerxes, Xisto — respondi, mesmo sem necessidade.

— Deus me defenda, Inês. Jamais me casaria com um Xerxes. Vamos, trago aqui comigo uma bacia. Quer fazer também? Tenho duas maçãs. Uma para mim, outra para você.

— Não faço questão — recusei a oferta e Eugênia não insistiu, imaginando que, sendo uma Flores, eu não pretendia mesmo me casar para não carregar a culpa pela morte de um inocente.

— Então, me passe a faca e faça silêncio. Preciso me concentrar.

De olhos fechados, minha amiga iniciou o ritual: fez seu pedido ao santo "com fé no coração", como ela me explicou que precisava ser para a simpatia funcionar, e lançou a casca na água. A letra que se formou, de contornos curvos como eu previra, foi um S.

— Viu como funciona, boba? — Eugênia bateu palmas, vitoriosa, e passou os meses seguintes sonhando com um enredo de cinema: um rapaz da capital, estudante bem-apessoado, talvez médico, talvez de linhagem nobre, vindo do Recife ou até mesmo do Rio de Janeiro, de nome Sílvio ou Solano, lhe bateria à porta num fim de tarde, talvez pedindo uma informação, talvez ferido e precisando de seus cuidados, e se apaixonaria por ela assim que lhe colocasse os olhos.

— Solano cabe bem. Ou será melhor um Santiago ou um Sebastião?

— Pode ser Sérgio também — sugeri, mesmo sem acreditar na fantasia, apenas para participar do jogo.

— É. Sérgio é bom. Esperemos por ele, pois. Deve chegar antes do próximo dia de Santo Antônio. Essa é a regra da simpatia.

Porém, antes que um ano se completasse desde aquela tarde, Eugênia já estava noiva. Por solidariedade e compaixão, eu jamais relembrei o episódio à minha amiga, mas confesso que o S boiando na bacia virgem me veio à memória quando soubemos do casamento arranjado com o Coronel.

Como eu lhe advertira naquela tarde, nem todas as letras eram capazes de se formar a partir de uma casca contínua. A, de Aristeu, era uma delas.

Além de tingir meu vestido de amarelo, decidi acrescentar um detalhe que reafirmaria minha solidariedade à noiva. Uma gola, nos moldes da que Eugênia havia rendado meses antes para me apresentar o código, que também traria uma mensagem.

Na véspera do casamento, rendei em meu quarto enquanto Cândida dormia e a prendi no vestido minutos antes de sairmos, para que não chamasse a atenção de Tia Firmina ou de minha mãe.

Por ser uma frase pequena, pude fazer pontos maiores, o que garantiria que Eugênia conseguiria enxergá-los mesmo de longe.

"Confie", era a mensagem na gola. Não exatamente em Deus, como eu poderia ter acrescentado, mas na capacidade de o futuro ser melhor do que o presente.

Eu verdadeiramente acreditava que o sofrimento era capaz de se transformar numa sensação mais branda. Foi o que aconteceu quando meu pai se foi. Depois de vê-lo perecer após duas noites de febre, sua ausência abriu um vazio tão grande em nossa vida que tive a certeza de que nunca mais conseguiria sorrir novamente. Porém, com o tempo, o peso daquelas lembranças mais duras foi se diluindo até ser ofuscado pelas doces recordações dos bons tempos – o que antes era dor dilacerante converteu-se em saudade tranquila.

Era esse o ensinamento que eu desejava passar para Eugênia por meio da minha gola. De que angústia, felicidade, sofrimento e paz eram como estações do ano. Iam e vinham, fora do nosso controle. Mudavam o mundo ao nosso redor e depois iam embora para um novo ciclo começar. Exatamente como os nossos homens.

Quando minha mãe me viu pronta para a cerimônia, sorriu em aprovação.

— Você tinha razão, Inês. Está parecendo outro. Ainda mais com essa gola nova.

Ela usava um vestido antigo, mas em bom estado, de um cinza fechado, cor do trinca-ferro.

Cândida passou a mão pela renda da minha gola para senti-la.

— Não tem desenho? — estranhou ao não reconhecer nenhuma forma específica.

Tia Firmina, que vinha do interior da casa apressada e metida num vestido de tecido grosso e negro, como um anu, interferiu, irônica:

— É a moda agora. Essa juventude não segue mais o traçado de nada. Só quero ver o que Eugênia inventou de colocar nesse véu que fez tanta questão de rendar sozinha.

— Deve estar lindíssimo, Firmina — minha mãe opinou. — Eugênia é talentosa e determinada.

— Determinada até demais. O Coronel irá cortar um dobrado com aquela lá, pobre homem. Como se já não lhe bastasse o sofrimento da viuvez — comentou, enquanto pegava o terço de madrepérola, reclamando da nossa leseira. — Andem, vamos! Não quero perder meu lugar na primeira fila. Um lugar que conquistei ao longo de uma vida nesta paróquia e do qual eu não abro mão. Não me interessa a importância do noivo e de seus convidados. Ele pode mandar lá no seu gado, mas não nos domínios de Santa Águeda.

7

BOM RETIRO, 1918

Pareciam ser de emoção as lágrimas que escorriam pelo rosto da noiva quando ela entrou pela porta principal da igreja matriz em seu vestido branco e exibindo um véu muitíssimo bem trabalhado.

Ao contrário do que Tia Firmina previra, e que eu mesma esperava, no elaborado véu de Eugênia podiam ser reconhecidos os mais variados temas florais – um trabalho feito com perfeição e que fazia jus à nossa fama de melhores rendeiras da região.

Havia, porém, um detalhe que poucos perceberam, mas que não escapou aos meus olhos. Na seção central do véu, formando um quadrado de não mais que trinta centímetros bem na altura das costas de Eugênia, havia um conjunto de pontos alinhados que lembrava um tabuleiro de xadrez.

De braço dado com o pai delegado, Eugênia caminhava com elegância pelo tapete vermelho em direção ao altar. Percebi que ela me procurava com os olhos e, quando enfim me avistou em meu vestido amarelo-canário, tingido com galhos e folhas de quaresminha, sorriu discretamente em agradecimento pela resposta ao pedido que me fizera através do sachê.

Só pude analisar o véu com maior atenção quando os noivos passaram pela fileira em que eu me encontrava e levei toda a homilia para decifrar as palavras que Eugênia sentia-se incapaz de dizer em voz alta, mas que decidira tornar concretas na renda.

Em vez de felicitações,
Deem-me os pêsames.
Em vez de sorrir, chorem por mim.
Esta é minha missa de corpo presente,
Arrancam-me a vida.
Estou morta.

Levei a mão ao peito, nervosa com o que acabara de ler. Apertei a mão de Cândida, que pressionou a minha em resposta, mesmo sem entender o motivo da minha agitação.

— O que houve, Inês? — ela sussurrou, aflita.

— É a emoção de ver Eugênia, querida. Não se preocupe comigo.

Nada no comportamento da noiva demonstrava o desespero rendado em seu véu. Quando o casal de noivos veio finalmente nos cumprimentar, Eugênia parecia bem. Agradeceu nossa presença ao lado do agora marido Coronel Aristeu Medeiros Galvão, que nos olhou de soslaio e sem interesse algum.

— Bonito tom de amarelo — Eugênia elogiou. — A gola também caiu bem. Mas, olhando assim de perto, acho que não é o meu estilo.

O comentário parecia indelicado a quem escutasse, uma crítica a um detalhe no vestido da convidada, mas nós duas sabíamos o significado oculto das nossas palavras, como também eram ocultas as outras palavras, as rendadas. Como acontece nas guerras, nos protegíamos por códigos dentro de códigos.

A noiva se referia à mensagem rendada na gola, em que eu lhe pedia "Confie" e, de forma imperceptível para os demais, ela recusava o conselho.

Desconcertada com a rejeição de Eugênia à ideia de que tudo poderia melhorar, eu já ia responder que ela podia "pelo menos experimentar. Talvez a gola lhe servisse, quem sabe?", mas não houve tempo.

Minha mãe nos interrompeu a conversa, sem imaginar que estávamos falando de outro assunto:

— Claro que a gola cairia bem em você, Eugênia! Você tem um pescoço tão esguio. Ficaria muito elegante, sim.

— Viu, Eugênia? — concordei, ainda falando de forma dúbia. — Quem sabe é o caso de se ajustar um pouco?

Mas, antes que ela me respondesse que "não se ajustaria jamais", o Coronel pigarreou impaciente ao seu lado.

O casal ainda precisava percorrer todo o salão para cumprimentar os convidados ilustres vindos de outras cidades, e nós ali a falar de vestidos.

— Vamos — ele ordenou a Eugênia, tocando em seu cotovelo.

Vi o corpo de minha amiga enrijecer com o contato, mesmo que breve, do marido. Eugênia me olhou de modo firme, como se fosse gritar revelando a todos ali o que realmente sentia, mas logo pareceu desistir do impulso, deixando-se levar, obediente, e sorrindo para o grupo que estava próximo a nós. Cumprimentou os convidados com a mesma entonação estudada que usara conosco.

※

Avistei Vitorina um tempo depois num vestido com a tonalidade das penas de um azulão. Estava acompanhada de seus irmãos, que eram tantos que às vezes eu lhes confundia os nomes. Tinham todos idades muito próximas e se revezavam em tarefas semelhantes. O pai de Vitorina era o dono do único armazém de Bom Retiro, e a família poderia ser rica, se não fosse tão numerosa. Os filhos homens trabalhavam no negócio da família atendendo os clientes, viajando para outras paragens em busca de mercadorias e indo às feiras da região, com a caminhonete repleta de verduras, legumes, charque, embutidos, fumo, de onde voltavam dias depois com a caçamba vazia.

Por ser a caçula de uma família com muita gente, Vitorina desfrutava de uma certa liberdade em relação às outras moças da cidade. A mãe tinha idade quando a menina nasceu e, já cansada de estar sempre a correr atrás de quatro meninos mais velhos que viviam a incendiar os tapetes e quebrar as porcelanas, Dona Hildinha deixou a educação da caçula correr mais frouxa.

Após passar o dia a repreender os mais velhos, aquela senhora não encontrava ânimo para corrigir a postura à mesa da mais nova nem para ensinar-lhe a etiqueta ou o piano.

O tempo que passava com Vitorina, Dona Hildinha reservava para descansar da tarefa de ser mãe. Chegava a se deixar embalar em cochilos vespertinos enquanto observava os teatros da menina, que gostava de se enrolar em panos para fingir que estava em outras épocas e lugares.

Vitorina era uma alegria da qual Dona Hildinha não podia se privar, e, por essa razão, tratava a filha como uma avó trataria uma neta.

Até o nascimento da caçula, só tivera o marido e os filhos como companhia e, na época, andava um tanto farta da vida, sem saber identificar exatamente o motivo. Tudo à sua volta lhe irritava – o vozerio na casa, o gosto da comida, os clientes sem modos, o tempo quente, o tempo frio –, até que sua menina chegou e o mundo se tornou mais perfumado.

Dona Hildinha finalmente pôde usar as fitas e os babados que encomendara para as gestações anteriores e que jamais tirara das caixas. A boquinha vermelha e os cílios compridos da menina, da qual ficara prenha quase aos cinquenta – quando pensava que seu corpo já cumprira o papel que a natureza lhe destinara –, fizeram com que tudo se tornasse surpreendentemente colorido, como jamais fora, nem na juventude.

Por isso, quando a menina começou a exibir contornos de moça, Dona Hildinha evitou pensar na possibilidade de um casamento para a caçula. Em seu íntimo, negava-se a aceitar que o tempo levaria Vitorina a desejar outro destino além do de ser sua filha.

Secretamente, Dona Hildinha sonhava ter Vitorina para sempre perto de si, a lhe fazer companhia na velhice. Mesmo que esse desejo não fosse dito em voz alta ou mesmo pensado de forma clara, ele transparecia em pequenos gestos e ranzinzices daquela senhora.

Cada vez mais frequentemente a mãe se via obrigada a reformar os vestidos da filha, pois os seios da moça já não cabiam neles. Mesmo assim, ainda lhe comprava doces e mimos como se Vitorina tivesse dez anos e implicava com qualquer rapaz que se aproximasse do seu tesouro.

O filho mais velho já estava casado e com dois filhos. O segundo estava noivo. Portanto, netos não iriam lhe faltar. O marido era tão calado que Hildinha não suportaria viver somente com ele naquela casa. Não depois de Vitorina. Havia se acostumado à voz ligeiramente cantada da menina, que ecoava nas paredes, se multiplicando por mil e fazendo parecer que um baile estava acontecendo em outro cômodo.

O marido, mesmo atarefado em gerenciar seu negócio, não demorou a perceber que a companhia da filha mantinha a esposa livre de mau humores e reumatismos, e, num acordo silencioso que não tiveram necessidade de firmar, foi permitindo que Hildinha cultivasse a ilusão de que a filha jamais fosse crescer.

Com dezesseis anos, Vitorina andava de pés descalços e seguia livre de exigências mais rígidas de comportamento. Dois rapazes da cidade chegaram a sondar a família sobre um compromisso, mas Dona Hildinha os enxotara pela ousadia, colocando uma lista tão extensa de defeitos nos pobres que eles nunca mais passaram pela porta do armazém, sendo obrigados a pedir que seus familiares e vizinhos lhes comprassem os mantimentos de que precisavam.

Sabendo que a mãe se incomodava tanto com a ideia de um possível namoro, Vitorina guardou para si o afeto que começara a nutrir nos últimos tempos pelo professor da escola primária, um jovem tímido e de ar sério, recém-chegado a Bom Retiro.

Ela o conhecera como freguês do armazém, numa das raras vezes em que ainda ajudava os irmãos após ter se tornado rendeira. Desse dia em diante, toda vez que Vitorina via o moço chegando ao estabelecimento, corria para atendê-lo, mesmo não sendo sua obrigação.

O Professor geralmente comprava um corte de carne-seca e duas batatas, pois morava sozinho e não necessitava mais do que isso. "Prudente e responsável", Vitorina admirava-se, começando a apaixonar-se.

— Eu corto a carne para o senhor. Aliás, farei mais. Vou lhe dar um naco a mais de cortesia por ser tão bom freguês — oferecia, simpática, numa deferência que o Professor recusava, encabulado, insistindo em pagar o preço justo.

— Não posso dar prejuízo à senhorita e ao seu pai.

"Justo e honesto", Vitorina admirava-se ainda mais, e não sossegava até lhe dar um brinde qualquer: um caramelo ou uma caixa de alfenim.

— Esse mimo o professor aceita, não aceita? É por conta da casa.

Acanhado, o Professor acabava pegando o agrado.

Assim, entre uma compra e outra, foi nascendo uma simpatia mútua entre os dois, que, em breve, se tornaria mais do que isso. Vitorina agora sentia uma palpitação esquisita toda vez que se encontravam. Fosse no armazém, na missa ou na rua, ela era acometida por um atrapalhamento de palavras e de ideias que não lhe era comum.

Era um pacote que lhe caía da mão, uma conta que Vitorina errava – estando diante de um professor, ela se considerava de algum modo avaliada e era tomada por um nervosismo descabidamente exagerado ao fazer cálculos simples. "Um litro de leite, cem gramas de feijão-de-corda", concentrava-se tanto para não errar que a soma acabava saindo incorreta.

Certa vez, o Professor gentilmente ofereceu ajuda numa conta de vai um e Vitorina sentiu as bochechas ardendo de tanto constrangimento. "Ele deve estar me achando uma parva por errar uma soma tão besta", lamentou para si mesma assim que ele saiu. Muitíssimo decepcionada consigo mesma, amuou-se para o resto daquela tarde, só recobrando a confiança no fim da noite, quando recitou a tabuada do vezes oito sem olhar no cartão impresso que ainda guardava dos tempos da escola.

No início da aproximação entre Vitorina e o Professor, esse sentimento desenfreado a assustou um pouco. Por ter sido criada numa família de muitos irmãos, que não tinham o costume de julgá-la, Vitorina jamais ficava encabulada diante dos rapazes, como acontecia com outras moças da sua idade. Por ser aquele um sentimento tão incomum e inesperado, Vitorina decidiu que se tratava do tal amor e, assim sendo, o próximo passo seria fazer com que o coração do Professor fosse seu. Desde que nascera, sempre tivera tudo que desejara, e dessa vez não seria diferente.

Como ocupava uma posição respeitada na cidade, o rapaz foi convidado para o casamento do Coronel Aristeu com Eugênia. Porém, por não ser filho da terra, permaneceu a maior parte do tempo sozinho e um tanto deslocado. Muitos o cumprimentavam, educados, mas não permaneciam muito tempo a seu lado.

"Como tem passado, professor? Espero que meus filhos não estejam lhe dando muito trabalho. Cumprimente o mestre, menino. Agora vamos, que o professor não merece aturar vocês em dia de festa. Passar bem."

Nessas ocasiões, sempre observado por Vitorina, o Professor sorria e deixava que se afastassem, sempre educado e comedido em seus gestos e palavras.

Mesmo com o coração apertado por Eugênia, que eu acompanhava ao longe, circulando em seu elegante vestido branco, agora sem o véu, não demorei a perceber, pela maneira como Vitorina tamborilava os dedos no copo de ponche, que minha amiga estava prestes a agir. Conhecíamos umas as respirações das outras, como já disse.

Uma das principais características de Vitorina era sempre fazer o que lhe desse na veneta, sem medo das consequências. Foi assim que ela descobriu os pontos da nossa renda, encarapitada no alto de uma escada. Os mimos de Dona Hildinha a fizeram acreditar que o mundo era dela, e, para Vitorina, não havia outra verdade sobre a Terra.

— Vou lá falar com o Professor, mas mamãe não pode notar — ela me avisou, logo após a saída dos noivos da festa. — Se ela descobre que estou enrabichada por ele, vai passar a vender farinha com caruncho para o pobre. Isso se não lhe envenenar o azeite ou misturar vidro moído no açúcar. Você tem que me ajudar, Inês.

Fiquei surpresa com o pedido. Àquela altura, Odoniel, o irmão mais novo de Vitorina, se aproximou de nós. Conhecendo o temperamento da irmã, também havia percebido que ela tinha algum plano em mente.

— Não vá me aprontar uma das suas — Odoniel já chegou a repreendendo. — Mamãe está com a saúde frágil.

— Ora, não se meta — ela lhe cortou a intenção de podá-la, ríspida e com a falta de cerimônia que era própria entre irmãos.

Odoniel ficou um pouco sem graça por ter levado um pito em minha presença, mas não me mostrei surpresa; eu sabia que naquela família era Vitorina quem mandava.

Odoniel era o irmão número quatro de minha amiga e, muitas vezes, quando estávamos rendando na varanda, ele tinha o costume de passar pela casa de janelas azuis dirigindo a caminhonete com as mercadorias e dar três buzinadas para nos cumprimentar.

— Lá vai ele, atrasado, como sempre — Vitorina resmungava, carinhosa e acenando para o irmão. — Eu só quero dançar, Odoniel — ela insistia, inquieta, quando a banda que animava a festa que acontecia na frente da igreja começou a tocar um forró. — Que mal tem? — ela então insistia.

— Eu danço contigo — Odoniel se ofereceu, para poupar os nervos da mãe e amansar o ímpeto da irmã.

Naquele momento, admirei o esforço do rapaz em assegurar a tranquilidade de Dona Hildinha.

— Deus me defenda de dançar contigo. Você tem dois pés esquerdos. Se aceito, saio da festa aleijada. Vou dançar com o Professor, que de tão magrinho deve ser leve como uma pluma. Mas não posso ser a primeira a puxar a dança. Senão, mamãe fica cismada. Façamos o seguinte: você dança com Inês. A pista logo há de encher, e eu e o Professor mal seremos notados entre os outros pares. Vamos, dê sua mão para Inês e dance com ela.

Odoniel pareceu tão desconcertado quanto eu.

— Você acaba de me acusar de ter dois pés esquerdos e agora quer que eu dance com Inês? Boa amiga você é.

— Acontece que Inês é mais da sua altura — Vitorina se justificou, agora em tom suplicante para nos convencer. — Dancem, por favor. Mamãe há de olhar para vocês e isso irá distraí-la.

Diante da nossa hesitação, ela tentou mais uma vez, agora apelando para a compaixão:

— Vocês sabem muito bem que no que depender de mamãe eu morro solteira. Quero ter filhos. Filhos inteligentes e que saibam matemática. O Professor é perfeito para o meu intento.

Odoniel me olhou sem graça, considerando a proposta, mas sem coragem de fazer o primeiro movimento.

— Por mim, tudo bem — me adiantei, o que o deixou realmente aliviado.

Vitorina abriu um sorriso e me abraçou.

— Você é um anjo, Inês. — E, virando-se para o irmão, insistiu, com expressão invocada. — E você, prove que se preocupa com a felicidade de sua irmã. Dance com Inês bem na frente de mamãe para que ela não me aviste ao fundo.

Ao dizer isso, colocou a mão de Odoniel sobre a minha para que não perdêssemos mais tempo.

Aquela foi a primeira vez que toquei um rapaz, mas só me dei conta desse fato anos depois. Naquele dia, minha preocupação estava voltada para minhas duas amigas: Eugênia, prestes a iniciar sua nova vida de casada, e Vitorina, que em breve iria provocar o desgosto de Dona Hildinha.

Levada por Odoniel, eu tentava seguir o ritmo da música e, assim que nos adaptamos aos movimentos um do outro, encontrei o olhar de minha mãe, que, num misto de surpresa e encantamento, levava a mão ao peito sem disfarçar um sorriso em seus lábios, perceptível apenas para quem a conhecia tão bem quanto eu.

Assim como ela, quase todos os presentes voltaram-se para observar o casal que formávamos, talvez lamentando o triste destino de Odoniel, que, ao se aproximar de uma Flores, arriscava-se a uma morte prematura.

— Sabe por que estão todos nos olhando, não sabe? — perguntei a Odoniel, que fez que sim com a cabeça.

— Já estão encomendando o meu caixão — ele brincou, divertindo-se, para depois garantir: — Fique tranquila, não acredito nessas coisas.

— Acho que uma dança não seria o bastante para te colocar em perigo — também brinquei, com uma ponta de ousadia, que fez com que Odoniel errasse um contratempo.

— Obrigado por me avisar — ele disse por fim, e eu lhe sorri.

Motivados por nosso exemplo, outros convidados também se levantaram para dançar e a festa logo se animou. De longe, eu e Odoniel observávamos os movimentos de Vitorina. Vimos quando ela se aproximou do Professor com o pretexto de pegar um ponche e iniciou uma conversa.

Vitorina gesticulava com graça, inclinando-se na direção do Professor de um jeito determinado, mas não muito invasivo. O rapaz mantinha-se reticente e chegou a dar um passo para trás, talvez para garantir que se manteria a uma distância apropriada da moça solteira.

— Infelizmente não levo jeito para a dança. Não me perdoaria se fizesse a senhorita passar por esse sofrimento — ele justificou a recusa.

— Deixe de modéstia, Professor. Percebi de longe que o senhor estava entediado e vim lhe salvar. Minha missão é animá-lo. Vamos.

Ao que ele se esquivou ainda mais:

— Agradeço a sua preocupação, Senhorita Vitorina. Mas não mereço o sacrifício. Mesmo assim, obrigado. Com licença, sim? — E tratou de se afastar, deixando Vitorina irritada por ter seu desejo contrariado.

Quando percebi Vitorina caminhando na direção contrária ao Professor, imediatamente interrompi a dança.

— Acho que já cumprimos nossa tarefa.

Odoniel se surpreendeu com meu gesto.

— Não prefere esperar a música terminar? — ele sugeriu gentilmente e, na sequência, se justificou: — Para não levantar suspeitas de que estamos acobertando algo.

Eu lhe sorri, lisonjeada, e avaliei que não custava seguirmos um pouco mais. Dançar com Odoniel quase me fez esquecer o drama de Eugênia, que àquela altura chegava às terras do Coronel para se tornar a nova Senhora da Caviúna.

8

FAZENDA CAVIÚNA, 1918

O Coronel era conhecido por ser um homem silencioso, e pouca gente em Bom Retiro podia dizer que já tinha, de fato, escutado a sua voz. Quando lhe falavam, sempre ao pé do ouvido, ele meneava a cabeça de um jeito que não era nem de concordância, nem de discordância, mas apenas um sinal de que a mensagem fora ouvida.

Seu cenho constantemente franzido parecia indicar que aquele homem estava sempre pensando em assuntos muito importantes, que o povo da terra não teria a capacidade de compreender: o preço da rês de gado, a viagem que faria à capital, a situação política de Pernambuco, o bando de cangaceiros liderados por Simão Pereira, que andava ameaçando a ordem local. Toda uma sorte de temas que, em sua opinião, não mereciam ser compartilhados com quem estava à sua volta.

O Coronel e sua noiva tiveram apenas dois encontros a sós antes do casamento, e, em ambos, Aristeu se mantivera em silêncio, talvez pensando nesses assuntos muito importantes. Os encontros aconteceram na sala da casa do pai da moça, e, nas duas ocasiões, o noivo não dirigira a palavra a Eugênia, que, indignada por estar sendo obrigada a casar-se com um desconhecido, decidira também permanecer calada, o que não pareceu afetar em nada o humor do noivo.

Ao contrário de Eugênia, que, vez por outra, bufava alto para enfatizar seu enfado e batia os pés ritmadamente no chão numa tentativa de fazer o tempo passar mais rápido, Aristeu mantinha a expressão distante, refletindo sobre seus assuntos muito importantes, que nada tinham a ver com a moça à sua frente.

A mãe de Eugênia, que no corredor tentava ouvir um fragmento qualquer de conversa, estranhou o silêncio durante as visitas e também o fato de que nada do que fora servido havia sido tocado pelo futuro genro. Nem mesmo o licor de amora, que encomendara especialmente para ele.

— Seu noivo não gostou da merenda? Você insistiu que ele provasse pelo menos o licor? Ai, Eugênia! Você deveria ter dito que fazia questão de que ele experimentasse os biscoitos, ressaltando que eles foram feitos por você. Pobre homem, a esta altura deve estar de estômago vazio e ofendido com seus maus modos.

— De pobre ele não tem nada, mamãe. E de fome o Coronel também não morre. Tem muita vaca naquela fazenda.

— Eugênia!

— Ainda fiz muito em permanecer na companhia dele sem me retirar.

— Se teu pai ouve isso — a mãe a repreendia, meneando a cabeça, inconformada com a rebeldia de Eugênia e com os quitutes intactos sobre a mesinha. — Essa sua teimosia não vai te levar a parte alguma. Em breve você terá o dever de cuidar do Coronel como seu marido. Se fosse menos turrona, poderia começar a treinar desde já, enquanto tem sua mãe a seu lado para te aconselhar.

— Quanta deferência preocupar-se assim com minha felicidade, mamãe, chega a me comover — respondeu irônica e, em seguida, mordeu um dos biscoitos de nata, que não haviam sido assados por ela.

No segundo encontro entre os noivos, Eugênia estava ainda mais contrariada por conta da proximidade do casamento e também por ter sido proibida pelo pai de rendar conosco. Decidida a testar os limites do Coronel, caminhou batendo o pé com força no chão quando foi pegar a bandeja na cozinha. Tossiu e pigarreou para quebrar o silêncio e, a uma certa altura, descalçou os sapatos de cetim, que, por serem novos, lhe apertavam o mindinho. Mas Aristeu não reagiu a nenhuma dessas pequenas provocações. Permaneceu imóvel, fitando um ponto qualquer na parede à sua frente, talvez pensando na política ou no preço do gado.

Após passar mais uma hora naquela pasmaceira, Eugênia arriscou-se a suspirar alto, de forma que ficasse bem claro que se tratava de uma demonstração de enfado. Mas nem isso fez o noivo reagir.

Quando havia outras pessoas em torno do casal, aquele silêncio não se fazia tão opressor. Mesmo com os dois permanecendo calados como de costume, sempre havia quem estivesse rendendo homenagens ou se desdobrando em rapapés ao Coronel. Era um tal de "Que bela noite, não acha, Coronel?", "Ouvi dizer que a época de seca deve começar antes este ano, será verdade, Coronel?". Essas frases soltas, que nem mesmo precisavam de uma resposta, preenchiam a sala e diminuíam um pouco o desconforto de Eugênia.

E mesmo depois do casamento, foi com esse mesmo silêncio habitual, que se tornara uma presença concreta entre o casal, que os recém-casados viajaram pela primeira vez até a Fazenda Caviúna. Eugênia cruzou a imponente porta da casa-grande, pensando no sofrimento que a nova condição lhe traria. Sentia-se uma intrusa naquela sala de estar, decorada pessoalmente pela falecida mãe de Aristeu, primeira senhora daquelas terras.

Teve vontade de se entregar ao choro e ao padecimento por si mesma, mas logo as crianças se aproximaram, os empregados vieram apresentar-se um a um e o ambiente encheu-se de boas-vindas. Quando olhou para o lado, Aristeu não estava mais lá, e, aliviada, Eugênia calculou que só iria encontrar o marido horas depois, quando o jantar fosse servido.

Felizmente, segundo foi comunicada por Dorina, que comandava tudo por ali desde que o Coronel era menino, Eugênia teria um quarto só dela. O Coronel tinha lá seus hábitos e não pretendia dividir seu espaço de descanso com ninguém.

Não foi sem intenção que Eugênia decidiu continuar vestida com a roupa de passeio que usara para sair da igreja e também permaneceu sem trocá-la após se recolher aos seus aposentos à noite. Estar ainda vestida como viera da cidade dava a Eugênia a ilusão de que sua presença naquela casa não era definitiva. O vestido verde-escuro, presenteado por uma tia, pertencia ao mundo ao qual ela pertencia e sempre pertencera. A ideia de se despir e colocar a camisola de núpcias parecia a Eugênia uma traição a si mesma. Como se ela estivesse se rendendo à vida que lhe forçavam a ter.

Por outro lado, aquela sensação de segurança era frágil. Reparara ao entrar que não havia chave na fechadura, e ela sabia que em breve o esposo abriria a porta do quarto na intenção de consumar a união. Para domar a angústia que lhe assaltava o peito durante aquela espera torturante, Eugênia rendava num trapinho algumas palavras no código que ela inventara.

Primeiro rendou "medo", depois, "ódio". Palavras que resumiam o que lhe passava pela alma naquele instante. Sozinha no quarto que fora da sogra, Eugênia sentia medo do futuro e ódio de tudo e de todos. Do marido, que a escolhera como se ela fosse uma peça de engrenagem; do pai, que a entregara como se ela fosse uma peça a ser vendida; da mãe, que tanto admirava aquela engrenagem chamada casamento; dos convidados da cerimônia, tão satisfeitos e seguros, ao verificarem que todas as engrenagens ao redor pareciam estar funcionando. Só não tinha ódio de nós, as rendeiras, que não desejávamos nem nos encaixávamos em nenhum tipo de engrenagem.

Quando, horas mais tarde, ouviu a maçaneta girar, Eugênia interrompeu o movimento da agulha. Mesmo sem levantar os olhos, sentia a presença do marido como um lampião aceso queimando o ar do cômodo em que estavam. O som das botas de Aristeu caminhando em sua direção era ensurdecedor. Seus passos, o ranger da madeira, a respiração pesada e a primeira palavra que ele lhe proferiu desde que ficaram noivos:

— Dispa-se.

A crueza daquela ordem gelou o sangue de Eugênia, que voltou a rendar a parte final do segundo O de "ódio" como se não a tivesse ouvido. Em sua mente, repetia para si mesma que tal demanda era uma afronta, uma humilhação. Ela era uma moça de boa família, não escolhera estar ali, jamais quisera ser esposa daquele homem, não lhe devia nada e, portanto, não cumpriria suas obrigações matrimoniais.

Diante da esposa que não lhe obedecia, Aristeu aproximou-se e lhe segurou os pulsos, com uma brutalidade de que Eugênia não o imaginava capaz, tão respeitoso que se mostrara na sala de visitas de seus pais.

— Dispa-se — ele repetiu, puxando o braço da esposa com força.

— O que o senhor pensa que está fazendo? — Eugênia começou a argumentar, mas o marido tapou-lhe a boca com uma das mãos, enquanto a outra lhe procurava as carnes.

— Sua mãe não explicou o que acontece entre marido e mulher?

De fato, a mãe não lhe explicara, mas Eugênia sabia das coisas, pois tinha ouvidos ávidos por assuntos proibidos. Escutara dezenas de conversas sussurradas na cozinha sobre as escapadas de uma ou outra moça da cidade, que, depois, passavam a ser chamadas de "perdidas".

Também já tinha tido a oportunidade de, em visita a uma fazenda, observar alguns animais copulando, cena que lhe provocara grande incômodo, mesmo acreditando que, quando se tratava de seres humanos, feitos à imagem e semelhança do Criador, a coisa não deveria acontecer da mesma forma.

Lembrava-se também de uma vez, ainda criança, quando viu serem jogados dois baldes de água para separar um casal de vira-latas, unidos por suas partes pudendas, um de costas para o outro, bem em frente ao armazém. Não havia como esquecer a reação do pai de Vitorina, praguejando contra os cães, acusando-os de afastar as freguesas com aquele assanhamento na calçada.

Só de pensar que algo parecido aconteceria naquela cama, Eugênia começou a se debater.

— Afaste-se! — ela gritou, conseguindo escapar e encostando-se no canto da parede. — Afaste-se ou eu não respondo por mim!

Ao contrário do que ela imaginara, Aristeu parecia mais surpreso do que furioso. Ele jamais imaginara que teria que lutar para conseguir o que, em sua opinião, era seu direito.

Eugênia percebeu que o marido ficara hesitante e lhe suplicou:

— Não faça, eu lhe peço.

Mas ele tinha uma tarefa a cumprir.

— As criadas precisam recolher o lençol manchado de sangue amanhã — avisou e, num gesto rápido, virou Eugênia de costas e subiu suas saias.

Eugênia tentou se livrar novamente, clamar por socorro, mas o marido lhe tapou a boca mais uma vez e, ao pé do ouvido, lhe ensinou:

— Se gritar feito bezerro, você nunca terá o respeito dos criados.

Mergulhada no desespero pelo que estava prestes a acontecer, num gesto instintivo, Eugênia cravou os dentes na mão do marido, que a soltou por um momento. Tempo suficiente para que Eugênia esticasse o braço e alcançasse uma tesourinha de costura que estava em cima do seu trabalho de renda.

Atônito, Aristeu acompanhou o movimento de Eugênia, talvez finalmente percebendo que a nova esposa não era uma peça sobressalente que viera para consertar a engrenagem da sua vida. Eugênia tinha vontades e era selvagem como a jaguatirica que ele certa vez abatera após horas de tocaia no alto da serra.

— Se é o sangue no lençol que lhe importa, aqui está ele. — E, ao dizer essas palavras, Eugênia cravou a ponta afiada da tesoura na palma da mão e deixou o sangue escorrer.

Diante da cama tingida de vermelho, o Coronel experimentou um instante de atordoamento. Seu cabelo estava desalinhado e o suor escorria pela testa. Eugênia viu o rosto do marido se contorcer de contrariedade, mas, em vez de atacá-la como Eugênia chegou a esperar, Aristeu fechou a calça e andou na direção da porta.

— Esteja preparada amanhã — o marido lhe ordenou, e Eugênia só voltou a respirar quando já não ouvia mais o som das botas no assoalho.

Deitada sobre o lençol manchado de sangue, um sorriso inesperado lhe surgiu nos lábios. Conseguira. Livrara-se do marido, pelo menos por uma noite.

A dor pelo corte recém-imolado era pequena diante do sentimento de vitória que Eugênia experimentava naquele momento. No chão, a renda com as palavras de desespero trançadas – "medo" e "ódio" – estava manchada, mas sua honra, não.

Mesmo exausta, Eugênia não conseguiu dormir pelo resto daquela que era – ou seria, já que não fora – sua noite de núpcias. Sentia a mente agitada, imbuída da missão de aperfeiçoar seu plano para continuar evitando Aristeu, noite após noite, como acabara de fazer. Sua urgência era encontrar uma saída. Precisava fugir daquele pesadelo, e as únicas pessoas em quem ela podia confiar éramos nós, as rendeiras Flores.

9

BOM RETIRO, 1918

Semanas depois do casamento, um mensageiro vindo da Fazenda Caviúna bateu à nossa porta para nos entregar uma encomenda que nos fora enviada pela Senhora Eugênia Medeiros Galvão. Tratava-se de um conjunto que continha um centro de mesa com seis guardanapos, muito delicados, que, segundo o mensageiro, "a patroa mandou dizer que é presente para a Senhorita Inês, e não para venda". Minha tia amuou-se com a ressalva, mas logo arranjou um jeito de ver defeito no conjunto.

— Não venderia mesmo. Este aqui está manchado. Foi lavado, mas se nota de primeira. Sem falar da poeirada que pegaram na estrada. Chegam a estar de outra cor.

— Que cor, Tia Firmina? — Cândida quis saber, mas minha tia não se deu ao trabalho de encontrar semelhança entre o tom encardido das peças e o das penas de algum pássaro.

— Cor de chão batido, menina — ela respondeu, impaciente. E, para que minha irmã não ficasse sem a informação que tanto significava para ela, lhe sussurrei no ouvido:

— Estão meio alaranjadas, como o peito do corrupião.

Assim que bati o olho no conjunto de mesa, percebi que havia uma mensagem entrelaçada e me ofereci para lavar as peças.

— Faz bem, Inês, deixe de molho no vinagre — minha mãe aconselhou.

Prontifiquei-me a realizar a tarefa no dia seguinte, mas levei as peças para o quarto para decifrá-las mais tarde. Assim que Cândida adormeceu, tirei o conjunto do embrulho e passei a noite debruçada sobre as peças.

No centro de mesa e nos seis guardanapos, Eugênia contava suas agruras dos últimos tempos e explicava que, desde que chegara à Fazenda Caviúna, já havia alguns meses, estava impedida de sair. Vivia como uma prisioneira, trancada na casa-grande, e a única atividade que o marido lhe permitia era a renda.

"Assim, ele me mantém quieta e de cabeça baixa, como deseja", ela me explicava, através de seu código.

Naqueles primeiros dias de casada, dedicou-se ao trabalho como nunca fizera. Rendar era a maneira que Eugênia encontrara para manter a mente afiada, e, enquanto seus dedos alternavam a entrada e a saída da agulha na trama de lacê, ela arrematava o seu plano.

Em cada guardanapo, Eugênia rendara um pedaço de sua nova rotina. O primeiro era totalmente dedicado ao temperamento de Aristeu, que, apesar da aparência discreta, podia, segundo ela, se tornar bastante violento.

Em outro, num tom menos amargo, Eugênia falava das crianças. Espertos e sensíveis, os pequenos órfãos também temiam o pai, como todos ali, mas conviviam com ele havia tanto tempo que desenvolveram o instinto de se manterem distantes.

Por sorte, Aristeu não tinha paciência com os filhos e a relação entre eles se resumia a cumprimentos educados: "Bom dia, senhor meu pai", "Com licença, senhor meu pai", ao que Aristeu respondia com um meneio de cabeça, que significava que as crianças deviam se retirar. Cumpridas essas formalidades, os pequenos partiam para seu mundo de brincadeiras, livres e farreando pelos campos da Fazenda, quase sem contato com o pai.

Aristeu não era severo ou maldoso com os filhos, Eugênia ressaltava no guardanapo, apenas não os enxergava. "Como teria acontecido comigo, se eu me comportasse como a esposa que ele achou ter encontrado quando foi até a casa de meu pai me negociar."

Não que o delegado tivesse recebido qualquer valor em espécie por Eugênia, mas se deixara seduzir pelo prestígio de ter netos herdeiros da Caviúna. O terceiro guardanapo, aliás, era dedicado aos pais, a quem, segundo a mensagem, Eugênia jamais perdoaria por a terem entregado sem pena a um predador voraz como Aristeu.

Em outro, a narrativa de Eugênia ganhava um tom mais leve. Era a parte dedicada à saudade que sentia de nós e à falta que as tardes de renda lhe faziam. Segundo ela, as lembranças de nossa amizade eram as únicas que a confortavam durante seus dias intermináveis. Agarrara-se à renda para sobreviver. Trabalhava da hora em que acordava até as últimas preces antes de dormir. Enquanto trabalhava, sua mente libertava-se e viajava até a casa de janelas azuis, onde quase podia ouvir o ritmo da respiração das companheiras. Em sua solidão, até as reclamações de Tia Firmina lhe pareciam acolhedoras.

Se o Coronel tivesse perguntado a qualquer habitante de Bom Retiro que conhecesse a jovem Eugênia um pouco mais, ou se tivesse ao menos perguntado a opinião da própria noiva, certamente teria escolhido outra moça da cidade mais afeita ao papel de esposa.

Mas, alheio a esse detalhe e cego pela própria vaidade, que o impedia de acreditar que havia no mundo mulheres como Eugênia, que jamais seriam peças ou se moldariam a engrenagens preexistentes, Aristeu decidiu-se pelas segundas núpcias com a filha do delegado achando que era o melhor para si, sem imaginar a amplitude do seu erro.

Para corrigir Eugênia, que não se dobrava às suas exigências, negava todos os seus pedidos. Até os mais banais. Não era permitido à minha amiga, por exemplo, ir à cidade para fazer compras ou visitar os pais.

Aristeu sentia-se injustiçado. Entrara naquele casamento em busca de paz e a teimosia da esposa só lhe trouxera aborrecimento.

Em algum ponto escondido no coração do marido, ele se via saudoso dos tempos da viuvez, e minha amiga se orgulhava por lhe provocar aquele sentimento. "É minha pequena vitória, pequena como o nosso ponto areia, que a princípio quase não se vê, mas, se feito em quantidade, preenche todo o desenho", ela dizia em um dos guardanapos.

No relato mais impactante, feito com pontos menores e bem próximos uns dos outros para que coubessem no espaço disponível, Eugênia falava sobre a noite em que, após alguns adiamentos obtidos por meio de pequenos ardis que ela inventava para afastar Aristeu, o marido finalmente a tomara para si.

Após a primeira tentativa do marido, em que Eugênia ferira a própria carne para simular a mancha da consumação carnal do matrimônio – verificada e comentada pelos criados da casa na manhã seguinte, como o marido previra –, Eugênia conseguira, de um jeito ou de outro, manter-se ilesa nas noites que se seguiram.

Numa delas, arrastou a pesada cômoda de jacarandá para impedir a abertura da porta, mesmo sabendo que ela não seria obstáculo suficiente caso Aristeu realmente quisesse entrar. Ainda assim, apostou que o artifício poderia, pelo menos, constrangê-lo – a porta travada pelo móvel mostraria a Aristeu o quanto ele era indesejado.

Tal qual uma Sherazade evitando a morte certa pelo casamento com o príncipe, Eugênia ia se esquivando do marido. Durante o jantar, ela discretamente avaliava a quantidade de vinho que ele tomava e lhe servia um pouco mais, torcendo que fosse o bastante para deixá-lo entorpecido e conduzi-lo a um sono rápido, em que os ardores pelo corpo da esposa virgem adormecessem junto com sua consciência.

Uma noite, porém, quando já estava deitada, olhos acesos como duas estrelas na escuridão e tesoura ao alcance da mão – hábito adquirido desde a primeira tentativa de Aristeu –, Eugênia ouviu os passos cada vez mais próximos no corredor e, em seguida, o som agudo do atrito de metal contra metal do giro da maçaneta.

Aristeu empurrou a porta, que, travada pela cômoda, fez soar uma batida seca. Nos instantes que se seguiram, Eugênia rezou por um milagre, ao mesmo tempo que se encolhia na expectativa de ver a porta do quarto aberta, já que um chute mais violento do marido seria capaz de deslocar o móvel.

Rezou com tanta fé a Santa Águeda que sua prece foi atendida. A pequena fresta que se abrira ao primeiro empurrão de Aristeu logo se fechou, e, alguns minutos depois, Eugênia já não ouvia qualquer sinal dos passos do marido no corredor.

Na manhã seguinte, porém, quando voltou ao quarto após o desjejum, em que ela pôde aproveitar a alegre companhia das crianças, a cômoda de jacarandá havia sido retirada do local, junto com a mesa de cabeceira e a poltrona de leitura.

O quarto estava praticamente vazio, restando apenas a cama e uma cadeira. Seus itens de toucador haviam desaparecido e as roupas que guardava nas gavetas da cômoda agora estavam dispostas dentro de um armário preso à parede e impossível de ser movido.

Quando Dorina veio lhe servir um chá durante a tarde, já que a dona da casa havia se recusado a almoçar naquele dia, a criada comentou sobre o ocorrido. Lamentou um móvel tão bom estar infestado por cupins.

— O patrão mandou queimar assim que a senhora acordou. Uma pena. Uma beleza daquelas.

— Cupim não fura jacarandá — Eugênia comentou calmamente, tomando um gole do chá, e Dorina achou por bem mudar de assunto. Não era prudente contrariar os dois patrões sobre um mesmo tema.

Mais tarde, no jantar, Aristeu estava mais falante do que o normal e, em determinado momento, chegou a comentar:

— Cupim é bicho traiçoeiro. Parece inofensivo, mas é tinhoso — disse aquilo em tom de ensinamento e dirigindo-se às crianças. — Gostam de agir escondidos das nossas vistas para nos pegar de surpresa. É por isso que temos que ser firmes e rápidos com esses malditos. Antes que eles corroam tudo por dentro e transformem a casa inteira em serragem.

Sem os móveis do quarto, que lhe serviam de barricada, Eugênia sabia que não haveria como impedir Aristeu de visitá-la. Enquanto o ouvia falar sobre cupins, entendeu que a consumação seria possivelmente naquela mesma noite. Dessa vez Aristeu não encontrou resistência. Nem na porta, nem na esposa.

Durante o ato, Eugênia permaneceu imóvel na cama, com as mãos mortas ao lado do corpo como um cadáver. Morta como predissera em seu véu de casamento. O marido não disse nada, apenas deitou-se sobre ela e aliviou sua vontade.

Eugênia se deixou ser violada sem emitir som algum, como uma boneca de pano colocada nas mais diversas posições. Permitiu que o marido manipulasse seus braços, pernas e corpo como se não fossem seus.

O ato durou pouco, tanta era a querência e a espera do marido, e Eugênia suportou a dor, a vergonha e a revolta. Aparentava estar ausente, mas não estava. Sentiu cada estocada, o sangue lhe escorrendo entre as pernas, enquanto olhava para o teto imaginando-se em outro lugar, outro tempo, outro corpo.

Quando Aristeu finalmente levantou-se, Eugênia percebeu que o marido buscava seus olhos, agora vazios, e, sem encontrá-los, ordenou, antes de sair:

— Que o lençol esteja branco amanhã antes da primeira hora.

O marido jamais permitiria que se espalhasse entre os criados que a esposa se mantivera pura passados tantos dias do casamento.

Assim que Aristeu se retirou, Eugênia lavou o sangue de sua virgindade numa tina com água e estendeu o lençol no encosto da única cadeira que havia no quarto para que o tecido secasse antes do amanhecer. No dia seguinte, quando Dorina entrou para acordar a patroa, não havia qualquer indício do que acontecera na véspera.

Terminei de ler o relato de Eugênia com o rosto afogueado e deixei o guardanapo repousar alguns instantes sobre o meu colo para organizar meus sentimentos. Eu não tinha o costume de pensar demais sobre o que homens e mulheres faziam na intimidade do casamento, mas sempre ficara intrigada por não compreender como o mesmo ato podia ser o pesadelo de umas e o desejo de outras.

Mesmo abalada com o que acabara de ler, ainda havia uma última peça a ser decifrada – e que seria a mais surpreendente de todas.

O centro de mesa rendado por Eugênia tinha um propósito diferente dos guardanapos. Enquanto os demais falavam sobre o passado, este outro trazia uma proposta de futuro. Na peça, Eugênia explicava em detalhes o plano que havia elaborado.

A ideia de fugir do marido surgira no dia em que o pai lhe anunciara o casamento na saleta de sua antiga casa. Na época, a vontade de escapar, que poderia ser considerada por alguns um exagero, fantasia sem propósito de uma noiva caprichosa, tornara-se uma necessidade vital para Eugênia após o casamento.

Nem que caísse na vida, como se dizia, nem que tivesse que mendigar na porta das igrejas, nada seria pior do que viver ali, prisioneira, sem poder sair, tendo o corpo violado todas as noites, sendo a única exceção a semana de suas regras.

Depois daquela primeira vez, Eugênia achara que o marido a deixaria de lado por algum tempo. Mas, estranhamente, a paralisia e o alheamento que Eugênia apresentara durante o ato aumentaram o apetite de Aristeu. Ela desconfiava que o marido queria arrancar-lhe alguma reação, qualquer que fosse, e por isso não desistia de procurá-la.

Em algumas ocasiões, o marido fingia não se importar com a rigidez de Eugênia e agia como quem realiza uma tarefa mecânica. Em outras, dizia qualquer coisa agradável, num tom quase terno: "Está com frio? Fecharei a janela". Em outras, Eugênia sentia que a raiva comandava cada centímetro do corpo de Aristeu, que se movimentava freneticamente sobre ela como se a intensidade de seu desejo pudesse arrancá-la da letargia.

Havia também as noites em que o marido permanecia quieto, quase triste, e apenas nessas noites os dois pareciam compartilhar alguma espécie de comunhão. Dois mortos-vivos, dois infelizes vagando em busca do que tanto queriam, mas jamais teriam. Uma vez, Aristeu chegou a recostar seu rosto no ombro de Eugênia, como que se abandonando por um instante, e lhe cheirou os cabelos, o que ela fingiu não notar.

Aos poucos, as visitas frequentes do marido foram moldando o corpo de Eugênia. Ela não sentia a mesma dor física durante o ato, o que a deixou ainda mais melancólica. Seu corpo já não considerava Aristeu um invasor, mas sua alma resistia: jamais pertenceria àquele lugar ou àquele marido que o destino lhe impusera.

Tirar a própria vida nunca ocorreu a Eugênia. Ela se amava como nunca amaria a outro alguém e, por isso mesmo, faria de tudo para salvar-se. Inclusive ceder a Aristeu.

Seu plano estava descrito em detalhes no centro de mesa que me enviara. Como o marido não lhe permitia ter contato fora da Caviúna, deveriam se comunicar unicamente através da renda. Dali a um mês, Aristeu iria viajar, criando uma oportunidade para que eu pudesse lhe entregar o dinheiro obtido com as rendas que vinha fazendo. Juntando o valor desses novos itens à parcela de sua produção antes do casamento, pelas quais lhe cabia um quinhão, juntaria alguns mil réis, que lhe abririam as portas da liberdade.

Eugênia havia notado que era o irmão mais moço de Vitorina quem realizava a entrega de mercadorias na Fazenda Caviúna a cada quinzena, e, se eu conseguisse acompanhar o rapaz na próxima ocasião, que coincidiria com a viagem do marido, tudo começaria a se desenhar.

Até lá, planejava produzir novas peças. Rendar era uma das poucas atividades que o marido lhe permitia, sem imaginar que seria a partir daquele trabalho, considerado por ele um passatempo de mulheres, que a esposa alcançaria a liberdade.

Com dinheiro em mãos, Eugênia arranjaria um transporte adequado para atravessar o sertão e, ao chegar à capital, poderia se sustentar por algum tempo até encontrar quem se solidarizasse com sua história e lhe estendesse a mão.

O centro de mesa não dava conta de todos os detalhes, mas me fornecia a data para o encontro. Minha missão seria conseguir uma maneira de ir até a Fazenda no dia da entrega das compras do armazém. Nessa ocasião, estando o marido fora, combinaríamos o que ainda faltasse ser arranjado. Em se tratando de Aristeu, não podíamos cometer erros. Eugênia sabia que, no momento em que saísse pela porteira da Fazenda Caviúna, seu único caminho seria desaparecer no mundo.

10

RIO DE JANEIRO, DIAS ATUAIS

Ultimamente Alice andava meio cansada dos homens. Mesmo sabendo que classificá-los como "os homens" era uma generalização rasa, como a que eles faziam quando diziam "as mulheres", sentia-se incapaz de controlar a irritação quando conversava com um integrante do que sua geração chama de macho heteronormativo branco de classe média.

Sentia-se atraída por seus corpos, é verdade. Mas a exaustão que experimentava ao antever o tanto que teria que explicar, perdoar e aceitar já a fazia evitar o envolvimento.

Era surpreendente observá-los se comportarem como neonatos, a quem se tinha que ensinar tudo: que não, as mulheres não tinham o instinto natural de levar os pratos para a pia antes deles; que sim, elas tinham vontade de fazer mais sexo do que eles imaginavam; que sim, os pelos pubianos faziam parte da anatomia feminina e, se eles tinham algum problema com isso, que depilassem os seus próprios pentelhos, em vez de patrulhar os nossos.

Se não haviam aprendido essas lições até então, por que caberia a Alice ensiná-los?

Aos dezoito anos, ela estava convencida de que a maioria dos homens seguiria por um caminho irrecuperável. Alguns eram mais atentos, ela admitia. Mas mesmo esses raramente entendiam o excedente de peso que suas companheiras, amigas, irmãs, colegas de trabalho carregavam nas costas se comparadas a eles. Quem se beneficia dos privilégios acaba não refletindo sobre o estado das coisas.

Até que Alice conheceu Sofia, que, além de amizade, lhe ofereceu uma opção até então não experimentada de romance. Não pensou muito sobre a questão, e, apesar de não terem mudado o status para "compromisso sério" nas redes sociais, Sofia era seu relacionamento amoroso mais estável dos últimos meses.

— Não sei como você consegue viver nessa bagunça — Sofia comentou ao entrar no quarto, já começando a dar uma geral.

Alice sorriu, sabendo que o ambiente estaria arrumado em questão de minutos. Bastava ela continuar não fazendo nada. De imediato, Alice percebeu que esse pensamento era semelhante ao de um macho heteronormativo branco de classe média e, consciente de seu comportamento, achou injusto permanecer deitada em silêncio enquanto Sofia catava suas roupas do chão.

— Deixa que eu ajudo.

Nesse caso, talvez nem fosse questão de gênero.

Alice era caótica e Sofia era extremamente organizada, do tipo que não dorme com louça suja na pia. Por saber que Sofia era assim, Alice permitia que ela se divertisse alinhando seus cadernos e organizando suas gavetas. E até considerava essa permissão um ato de amor, já que não ligava a mínima para a desordem e, por ter um temperamento combativo, se alguém lhe criticasse a bagunça, normalmente diria algo como: "O quarto é de quem mesmo? Meu? Obrigada por lembrar, agora pode se retirar".

— E esses papéis? Pode jogar fora? Conta vencida, ingresso de cinema, papel de chiclete... — Sofia listava.

— Hum-hum — Alice concordou, desatenta.

— Você nem olhou, Alice. E esses envelopes vazios? Está guardando para quê?

Alice suspirou e passou a dar atenção à pilha que Sofia lhe mostrava. Separou o que era inútil, quase tudo. "Lixo, lixo, lixo." Até que viu entre os envelopes o papel amarelado que viera junto com o véu presenteado pela tia de Pernambuco.

— O que é isto? — Sofia ficou curiosa.

— Veio com esse véu. — Apontou para a peça de renda, jogada no encosto da cadeira do computador.

— É para guardar ou jogar fora? — era tudo o que Sofia queria saber, ansiosa para dar o nó no saco plástico onde estava enfiando o que seria descartado.

Alice ficou em dúvida, o que fez Sofia se impacientar de leve e decidir avaliar ela mesma a importância do bilhete.

— Deixa eu ver o que é.

Assim que conferiu o que estava escrito, Sofia olhou novamente para o véu, interessada:

— É um código. — Alice não entendeu de imediato e Sofia explicou melhor: — Cada símbolo é uma letra, olha.

Sofia era analista de sistemas, trabalhava no desenvolvimento de softwares para novos aplicativos; seu talento era escanear o mundo identificando padrões.

— Veio com esse véu? — perguntou, e, sem esperar que Alice respondesse, pegou a peça e a abriu sobre a colcha.

— Começa aqui. Esse ponto, se formos procurar um símbolo parecido, é um E. Esse outro, um U — afirmou, com expressão concentrada.

Conferiu mais uma vez o papel que tinha nas mãos e começou a decodificar a mensagem.

— "Eu, Eugênia..."

Alice riu, desconfiada, certa de que era coincidência.

— Para, Sofia. Você está de sacanagem comigo.

— Eu ia inventar uma coisa dessas por quê? Não quer acreditar, não acredita. Depois, você confere e vê se não estou certa — Sofia desafiou Alice, fechando o saco de lixo e colocando o papel de volta na mesinha.

Mesmo ainda duvidando, Alice pegou o véu para checar, o que enterneceu Sofia, e a fez continuar.

— Se não fosse um código, não teria padrões — Sofia sentou-se para mostrar melhor a Alice. — Esta sequência de pontos aqui, por exemplo, se repete em vários lugares. "Eugênia" no início. "Eugênia" no fim, como uma assinatura, está vendo?

Alice acompanhava os dedos de Sofia, que se movimentavam rápido sobre a renda, e tinha que concordar que a namorada tinha razão. Os pontos formavam palavras, que formavam frases. O véu era uma carta.

— Quem é Eugênia? — Sofia perguntou, curiosa. — É a sua tia?

Alice fez que não. A tia era Helena e só lhe dera o véu. Dissera que pertencera a uma parente, mas Alice não sabia quem. Talvez sua bisavó, ou sua tataravó.

— Nunca ouvi falar de Eugênia. Mas também não tive muito contato com esse lado da família. Minha avó era brigada com a mãe — explicou e quis entender mais. — O que mais diz aí?

Sofia pegou o papel e continuou decifrando a mensagem, ao mesmo tempo que ia mostrando a Alice como fazer.

— Esse é o A, tá vendo? Esse é o O.

— Deixa eu tentar — Alice se animou e, conforme ia conferindo o código, lia as palavras rendadas em voz alta.

"Me encontro prisioneira de um pesadelo do qual pretendo escapar."

As duas se entreolharam, como quem acaba de assistir a uma reviravolta num filme do qual não esperavam grandes emoções. Debruçadas lado a lado na cama, passaram as horas seguintes lendo aquela história de outro tempo e de final trágico.

&

— Será que ela conseguiu? — Sofia quis saber, quando terminaram a leitura. — Sua tia ou sua mãe devem saber.

— Minha mãe não está falando comigo esta semana, esqueceu?

Sofia revirou os olhos e levantou-se:

— Antes que o drama da pobre vítima comece, eu já vou indo.

— Ah, não. Dorme aqui, vai, Sofí — Alice fez um muxoxo, estratégia que não costumava funcionar com a namorada.

— Não dá. Tenho que terminar um trabalho. Se apareço amanhã com a mesma roupa de ontem, o pessoal fica fazendo piadinha e eu acabo me aborrecendo. Prefiro evitar.

— Você pode dizer que sua noite foi ótima — Alice sugeriu, charmosa. — Ou pegar uma roupa minha.

— Você tem alguma coisa tamanho G?

Alice torceu os lábios numa negativa e Sofia pôs fim à questão.

— Então, amanhã a gente se vê.

Ao acompanhar Sofia até a porta, Alice cruzou com a mãe, que estava esticada no sofá da sala, pés descalços, tomando uma taça de Malbec e com o rosto iluminado pela tela do notebook.

Pelo sorriso suspenso no canto da boca e o afogueado de suas bochechas, Vera estava certamente conversando com alguém no aplicativo de paquera.

Assim que se despediu de Sofia no hall do elevador, Alice entrou na sala, perguntando:

— Mãe? Qual era mesmo o nome da minha tataravó?

— Hã?

— Minha tataravó, a avó da sua mãe. Era Eugênia?

— Espera um pouco, Alice — Vera respondeu, impaciente. — Estou aqui no meio de uma conversa.

— Custa responder? É um segundo.

A mãe a olhou, surpresa. Era raro a filha perguntar algo sobre a família.

Apesar de Vera ter considerado a atitude de Alice surpreendentemente positiva e madura, o timing era péssimo. Não queria perder o fluxo da conversa com aquele engenheiro interessante, que "fazia trilha nos fins de semana, adorava viajar e preferia Cabernet".

— De onde você tirou isso agora? — a mãe falava devagar, com a atenção dividida entre a filha e a conversa no chat, ganhando tempo para digitar mais uma frase. "Minha filha está aqui me fazendo uma pergunta. Um minuto. Não some, hein?! Rs."
— Curiosidade, só isso. Não posso?
— Carmelita — Vera respondeu sem tirar os olhos da tela do computador. "Oi, voltei. Resolvi já. Então... Que tal se a gente combinasse de se conhecer pessoalmente?"
— Carmelita? E não tinha Eugênia na família? — Alice insistiu.
— Ah, sei lá, Alice. De repente tinha. Como vou saber? — Vera rosnou, irritada. — Não conheci nem a minha avó. Me deixa quieta, vai.

Alice tinha acabado de passar três horas no quarto com Sofia, fazendo sabe-se lá o quê, e agora vinha com aquela urgência por um assunto pelo qual nunca se interessara, no exato momento em que ela estava se divertindo. Era a vez de Vera. Direitos iguais naquela casa. Era o combinado.

Enquanto decidia junto com o engenheiro onde poderiam marcar o primeiro encontro – quem sabe naquele restaurante italiano que acabara de inaugurar num bairro equidistante para os dois –, Vera ainda tentava encontrar em sua mente, aqui e ali em suas lembranças de infância e nas frases ditas por sua mãe, uma referência ao nome Eugênia. Fazia isso para se livrar da obstinação da filha, que se mantinha teimosamente em pé à sua frente.

A mãe, Celina, não falava muito da família pernambucana. Havia rompido com a mãe na época em que seu pai se suicidara. Pelo que ela havia entendido, sua mãe culpara a própria mãe pela morte do pai, de um jeito que Vera nunca compreendera.

Para esquecer a dor, Celina tinha se mudado para o Rio aos dezessete anos e ali criara uma vida nova, como se fosse a primeira representante de sua linhagem. Mesmo identificando que havia uma lacuna no passado de Celina, em criança, Vera nunca sentira necessidade de saber mais e, já na adolescência, construiu a fantasia de que o antepassado tinha tirado a própria vida ao descobrir a traição da esposa. Só um drama desse porte justificaria uma filha ter rompido com a mãe, em vez de apoiá-la na viuvez.

Se um dia Alice soube o nome de algum ancestral mais distante, foi por ocasião de um trabalho que teve que fazer para a escola em que deveria desenhar sua árvore genealógica. Lembrava-se de que, na época, a mãe proferira os poucos nomes que sabia de cor com alguma hesitação, como se fossem proibidos.

O lado paterno da menina também ficara cheio de espaços vazios, e, desde que Alice desenhara aquela árvore incompleta, sentia-se como uma fruta que não nasce de galhos, mas que brota direto do chão – um abacaxi, uma melancia, um morango.

Àquela altura, Vera já havia se desligado da pergunta da filha. "Tenho uma confissão a fazer. A idade que está no meu perfil não é real. Eu abaixei um pouquinho, espero que não seja um problema para você."

Ela tentava dar continuidade à conversa, mas a presença inquisitiva da filha a incomodava e lhe tirava a naturalidade. Queria que Alice voltasse para o quarto e a deixasse em paz.

"Seus filhos moram com você? A minha tem dezoito, mas às vezes parece uma criança. Essa nova geração não consegue cortar o cordão umbilical, não acha? Na idade dela eu queria ficar longe de casa."

Ao perceber que Vera imergira novamente na tela do computador, dessa vez sem chance de retorno, Alice desistiu.

— Deixa pra lá. Depois não vai dizer que a gente não conversa nunca. — E, antes de sair da sala, quis provocá-la ainda mais: — Pode continuar aí com esse seu papinho que não vai dar em nada.

O comentário malcriado fez Vera perder a paciência e deixar o notebook de lado. Ter dado à luz aquela menina num parto normal e traumático que durara dezoito horas não a obrigava a ouvir seus desaforos. Para ela, não havia maior ingratidão do que a dos filhos. Sempre achando que vinham em primeiro lugar em tudo.

— Olha como fala, garota. Quem você pensa que é para me julgar? Vá morar em outro lugar e pagar suas contas antes de falar comigo nesse tom.

— Estou contando os dias para isso acontecer, pode ter certeza — Alice gritou do corredor, já batendo a porta do quarto.

— A recíproca é verdadeira! — Vera gritou de volta, virou o resto de Malbec que restava na taça e voltou a se concentrar no chat. "Oi, desculpa, era o interfone. Se eu fui casada? Sim, mas isso é passado, agora estou mais focada no futuro."

II

BOM RETIRO, 1918

Tia Firmina foi a única rendeira a estranhar o fato de Eugênia estar querendo receber o valor pelas peças que produzira nos últimos meses de solteira.

— Essa menina nunca ligou para dinheiro. Agora que ficou rica deu para ser murrinha?

— Ela está no direito dela, Firmina — minha mãe ponderou. — Se trabalhou, é justo que receba.

— Poderia doar para os pobres, pelo menos. Fazer uma caridade.

— É justamente isso que Eugênia pretende fazer, minha tia — menti para que aquele debate não se prolongasse ainda mais.

— Se é para a caridade, podemos vender na quermesse da igreja — Tia Firmina sugeriu. — A madame nem precisaria se dar o trabalho de escolher os necessitados a quem irá beneficiar.

— Acontece que ela já sabe para quem dará o dinheiro — menti pela segunda vez para encobrir a real motivação de minha amiga. — Eugênia vai ajudar algumas famílias da Fazenda. Por isso pediu que enviássemos o valor diretamente para ela.

— E como você pode saber tanto sobre as intenções de Eugênia, Inês? — Tia Firmina me questionou. — O tal homem que veio até aqui entregar o pacote mal te cumprimentou.

— Já tínhamos comentado sobre esse assunto quando nos encontramos no casamento — inventei, mentindo pela terceira vez, e minha tia pareceu finalmente conformada, mas não sem antes reclamar:

— Em vez de tomar conta da casa e do marido, Eugênia resolveu rendar mais do que quando trabalhava conosco. Vai entender essa juventude.

Após algumas semanas, as peças rendadas por Eugênia, tanto as mais antigas quanto as novas, foram vendidas. O homem de terno escuro levou a maioria delas, pagou adiantado, e, como de costume, as demais foram enviadas para as fazendas próximas. Esse comércio pela região só era possível graças aos irmãos de Vitorina. Eles levavam nossos trabalhos junto com as entregas do armazém para Triunfo, Serra Talhada, Santa Cruz da Baixa Verde, Quixabá e sempre voltavam com um envelope polpudo para nós.

Eugênia havia trabalhado duro nos últimos tempos e era a rendeira com mais peças no mostruário. Nosso preço não era baixo, já que nossa fama havia se espalhado por outros estados, e àquela altura também enviávamos encomendas de forma independente pelo correio, sem a intermediação do homem de terno escuro. Tia Firmina abrira até uma conta na agência bancária de Triunfo, e era lá que ela depositava as economias das Flores.

Quando me vi de posse de uma boa soma de dinheiro para enviar à minha amiga, fui sondar Vitorina sobre a data em que seus irmãos fariam a entrega na Caviúna.

— Só perguntando para eles. Se ficasse lhes vigiando a vida, não me sobrava tempo para rendar.

— Por que você não vai até o armazém com Vitorina e descobre, filha? — minha mãe sugeriu, com um olhar levemente atrevido e até então inédito para mim. — Aproveite e traga um pouco de arroz. Estamos precisando.

Confesso que demorei um pouco a me dar conta de que minha mãe passara a ter expectativas em relação à minha vida amorosa. Desde que eu dançara com Odoniel na festa de casamento de Eugênia, ela andava a me enviar com maior frequência à venda – muito maior do que a necessária para manter nossas provisões –, na esperança secreta de que um sentimento mútuo surgisse entre nós.

Odoniel estava empilhando as sacas de feijão quando chegamos. Antes que ele tivesse tempo de nos cumprimentar, Vitorina já estava abrindo a porta que ficava no fundo do armazém e dava acesso à casa da família.

— Vá adiantando seu assunto, Inês. Depois nos falamos — me ordenou, já nos deixando a sós. — Se eu não for logo tomar a bênção de mamãe, ela não sossega. É ouvir a minha voz aqui fora para começar a chamar por mim. Se me demoro, se lamenta que não lhe dou mais a atenção devida.

— Precisa de algo, Inês? — Odoniel quis saber, assim que Vitorina desapareceu e ficamos a sós.

— Na verdade, preciso sim.

— Feijão? Batata? Viu como estas abóboras estão parrudas?

Após uma breve hesitação, expliquei:

— Na verdade, preciso de um favor.

Levemente surpreso, ele se pôs à escuta. Apesar de Odoniel sempre ter se mostrado muito prestativo comigo, eu me sentia constrangida ao lhe fazer um pedido tão inusitado.

— Eu estava pensando em visitar Eugênia na Fazenda — comecei, verificando a reação de Odoniel conforme eu ia lhe explicando minha intenção. — Faz tempo que não nos vemos, e Vitorina comentou que um de vocês irá até a Caviúna por esses dias. Então, pensei...

Talvez culpada por estar envolvendo Odoniel no caso de Eugênia, eu estranhamente não conseguia terminar minhas frases, esperando que ele entendesse de antemão o que eu lhe pedia, o que acabou acontecendo.

— Você pode vir comigo — ele ofereceu com um sorriso, que fez meu constrangimento se dissipar imediatamente. Era só uma visita entre amigas, não um crime. — Tenho uma entrega para lá amanhã mesmo — ele comentou, já começando a organizar nossa viagem. — Costumo sair às seis. Posso passar na porta das Flores por volta desse horário. Esse combinado te agrada?

— Seria perfeito — respondi, devolvendo-lhe o sorriso, com a impressão de que Odoniel tinha algo em comum comigo: era o tipo de pessoa com quem sempre se pode contar.

Um dos ensinamentos que o pai comerciante passara aos filhos, inclusive a Vitorina, por isso eu o sabia, era que "o segredo para manter a freguesia é tornar a vida de quem entra por aquela porta mais fácil. Façam isso e nunca nos faltará dinheiro em caixa, compreendem?".

Satisfeita com o nosso acordo sobre o deslocamento até a Caviúna e sem ter mais o que fazer por ali, agradeci e entrei para o interior da casa com a intenção de cumprimentar Dona Hildinha.

Mais tarde, durante o jantar com minha família, a notícia de que eu iria visitar Eugênia no dia seguinte causou alvoroço na casa de janelas azuis. Tia Firmina considerou um sem-cabimento tamanho enfrentar todo aquele chão de terra apenas para visitar uma pessoa que estaria na procissão de Santa Águeda dali a algumas semanas.

Minha mãe, animada com a minha aproximação de Odoniel, perguntou três vezes se eu não queria que ela passasse algum vestido no ferro de carvão ou que me emprestasse um chapéu. Já Cândida me fez prometer que eu observaria cada detalhe da Fazenda para lhe contar depois. Seus pedidos eram bem específicos: queria saber se o perfume do jardim era de jasmim ou manacá, se o cheiro da cozinha era de ensopado de carne ou de doces caramelados e, claro, que cantos de passarinhos eram ouvidos naquelas terras.

A agitação era tanta que acho que nenhuma de nós dormiu naquela noite. Minha mãe com a esperança de ganhar netos e netas, Cândida ávida por descrições que lhe preencheriam a imaginação e minha tia com um aperto no peito que a acompanhava de outros tempos. Só entendi mais tarde a dimensão desses temores.

Quando desci no meio da madrugada até a sala, encontrei a casa acordada e cheirando a café. As três inventaram de fazer uma compota de cajá e estavam cheias de afazeres. Com uma colher de pau mergulhada até a metade num grande tacho, minha mãe mexia as frutas já macias pela fervura, Cândida contava as estrelas de anis com as quais finalizariam a receita e Tia Firmina limpava as tigelas em que verteriam o doce.

— Vá deitar, Inês. Você precisa estar bem-disposta amanhã — sugeriu minha mãe, usando novamente aquele tom jovial, motivado pela esperança de que nossa família aumentasse. A chegada de uma nova geração traria alegria à casa e seria o caso, inclusive, de se fazer aquela reforma no telhado que adiavam havia tempos.

Assim que o sol raiou, sentadas na mesa da cozinha e comendo o doce ainda quente, ouvimos o barulho do motor se aproximando. A caminhonete de Odoniel tinha cheiro de cebola e cominho, e, desde esse dia, toda vez que acrescentei um desses dois temperos a qualquer receita, as lembranças daquela manhã voltavam imediatamente à minha memória.

Durante a viagem, não precisei me esforçar para inventar temas para manter uma conversa. Odoniel tomou para si a tarefa de tornar nosso tempo na estrada animado e contava os mais variados causos, alguns testemunhados por ele, outros dos quais apenas ouvira falar por suas andanças pela região.

Não sei se o fazia por mim ou pelo hábito de facilitar a vida de todos, como o pai ensinara aos filhos. Mas, enquanto dirigia, ia me mostrando dezenas de marcos que considerava de interesse: a fazenda do Coronel Fulano, a vala de um rio que havia secado fazia meio século, determinada curva que diziam ser assombrada por um fantasma morto em tocaia.

— Espie se não é ele ali, o fantasma! — Ele apontou de forma inesperada e, num pulo, olhei na direção que seu dedo indicava.

No local havia apenas um cruzeiro com um lenço amarrado dançando ao vento.

— Desculpa, Inês, eu não resisti — Odoniel confessou, rindo. — Espero que você não tenha me levado a mal.

Confesso que fiquei incomodada, não com ele, mas comigo, por ter caído na galhofa, mas fiz que não tinha problema e rimos juntos. Odoniel tinha a mesma alegria da irmã: aquela expressão acolhedora de "volte sempre" sem julgamentos e aberta ao outro.

Foi só após uma hora de estrada que ele me fez uma pergunta mais pessoal:

— Tem vontade de sair de Bom Retiro, Inês?

Ao contrário de minhas amigas, sempre a fazer planos para o futuro, eu nunca tinha pensado muito além da manhã seguinte.

— Não sinto necessidade, urgência ou obrigação de ir a algum lugar específico. — respondi. — Se a vida me conduzir para longe daqui, que seja. Mas se, por outro lado, meu destino for passar cem anos em Bom Retiro, também não vejo problema.

— Então, você vai ser uma senhora centenária? — ele brincou e eu o provoquei:

— A longevidade das mulheres Flores é bem conhecida pelo povo — comentei e, logo em seguida, acrescentei em tom leve, já que encarava com bom humor a lenda sobre a sina da minha família: — Ao contrário do que acontece com os homens.

Odoniel sorriu surpreso e com admiração, talvez me achando muito sensata por não me deixar abalar pela opinião alheia.

— Sou como um fio no carretel — emendei. — Aquele que ainda pode virar uma renda ou ficar esquecido na cesta de costura. Não me sinto presa a terra nenhuma. Nem a esta, em que nasci, nem a outras, que não conheci.

— É uma moça livre, então — Odoniel fez que entendia.

— Acho que sim — concordei.

Suas palavras me fizeram refletir. Em meu íntimo, eu não desejava isso ou aquilo. Apenas aguardava, sem ansiedade, o que cada instante me oferecia – e isso não deixava de ser, de alguma forma, uma liberdade, pois nem do meu próprio desejo eu era prisioneira.

Em torno da minha cintura, por debaixo da saia de algodão, eu sentia a maciez do lenço de seda com o qual havia embrulhado o dinheiro de Eugênia. Vez por outra, principalmente após um solavanco causado por um buraco na estrada, eu tinha o impulso de levar a mão até o embrulho para me certificar de que ele não desaparecera magicamente.

Eu aceitara colaborar no plano de Eugênia sem julgar se o que minha amiga fazia era prudente ou não. Na época, eu achava que não cabia a mim essa decisão – até então, sempre acreditara que ajudar o próximo era o que as boas pessoas, como eu, faziam.

Logo após a nossa chegada à Caviúna, Eugênia apareceu na cozinha num vestido elegante de *laise* francesa e nos cumprimentou de forma distante, como convinha a uma senhora da sua posição. Não estávamos ali na condição de visitas, e o mais seguro era que nenhum dos empregados percebesse que a dona da casa estava diante de uma velha amiga.

Cumprimentei-a como se não nos conhecêssemos. Ali, eu era apenas a acompanhante do rapaz da venda, talvez sua noiva ou sua irmã. Confesso que não foi sem alguma perturbação interna que cogitei a primeira hipótese, mas tentei controlar esse meu inesperado desassossego e me concentrar no meu objetivo.

— De muito boa qualidade esse couro — Eugênia elogiou, enquanto conferia as mercadorias recém-chegadas, passando a mão por umas bolsas que Odoniel trouxera.

— Não é, Dona Eugênia? — Agora a amiga da irmã mais nova era chamada de "dona". Era o apropriado. — Vieram da Bahia.

Por rejeitar com toda a força de sua alma o título de Senhora da Caviúna, desde que chegara à Fazenda, Eugênia não havia exercido o comando da casa como seria esperado. Nos primeiros dias, as criadas do Coronel, ainda na expectativa de agradarem a nova patroa e de se adaptarem às suas vontades, se apresentaram respeitosas e prontas para receber as instruções de Eugênia, que as dispensou, alegando mal-estares ou outras ocupações.

Para exibirem suas habilidades culinárias e competência na gerência da casa, aquelas mulheres passaram as primeiras semanas a oferecer bolos fora de hora à patroa e caprichando mais do que já caprichavam no polimento da prataria. Mas, aos poucos, percebendo que a moça mal tocava na comida e que não se interessava pela forma como a mesa era posta ou pelo brilho de uma baixela, foram naturalmente voltando ao antigo modo de agir, com o qual o patrão já se acostumara.

Todas ali, principalmente Dorina, experimentaram uma certa frustração por não verem seus esforços reconhecidos pela recém-chegada, mas convenceram-se de que havia alguma vantagem no descaso da patroa com o comando da casa. Seriam livres como nos tempos da viuvez do patrão, sem ninguém a lhes dar ordens ou criticar o tempero.

Desde que a falecida patroa ficara doente, a casa funcionava sozinha, e Dorina e suas ajudantes acabaram concluindo ter sido uma bênção Deus ter-lhes colocado no caminho uma patroa tão alheia às tarefas domésticas e que só se interessava por rendar.

Esse era, aliás, um ponto a favor de Eugênia junto às criadas, que admiravam o empenho e o fervor com que a nova senhora trabalhava sem necessidade.

— Nem parece que é moça rica. Chega a estar curvada de tanto ficar debruçada sobre aquela almofada — Dorina se espantava.

Passaram a tratá-la com a deferência de uma hóspede e logo entenderam que a patroa não era de conversa.

Já acostumada com uma senhora quase invisível, foi com espanto que Dorina viu Eugênia entrar na cozinha, querendo checar as mercadorias vindas de Bom Retiro.

— Pode deixar que nós ajeitamos tudo, patroa.
— Quero ajudar, Dorina. Acordei disposta hoje.

A cozinha era espaçosa, e, por uma grande janela, era possível ver um descampado, onde os filhos do Coronel brincavam de pula-carniça. Assim que perceberam a movimentação incomum nos fundos da casa, as duas crianças dispararam a correr pelo terreiro e logo já estavam entrando na cozinha. Abraçaram Eugênia girando a madrasta numa pirueta e, sem interromper a correria, roubaram duas cocadas da bancada.

— Cuidado para não caírem e ralarem os joelhos! — Eugênia recomendou, maternal, mas os pequenos mal lhe ouviram, já desaparecendo felizes e velozes pela outra porta, a morder as cocadas.

— Que afobamento, meu Deus — ela comentou.

Eugênia ainda se manteve por um tempo com a expressão levemente contente, saboreando o abraço recém-recebido dos enteados. Apesar de tudo o que me contara em seus guardanapos, minha amiga ainda conseguia sorrir.

Depois de examinar os itens trazidos por Odoniel, Eugênia trocou comigo um olhar cúmplice e fez um gesto com a cabeça para que eu a acompanhasse até o interior da casa, dizendo, num tom de voz mais alto para que todos ouvissem, "que ela tinha uns objetos para doação que poderiam interessar à moça".

Conforme caminhávamos na direção da sala principal, a madeira rangia sob os nossos pés. Lembrei-me de Cândida, que pedira que eu memorizasse minhas impressões sobre a Caviúna em cheiros e sons. A disposição dos móveis em estilo clássico, as porcelanas francesas e os quadros com paisagens de outros países não interessariam a minha irmã. Mais tarde eu teria que lhe descrever outras sensações: o cheiro de lavanda que exalou das almofadas do sofá quando me sentei e o som agudo de uma gralha-cancã que ouvi ao longe.

O salão era claro, arejado, e cortinas dançavam com a brisa fresca que batia àquela hora. Eugênia comentou que a falecida sogra decorara a casa com a intenção de sentir-se na capital. Odiava o interior, e sua maior alegria era passar o inverno no Recife. Tinha inclusive visitado o Rio de Janeiro ainda nos tempos do Império e parece que conhecera o próprio Pedro II numa *soirée*.

Em outros tempos, aquele salão tão despropositadamente elegante fizera a sogra acreditar estar em outro lugar que não ali. Mesmo que por motivos distintos, Eugênia compartilhava um desejo semelhante, ainda que a sogra, que era rica de berço e enviuvara jovem, não tivesse sido feita prisioneira pelo marido.

Com o poder que o dinheiro proporciona a quem o possui, a mãe de Aristeu fazia valer sua vontade pela força na região. Eram contadas muitas histórias sobre sua crueldade com os escravos, e diziam que a fazendeira morrera de desgosto quando a escravidão foi abolida. Aristeu certamente herdara da mãe a dureza de coração.

Durante o tempo que passamos juntas naquele dia, Eugênia manteve uma atitude formal por não considerar prudente externar a intimidade que tínhamos. Ser flagrada numa conversa amigável com a moça da entrega do armazém poderia gerar uma desconfiança posterior, e, para me proteger de ser acusada de sua cúmplice no futuro, considerou ser mais sensato conversarmos de maneira distante, a fim de manter as aparências.

Ao nos aproximarmos da janela, admirei o extenso campo à nossa frente por alguns instantes. De um lado, léguas e léguas de plantação de cana. Do outro, um imenso pasto para o gado. As duas riquezas que faziam a fortuna dos Medeiros Galvão.

— Bonito — comentei, e Eugênia suspirou.

— Eu vejo apenas um deserto. Uma terra esquecida, parada no tempo. No Recife e no Rio de Janeiro as mulheres não são tratadas como gado. Lembra-se do jornal que Vitorina nos mostrou?

Ela se referia a um exemplar de um periódico publicado no Recife, que caíra nas mãos de Vitorina, trazido por um mascate que costumava fazer negócios com seu pai.

Chamava-se *Ave Libertas*, do latim "salve a liberdade", totalmente escrito e gerenciado por mulheres. Na época, quando vira do que se tratava, achando que o conteúdo iria nos interessar, Vitorina havia surrupiado o jornal da mesa de contabilidade do pai e o trazido escondido para uma de nossas tardes de renda.

Era sempre Vitorina quem trazia a grandeza do mundo lá fora para o pequeno círculo que formávamos. Quando ela o abriu orgulhosa sobre a mesa, nos reunimos em torno do exemplar já amarelado, ávidas para saber mais.

— Veio embrulhando uma peça de charque, vejam só, que pecado — ela foi nos explicando e, em seguida, me pediu para ler o artigo principal em voz alta.

Nas letras impressas na página amarrotada, fomos entendendo que o Ave Libertas era um grupo de senhoras que havia tido papel importante na luta pela abolição dos escravizados, arrecadando fundos para comprá-los e depois alforriá-los.

Agora, passadas algumas décadas, elas se empenhavam em outra missão igualmente nobre: ajudar a alfabetizar e preparar os libertos para assumirem um novo papel na sociedade. O grupo também lutava pela mudança de algumas leis que beneficiariam as mulheres, como o direito ao voto feminino e uma novidade para nós: o divórcio.

— O que é divórcio, Inês? — Cândida quis saber, ao ouvir aquela palavra desconhecida de todas.

Avancei um pouco na leitura para tentar descobrir.

— Pelo que diz aqui, parece que é desfazer um casamento.

— Mas o que Deus uniu o homem não separa! — Tia Firmina se indignou. — Está no texto sagrado.

— Tem certeza de que isso existe mesmo, minha filha?

Minha mãe também desconfiou de que tal desenlace matrimonial pudesse existir.

— É o que está escrito, minha mãe. Recentemente, foi decidido que maridos e esposas podem viver separados, em casos de adultério, injúria ou abandono.

— Santo Deus. O mundo está perdido — Tia Firmina declarou, benzendo-se três vezes, na altura da testa, sobre os lábios e no peito.

— Mesmo assim — continuei explicando, a partir da leitura —, a união não pode ser desfeita de todo. Marido e esposa recebem autorização para morarem separados, mas continuam com o vínculo.

Pelo que diz aqui, parece que existe uma proposta para uma nova lei que, se for aprovada, permitirá que um casamento deixe de valer mesmo. A lei do divórcio.

— Então, esse divórcio é um "descasamento" — Cândida concluiu.

— E será que os descasados vão poder se casar com outras pessoas? — Vitorina perguntou, intrigada com a possibilidade.

— Que invenção mais descabida — Tia Firmina resmungou. — Está escrito aí se alguém perguntou a Deus se ele está de acordo com o descasamento? Aposto que não.

No pé do artigo, via-se a foto de Maria Amélia de Queirós, uma senhora da alta classe, feições decididas, cabelo preso num coque e, em torno do pescoço, um colar de pérolas graúdas.

Ficamos um tempo a admirar a imagem daquela mulher que ocupava um lugar até então impensável para nós, capaz de fazer suas ideias chegarem a quilômetros de distância, do Recife a Bom Retiro. Ideias como mudar as leis vigentes e permitir descasamentos.

Ironicamente, na ocasião, Eugênia achara um desperdício lutar por tal causa. Minha amiga ainda acreditava que encontraria um grande amor de nome iniciado com a letra S, do qual jamais teria a necessidade de se descasar, divorciar ou "seja lá qual for o nome dessa tolice".

Meses depois, porém, a lembrança do artigo do *Ave Libertas* deu uma nova esperança a Eugênia, que se agarrava à ideia de que podia ser como aquelas mulheres. Numa cidade grande como o Recife, tudo era diferente, bastava chegar lá.

Com o dinheiro das rendas ainda enrolado no lenço de seda em torno da minha cintura, Eugênia alugaria um quarto na capital e iria bater à porta do periódico. O endereço podia ser lido no pé de página do exemplar, Eugênia se lembrava, era só pedir a Vitorina para mostrá-lo novamente, traduzi-lo para o código e lhe enviar num lenço de renda.

— Essas mulheres lutam pelo bem de outras mulheres, Inês. Muitas delas estão numa situação similar à minha. Não hão de me negar ajuda.

Para sustentar-se na vida nova, Eugênia contava vender suas rendas e se dizia eternamente grata a Vitorina por ter lhe ensinado um ofício que lhe garantiria a sobrevivência e a liberdade.

Eugênia sonhara por tanto tempo com aquele plano que o tinha na mente em minúcias. A mim, a trama daquela fuga me parecia um tanto fantasiosa, como a dos romances que Eugênia sempre gostara de ler, mas minha amiga tinha tanta certeza do êxito de sua empreitada que não duvidou dele nem um só momento.

Enquanto me explicava quais seriam nossos próximos passos, Eugênia parecia contar uma história já vivida, e não um plano ainda a ser realizado. Apoiada no batente da janela, sob o olhar da sogra escravocrata eternizado numa pintura a óleo, ela não via o campo verdejante, mas o azul do mar da praia de Boa Viagem. Não estava mais na casa-grande, feudo do marido, mas num pequeno quarto alugado, pequeno, mas digno, de onde poderia voar para onde quisesse, livre como os pássaros dos quais minha irmã cuidava.

Eugênia me contou também que, numa recente ausência do marido, que tinha ido a Triunfo a negócios, aproveitara para vasculhar o escritório e lá encontrara um mapa da capital com o desenho detalhado de suas ruas e travessas. A partir desse dia, sempre que Aristeu saía para cavalgar, Eugênia ia memorizando o mapa com o objetivo de absorvê-lo como se tivesse nascido perto do mar e não no sertão.

Seus olhos percorriam o traçado impresso com centenas de linhas, tentando escolher a rua em que iria morar. Inventava caminhos, atalhos, vizinhos e chegava a ver diante de si as casas, as árvores e as gentes.

— Para que tudo saia como planejei, preciso de você, Inês — Eugênia me afirmou com veemência. — Jamais conseguirei sem ajuda.

Confesso que não me sentia apta para avaliar o plano, já que nunca havia saído da cidade, mas conhecia a determinação de minha amiga e sabia que ela o levaria à frente tendo ou não o meu apoio. Além disso, tinha confiança no poder de Eugênia de criar realidades e inventar propósitos.

Mesmo que a fuga corresse exatamente conforme Eugênia imaginava, ainda assim sua escolha implicaria em muito sofrimento. Se fosse bem-sucedida, ela teria que suportar o risco da viagem, a falta de dinheiro, a saudade dos parentes, a solidão na capital, fora outros infortúnios que eu nem conseguia imaginar. Porém, se falhasse, Eugênia enfrentaria a ira do marido, que seria implacável.

— E se o Coronel descobrir? — perguntei, temerosa.

— Não irá. — E, depois de refletir por um instante, me explicou o motivo de sua certeza. — A partir de agora, nos comunicaremos apenas através das rendas. E você irá me prometer que manterá meu segredo como se a sua vida dependesse dele.

— Pela minha boca, ninguém jamais saberá — garanti com firmeza, mas ainda assim ponderei. — Porém, o Coronel pode descobrir de outra forma.

Eugênia não queria sequer ouvir aquela hipótese. Confiava que a vaidade do marido a ajudaria a mantê-lo na ignorância. Aristeu era escravo do seu orgulho. Na noite de núpcias do casal, a mesma em que ela cravara a tesoura de costura em sua mão, o marido se mostrara mais preocupado com o que os empregados pensariam no dia seguinte do que em tomá-la como mulher.

Quando estava diante de convidados ou figuras importantes, dizia frases como "eu não sou homem de permitir isso ou aquilo, vocês me conhecem bem". Eugênia sabia que Aristeu tinha a si próprio em alta conta. Sempre atento e muito cioso de sua imagem pública. Ser abandonado por uma esposa fugitiva era uma hipótese que jamais passaria por sua mente.

A tempestade viria depois. Assim que percebesse a ausência da esposa, o marido a caçaria aonde quer que fosse, movido pela vergonha e por um ódio impossível de mensurar. E era por isso que Eugênia tinha que escapar o mais rápido que conseguisse para o local mais distante que o dinheiro das rendas pudesse pagar.

O marido certamente preferiria vê-la debaixo de sete palmos de terra ou trancada num sótão pelo resto da vida a deixá-la afrontosamente livre.

— Quando Aristeu se der conta, tenho que estar fora de alcance. Por isso preciso de você, Inês. Você é uma Flores.

Não entendi o que meu nome influenciava na questão, mas Eugênia logo explicou:

— Você não tem pai nem irmão mais velho a te vigiar os passos. Pode enviar uma mensagem pelo correio para o Recife e contratar um transporte sem dar satisfações a ninguém. E, quando eu estiver longe, Aristeu não fará qualquer ligação da minha fuga com você ou sua família. Ele não conhece o código. Para todos os efeitos, eu jamais saí desta maldita casa, nem mandei correspondência alguma. E, ao ouvir falar do meu desaparecimento — ela continuou me orientando —, você fingirá surpresa. Dirá que jamais me imaginou capaz de tal desatino. "Fugir assim, que loucura, onde Eugênia estava com a cabeça, Coronel?! Se ela entrar em contato conosco, avisaremos o senhor imediatamente. Mas acredite que mais dia, menos dia ela estará de volta, arrependida do malfeito. Eugênia sempre foi assim, impulsiva, mas logo se arrepende, o senhor verá." É o que você irá dizer.

Fiz que compreendia, e ela suspirou:

— Só tenho pena pelas crianças, que continuarão aqui — Eugênia acrescentou por fim, lançando um olhar ao campo e talvez já avistando o oceano. — Meu consolo é que Aristeu não as maltrata como maltrata a mim. Nisso elas têm uma vantagem. — E, após um suspiro, acrescentou: — É apenas por essa razão que parto com a consciência tranquila.

— E quando será a fuga? — perguntei, reticente.

— Antes que eu pegue barriga.

A possibilidade de ter um filho que lembrasse, mesmo que levemente, aquele homem que lhe usurpara o futuro dava engulhos em Eugênia. Seu ódio por Aristeu era tanto que ela não conseguia levar em consideração que o bebê seria irmão das duas crianças que ela tanto amava, assim como também seu próprio filho.

Sempre que, por descuido, sua mente criava uma imagem de si mesma com um bebê no colo, via em seus braços uma pequena miniatura de Aristeu, perturbadora e monstruosa, com os traços daquele homem que lhe forçara o corpo tantas vezes, sem trégua ou piedade.

Se nos primeiros tempos ela tivera medo do marido, agora seu sentimento por ele era de um asco corrosivo. Quando se encontravam para o jantar, ou por ocasião de alguma visita na Fazenda, Eugênia ficava em constante irritação. O pigarro frequente, a maneira como os lábios de Aristeu se curvavam para baixo quando lia e até o cheiro do mungunzá que ele tanto apreciava lhe provocavam a ira. Eugênia sabia que nunca mais poderia saborear um mungunzá sem pensar no marido e o odiava ainda mais por ter lhe estragado também aquele prazer.

— Até isso o traste me tirou! — resmungou e, em seguida, se recompôs. Ainda tinha algumas instruções a me dar.

— O primeiro passo é mandar uma carta para Dona Maria Amélia de Queirós, a senhora que assinava aquele artigo de jornal. Fale sobre a necessidade de uma ajuda que será solicitada em breve, mas sem detalhes. Não coloque meu nome, nem o de Aristeu, nem o da Fazenda. Escolha palavras ambíguas. Dessa forma, ninguém poderá identificar do que se trata, caso a carta seja interceptada. Ah! E envie o código à parte, em outro envelope, pedindo que Dona Maria Amélia o guarde e aguarde. Depois lhe enviaremos um véu de missa como presente e nele estará toda a minha triste história esmiuçada.

Dito isso, Eugênia levantou-se e retirou do gavetão do aparador uma linda peça de renda.

— Está tudo aqui. — Começou a me mostrar no véu. — "Eu, Eugênia Medeiros Galvão, anteriormente chamada de Eugênia Damásio Lima, me encontro prisioneira de um pesadelo do qual pretendo escapar."

— Fevereiro? — me coloquei em alerta. A data estava muito próxima.

— Irei aproveitar a festa de Santa Águeda — ela me confessou. — Se agirmos de forma eficiente, dará tempo de arranjarmos tudo. Como figura importante que é, Aristeu não pode faltar à procissão e terá que aparecer acompanhado da família. Será minha única oportunidade, Inês. Pela frequência com que aquele traste me procura na cama, estarei grávida ainda este ano, o que dificultará tremendamente minha fuga. Veja minhas mãos, feridas de tanto manusear a agulha. Não paro de rendar um só minuto. Trabalho até meus olhos arderem, perco a noção de se é dia ou noite. Tudo para que eu consiga alcançar minha liberdade.

— O Coronel não estranha tanto empenho no rendado?

— Que nada. O tonto acha conveniente. Uma rendeira está sempre calada e de cabeça baixa. Não desafia, não ameaça. É assim que ele me quer: curvada e em silêncio. Mas Aristeu não imagina o que está por vir.

Mesmo preocupada com a possibilidade de aquele plano não dar certo, garanti à minha amiga que tentaria fazer tudo o que ela me pedia. Assim que voltasse à cidade, procuraria Vitorina fingindo curiosidade em rever o exemplar do jornal, mas com a intenção de memorizar o endereço.

— E lembre-se de não anotar. Vá cantarolando em sua cabeça até chegar em casa e lá borde num lenço.

Com o endereço, eu poderia enviar o véu com o pedido de ajuda para o Recife. Eugênia também queria que eu reservasse um transporte para o dia da festa para levá-la por estradas secundárias de Bom Retiro até Pesqueira, cidade fora do vale do rio Pajeú e localizada na metade do caminho até a capital.

— Pesqueira é longe o bastante para que eu possa conseguir um transporte por mim mesma, sem que me reconheçam como esposa do Coronel Aristeu Medeiros Galvão. Se eu parasse em Monteiro ou Camaleão, o risco seria maior. Aristeu tem muitos conhecidos por lá. Ah, Inês! — Eugênia lembrou-se de algo mais. — Arranje a viagem como se fosse para você. De preferência com um motorista de fora da cidade. Sendo você, ninguém vai questionar.

— Porque eu sou uma Flores — completei e ela confirmou, dizendo:

— A maldição que recaiu sobre sua família é, na verdade, uma bênção. Se eu tivesse a sorte de ter seu sobrenome, Aristeu já teria batido as botas.

— Não existe maldição alguma, Eugênia — repeti o que ouvia em casa, mas Eugênia não fez caso, retirando do gavetão o restante das peças rendadas.

— Fiz estas aqui para serem vendidas — me explicou. — Com o dinheiro, você paga o transporte. E as outras que lhe mandei? Conseguiu vendê-las?

Fiz que sim e tirei da minha cintura o lenço de seda onde havia embrulhado o dinheiro. Eugênia animou-se como havia muito eu não testemunhava e, ao receber aquele maço de notas das minhas mãos, escondeu-o imediatamente na dobra de uma toalha em que estava trabalhando.

— São quarenta mil réis — avisei. — Tivemos muita procura no mês passado e suas rendas estavam perfeitas. Venderam antes que as de Vitorina e até mesmo as de Tia Firmina.

— Aposto que a velha ficou mordida — Eugênia divertiu-se e começou a fazer as contas. — Quarenta mil réis serão suficientes para pagar a hospedagem e minha alimentação durante o percurso. Qualquer mudança de planos, lhe mandarei uma mensagem pela renda.

Eugênia checou o relógio na parede, calculando que nossa conversa já durava tempo demais.

— Creio que não teremos outra oportunidade de nos encontrarmos até a festa da padroeira, minha amiga. Sou uma prisioneira deste lugar. Um destino que jamais imaginei para mim — ela finalizou, com pesar.

Encarei Eugênia com uma expressão solidária, e ela fez um esforço para afastar a melancolia que a tomara. Enxugou a lágrima que lhe surgiu nos olhos e me garantiu que não se deixaria abater. Seu pesadelo estava próximo ao fim.

— Aristeu me toma por um bibelô. Mas, enquanto ele dorme tranquilo, estamos lhe armando o bote. Agora, vamos. Acabamos nos estendendo demais em nossa conversa.

Deixei a Caviúna pensando nas instruções que me foram passadas por Eugênia. Sem que eu percebesse, algo em meu rosto, talvez o cenho franzido ou os lábios contraídos, indicavam minha aflição, pois logo nos primeiros minutos de viagem Odoniel me perguntou:

— Aconteceu alguma coisa, Inês? Você parece preocupada.

— Não — menti para que ele não desconfiasse de que meu encontro com Eugênia tivesse tido o poder de alterar meu comportamento. — Fiquei cansada da viagem, só isso.

E, depois de uma pausa, eu lhe perguntei:

— Quanto tempo leva daqui até Pesqueira?

Odoniel estranhou a pergunta e brincou:

— Ora, ora. Já mudou de ideia sobre conhecer novos lugares? Pegou gosto pela estrada? Foi a minha companhia, aposto.

O comentário fez com que eu me retraísse. Eu me contradizia com aquela curiosidade repentina.

Diante do meu silêncio, Odoniel pareceu arrependido da brincadeira e me deu a informação que eu precisava.

— Dois dias de carroça. Ou um dia de carro ou caminhão. Tem um carreto que costuma fazer essa viagem a quem pague o preço. É só avisar o motorista para colocar Bom Retiro na rota. É para enviar alguma encomenda? — ele quis saber, apenas para entender do que exatamente eu precisava. — Talvez seja mais barato mandar pelo correio, se a cliente não tiver pressa, claro.

Eu o deixei acreditar naquela suposição.

— Sim, é uma encomenda, mas ainda não está confirmada. De qualquer modo, num caso de precisão ou de um pedido urgente, pode ser útil ter o contato desse carreto. Sabe como eu posso falar com o tal homem? — perguntei, como que aventando uma remota possibilidade futura.

Ele sorriu, feliz por poder me ajudar mais uma vez, e prometeu me levar para falar com o tal motorista assim que ele aparecesse em Bom Retiro. Segundo ele, o sujeito costumava parar no armazém quando estava de passagem pela cidade.

O resto da viagem foi preenchido pelo ruído do motor da caminhonete e pelas ocasiões em que Odoniel apontava uma ou outra curiosidade na estrada.

— Foi ali que mataram um prefeito na época do Império. Fizeram uma tocaia atrás daquele pé de aroeira, está vendo? E aquela gameleira ali no alto do morro, está vendo? É a maior da região.

Meneei a cabeça, simulando interesse, mesmo sem ter de fato avistado a gameleira. Ainda assim, eu me sentia secretamente grata por ter aquela voz tão alegre e sem preocupações a me embalar a viagem e a me passar a confiança infantil de que tudo ficaria bem.

12

BOM RETIRO, 1918

Tia Firmina rezava o credo, sabendo que jamais seria suficiente. E também rezava o pai-nosso, as novenas e o terço sabendo que não seriam suficientes. Tia Firmina mantivera-se pura por toda a vida, virgem intocada e devota, mas ainda era pouco para abrandar os males que sua família ainda estava por sofrer.

Sem que jamais tivéssemos desconfiado, aquela senhora de rosto vincado vivia numa constante barganha com o divino para expurgar o pecado que carregávamos no sangue – um segredo do qual ela era a única guardiã.

Tia Firmina passara a vida flagelada por sentir-se na obrigação de manter silêncio sobre a história da cigana que amara seu avô e a quem ele jurara amor, mas que abandonara com o filho no ventre.

Meu bisavô dera fim ao romance assim que soube que havia um rebento a caminho. Um homem como ele não podia ter filhos bastardos com ciganas, apenas com "moças de boa família". Naquela época, o moço já estava com o noivado acertado com Das Dores, a filha de um funcionário da prefeitura.

Quando a jovem grávida veio lhe pedir que arcasse com a responsabilidade pela criança, meu bisavô a rechaçou. Nunca lhe prometera nada, nem lhe jurara amor, que loucura era aquela agora? De querer compromisso, de exigir uma vida juntos?

A cigana ouvira as ofensas proferidas pelos lábios ainda desejados e, na escuridão de sua tristeza, jurara vingança. No dia seguinte ao término do romance, tirara suas vestes coloridas e prendera os cabelos sempre soltos numa trança apertada – com o objetivo de se misturar com mais facilidade aos moradores de Bom Retiro. Queria aproximar-se da jovem que estava prometida a seu amado e lhe implorar compaixão. Pediria que Das Dores seguisse com sua vida e deixasse o pai de seu filho para ela. Estava certa de que a moça, decepcionada com a traição do noivo e tocada pela proximidade do nascimento de um inocente, se apiedaria da situação e desistiria do casamento.

Seria até melhor para Das Dores, que merecia um homem mais digno de sua pureza. Certamente a moça teria um futuro melhor longe do noivo, mesmo que a cigana não pudesse usar sua arte divinatória para predizer aquele desfecho com exatidão. Era sabido entre os ligados ao oculto que a vidência ficava embaçada quando se tratava de assuntos muito entrelaçados aos desejos de quem fazia a previsão.

Diante da jovem Das Dores, a cigana mostrara o bucho aumentado, vertera lágrimas sentidas e apelara para o bom coração da moça, certa de que ela poria fim ao compromisso. Mas Das Dores, por medo e inocência, não acreditara de todo nas palavras da desconhecida que lhe abordara na volta da feira. Não confiava em ciganos, como lhe fora ensinado.

Das Dores não tinha má índole, muito pelo contrário, era caridosa com os negros de sua casa e cumpridora de seus deveres religiosos. Mas a desconhecida lhe aparecera de forma abrupta. Com os olhos injetados, lhe puxara pela manga do vestido de um jeito faminto e com uma intensidade que beirava o teatro. Dava-lhe arrepios só de recordar.

Além disso, Das Dores era incapaz de imaginar o noivo, um rapaz tão discreto, envolvido com aquele tipo de mulher que vivia a dançar em rodas, a dormir a céu aberto e a perambular pelo mundo sem pouso fixo.

Ainda trêmula, a moça comentou o ocorrido com o noivo, que, além de negar as acusações, ofendeu-se tremendamente por Das Dores ter dado ouvidos à outra.

— Se essa louca aparecer de novo, não a olhe nos olhos. Sabe que essa gente tem o dom de enfeitiçar. São mestres da manipulação. Vou agora mesmo em busca dessa desvairada e a faço engolir todas as calúnias que disse sobre mim.

— Mas de onde você a conhece, meu bem?

— De lugar algum, ora. Não cruzo com esse tipo em meu caminho. Deve ter visto nossos nomes nos proclamas do casamento na porta da igreja e decidiu dar-nos um golpe. É claramente um ardil. Esses ciganos se acham espertos, mas não sabem com quem se meteram. Junto um par de negros e toco toda a trupe para longe daqui.

Uma parte do coração de Das Dores acreditara nas lágrimas da moça grávida, enquanto outra lhe dizia que não era sensato acreditar numa desconhecida em vez de confiar no que lhe garantia o futuro marido.

— Ela parecia tão triste, meu bem — ela ainda argumentou com o noivo.

— Lágrimas falsas, como tudo nesse povo. Das Dores, minha criança, você é muito ingênua. Um prato cheio para gente mal-intencionada se aproveitar da sua bondade. Há de se esperar de um tudo de uma cigana. Nunca ouviu falar do que são capazes? Feitiçarias, sortilégios. São uma quadrilha.

Das Dores levou o terço que tinha nas mãos aos lábios, assustada com o que ele dizia. No dia seguinte, o noivo fez conforme prometido. Juntou um grupo de negros com a ajuda de alguns fazendeiros da região que se consideravam responsáveis por manter a ordem no Vale do Pajeú e tocou o grupo de ciganos do acampamento que estava montado nos limites da cidade. A perseguição se estendeu por léguas e só foi interrompida quando os ciganos, debaixo de tiro, cruzaram a fronteira com a Paraíba.

Daí o susto geral quando, meses depois, a cigana reapareceu no meio da festa de casamento, dessa vez sem a barriga avolumada. Assim que reconheceu a mulher entre os convidados, caminhando em sua direção, Das Dores se colocou atrás do marido por instinto.

— Não se avexem — disse a moça, com calma, ao ler o medo nos olhos de minha bisavó. — Vim apenas cumprimentar os noivos. E dizer que meu filho não resistiu à amargura que tomou conta da mãe. A tristeza me impediu de prover o leite necessário para alimentá-lo e o menino durou apenas sete dias. É por isso que venho lhes avisar que serão sete as gerações dessa família a serem infelizes no amor, a começar por esta.

Dito isso, encarou Das Dores, que àquela altura tremia com os olhos arregalados de pavor, e se retirou, alheia aos impropérios que o ex-amante vociferava contra ela.

A noiva foi acudida pelas primas, e o consenso entre os presentes foi o de que não havia nada a temer. Melhor esquecer o ocorrido, era o jeito que aquele povo nômade usava para sobreviver – infligir medo às pessoas de bem.

— Um bando de gatunos, minha criança — dizia o noivo. — Voltemos à festa, que tragam os doces, que recomece a música.

E assim o incidente ficou adormecido num canto trancado da memória da família, embora ainda ardesse como cicatriz aberta no coração de Das Dores. Até que, nem bem havia passado um ano do casamento, o marido foi picado por uma corre-mato, enquanto descansava embaixo de um pé de jurema, e não houve tempo de salvá-lo do veneno que lhe inundou as veias.

Das Dores ficou viúva grávida antes dos vinte anos. Em seu ventre, a primeira criança que nasceria sob o vaticínio da cigana, a pequena Lindalva.

— Bem que a cigana disse que não seriam felizes — foi o que se comentou entre os moradores da cidade.

Após o falecimento do marido, Das Dores se fechou em seu desolamento, culpando-se pela tragédia. Se tivesse ouvido o apelo da cigana, a desgraça teria sido evitada. Seu corpo, que já era de compleição frágil, definhou tanto que muitos acharam que ela morreria de desgosto antes mesmo de dar à luz.

Sua magreza era tamanha que, quando saía à rua, apenas para ir à missa aos domingos, ninguém dizia que se tratava de uma prenha. As lágrimas da cigana grávida iriam assombrá-la pelo resto da vida. Por centenas de noites até sua velhice, Das Dores sonhou com o bebê bastardo morto ao sétimo dia.

Porém, passados três meses da morte do marido, o nascimento de uma filha de bochechas coradas e choro exigente lhe trouxe novo ânimo. Lindalva cresceu saudável, tornando-se uma bela moça, muito cortejada, e, assim como a mãe, enviuvou cedo. Ao ver o sofrimento da filha, tão similar ao seu, Das Dores compreendeu tudo. Entendeu que a cigana passara para as mulheres da família o mesmo destino que tivera para si: envelhecer sem amor. E aos homens, como vingança pelo abandono, caberia a morte.

Tia Firmina ouvira a história ainda em criança, quando, quietinha num canto, ouviu a avó Das Dores cochichando com a mãe, Lindalva. Na ocasião, elas acharam que a menina, por estar distraída com suas brincadeiras, não atentaria ao assunto debatido pelas mais velhas. Porém, esperta desde sempre, a pequena Firmina ouviu cada palavra daquela conversa e jamais as esqueceu.

Seu pai havia acabado de morrer vítima de uma queda de cavalo, e Das Dores confessava para a filha viúva a suspeita de que a tragédia com o genro poderia ter ligação com a morte do pai da moça: ambos vítimas de uma maldição proferida no dia do seu casamento e que Lindalva nunca soubera existir.

Lindalva ouviu incrédula a história revelada pela mãe apenas naquele momento e caiu num choro sofrido, inconformada ao entender que o marido havia morrido pelo pecado de um pai que ela nem ao menos conhecera.

— Poderíamos tê-lo alertado, mamãe — ela dizia, a soluçar. — Por que a senhora não me contou antes?

— Eu mesma não acreditava, minha filha. Quando seu pai morreu, me apeguei à ideia de ter sido uma fatalidade. Mas agora esse acidente com seu marido, assim tão novo. Me preocupo com o que acontecerá quando Firmina e Carmelita se casarem. É certo que a praga existe. A morte de meu genro não me deixa mais dúvidas. Temos que proteger suas filhas. Quem sabe uma benzedeira? Uma missa? Firmina e Carmelita não merecem esse destino. E se não forem só os maridos a morrer? E se elas também correrem algum perigo de vida?

Os olhos da jovem viúva arregalaram-se só de imaginar a possibilidade.

— Basta, mamãe. Chega! — Lindalva ordenou com firmeza, enxugando as lágrimas. — Deus é maior do que esse feitiço pagão. A magia perde a força quando deixamos de acreditar nela. Mandarei rezar uma missa todos os meses pela alma dessa mulher que nos desejou tanto mal e assim nos protegeremos.

A velha Das Dores ficara reticente, ainda na dúvida se as missas seriam eficazes para aquele propósito. Lembrava-se muito bem do olhar determinado da cigana, do qual ela tinha certeza que emanava um poder que parecia maior do que tudo o que conheciam. Mas, confiando no instinto e na fé da filha, concordara em deixar nas mãos de Deus. Juraram que nunca mais repetiriam a história a quem quer que fosse para que ela não ganhasse força. E, se ouvissem qualquer comentário sobre o caso, negariam com veemência.

Também decidiram inserir Flores, como o povo já as chamava na época, no registro das meninas e nas certidões das gerações futuras para, quem sabe assim, enganar o oculto, que as procuraria pelo sobrenome antigo: Oliveira.

Porém, em seu cantinho de brincadeiras, a pequena Firmina ouvia toda a trama e guardava para si o raciocínio das mais velhas de que só Deus era capaz de impedir as mortes causadas pelo pecado da família.

A partir desse dia, a menina passou a demonstrar um interesse incomum para a idade pelos assuntos da igreja. Oferecia-se para ajudar na missa, perguntava sobre os fundamentos do catecismo e lia a Bíblia como se fosse um livro de contos infantis.

A mãe não desconfiava do verdadeiro motivo da devoção repentina da filha, mas a acolheu com bons olhos, secretamente achando que, se Firmina seguisse a vida celibatária de religiosa, teria mais chance de ser feliz. A família ganharia pontos com o divino e seus descendentes estariam ainda mais protegidos.

Minha mãe, Carmelita, nunca soube de nada. A irmã mais velha jamais lhe revelou o que ouvira na infância, seguindo a crença da mãe de que "a magia perde a força quando não se fala dela".

Durante toda a vida, Firmina questionara se realmente havia escutado aquela conversa. Às vezes desconfiava de si mesma. Não teria sido um sonho ou fantasia de criança? Mas convencia-se do contrário toda vez que identificava o desespero no olhar da mãe, Lindalva, quando a caçula, Carmelita, já na mocidade, falava sobre rapazes e casamento.

— Vocês ainda estão muito novas para isso — Lindalva desconversava, mesmo quando todas as moças de seu círculo de amizades já estavam casadas e com filhos.

A versão de que as meninas da viúva Lindalva, netas da viúva Das Dores, não se casavam por conta de uma maldição proferida no passado era murmurada aqui e ali, mas só ganhou realmente força quando minha mãe, Carmelita, perdeu o filho homem e, alguns anos depois, viu o marido, meu pai, falecer vítima do impaludismo, deixando duas filhas pequenas. Foi nessa época que nossa família ganhou os ares soturnos que passamos a carregar.

Quanto à Tia Firmina, após a morte do cunhado e do sobrinho, agarrou-se ainda mais aos santos, já que as missas encomendadas pela alma da cigana não haviam bastado para evitar o sofrimento de Carmelita. Rezando em silêncio durante o velório do cunhado, Tia Firmina culpava-se. Se ela tivesse avisado a caçula, poderia ter lhe poupado as lágrimas. Ela testemunhara o quanto suas parentas de sangue — avó, mãe e irmã — sofreram mais do que mereciam. Não achava justo comigo, nem com Cândida, nem com nossas filhas, e nem com as filhas de nossas filhas, que aquelas tragédias continuassem a acontecer.

Quando Das Dores e Lindalva morreram, Tia Firmina passou a ser a única a conhecer a verdade sobre a maldição, da qual ela própria se fingia descrente. Enquanto eu, minha mãe e Cândida ríamos com o que considerávamos uma invenção descabida do povo, Tia Firmina sofria e rezava todas as noites um salve-rainha para cada geração futura, esperançosa de que chegasse o dia em que veria Nosso Senhor Jesus Cristo ser mais poderoso do que a mágoa de uma mulher abandonada havia mais de meio século.

Foi justamente por temer o infeliz destino que nos espreitava que minha tia ficou mais alerta do que já era quando percebeu minha aproximação de Odoniel. Sem imaginar que a intenção de minhas conversas com o rapaz e de minhas visitas frequentes ao mercado tinham como objetivo ajudar Eugênia, Tia Firmina passou a implicar com o moço e até mesmo com Vitorina.

— Comerciante não é gente de bem. Estão sempre a tentar nos enganar, a exagerar na qualidade dos produtos, a colocar peso extra na balança. É da índole deles, não se conformam com o prejuízo. Arranjam um jeito qualquer de fazer o médio parecer bom e o bom parecer ótimo. É por isso que eu digo: nunca se deixem iludir por um comerciante, meninas — ela nos aconselhava.

O recado era direcionado a mim, com a boa intenção de me poupar de uma viuvez precoce e de salvar a vida do moço, com quem ela até simpatizava, sempre muito educado ao atendê-la na venda. Fazia isso sem revelar que, em seu peito, ela sempre acreditara na maldição que tanto negava. Havia jurado a si mesma que levaria o segredo entreouvido da infância para o túmulo, porque, como dissera sua avó, só o silêncio aniquila o poder do Mal.

Repentinamente interessada em meus passos, Tia Firmina passou a me fazer mais perguntas do que o usual. Estranhava minhas saídas sem motivos, minhas idas ao correio, meu repentino interesse nos valores tirados com a venda das rendas e, angustiada com uma desconfiança que só crescia, começou a me seguir. Assim que notava que eu estava me preparando para sair à rua, lá vinha ela, dizendo que esquecera de ajeitar as flores do altar. "Preciso dar um pulo na igreja. Espere, Inês, que eu lhe acompanho."

Passou também a assuntar com as vizinhas, sempre bem informadas sobre a vida de todos, se calhava de alguma delas ter, por acaso, cruzado comigo naqueles dias. Incluía meu nome numa conversa corriqueira, como se não tivesse intenção de descobrir algo específico, esperando que alguém lhe revelasse distraidamente algum delito meu.

Numa dessas ocasiões, a mãe de Eugênia comentou que me viu tratando com um sujeito que fazia carretos para outras cidades. Ao ouvir aquilo, minha tia sentiu o sangue lhe embaçar a vista. Para manter minha reputação intacta, retrucou que não havia nada de estranho naquele fato, ora essa, que eu estava tratando do transporte de nossas encomendas para o litoral, a pedido dela, inclusive. As vizinhas de nada desconfiaram, mas Tia Firmina saiu da igreja com a cabeça atormentada a se perguntar o que a sobrinha poderia querer com um sujeito que fazia carretos.

A resposta que lhe vinha à mente era uma só: uma fuga por amor. Sua aflição chegou a tal ponto que acrescentou mais trinta pai-nossos e doze ave-marias às suas orações noturnas e fez uma infinidade de promessas para uma infinidade de santos. Estava convencida de que eu me preparava para desaparecer no mundo com Odoniel e de que meu destino seria ainda mais triste do que o de todas as Flores até então. Afinal, quando a inevitável viuvez chegasse, eu estaria sozinha e longe da família.

Sua missão a partir daquele momento era impedir que a tragédia me alcançasse. Não fora capaz de salvar o pai, o sobrinho, o cunhado, mas iria salvar a mim e a Odoniel. Firme nesse propósito, não sossegou até conseguir um jeito de cercar o homem do carreto e, apresentando-se como parenta da mocinha que viera falar com ele dia desses, assuntou sobre o nosso combinado e acabou descobrindo que eu estava com um trajeto para Pesqueira acertado para o próximo cinco de fevereiro, dia da festa de Santa Águeda, partindo de um ponto na estrada fora da cidade.

Mesmo com o coração quase saindo do peito, Tia Firmina agradeceu educadamente o homem, como se já soubesse de tudo, e voltou para casa em estado de grande aflição, já arquitetando maneiras de impedir que eu e Odoniel tivéssemos êxito em nosso plano.

Nos dias que se seguiram, não saiu da cama, sem forças. O peso daqueles dois grandes segredos era demais para sua alma cansada.

"Mas Deus só dá o fardo a quem pode carregá-lo", acreditava. Depois de muito pensar sobre o assunto, pedindo orientação divina em suas preces, convencera-se de que não poderia me confrontar diretamente. Jovens apaixonados são surdos aos apelos da experiência. Achava inclusive que eu poderia antecipar a fuga se me sentisse ameaçada. Precisava agir com cautela.

Pegou, então, parte de nossas economias, a que tinha acesso, já que a conta bancária estava em seu nome, e decidiu sacrificar uma parcela do que havíamos guardado para evitar a minha desgraça. Uma decisão difícil – já que o dinheiro era de todas –, mas necessária. Saindo do banco, procurou o homem do carreto mais uma vez e desfez o combinado. Disse que vinha a meu pedido para avisar da desistência. O homem resmungou, alegando que já havia gasto parte do valor e que não poderia devolvê-lo. Mas Tia Firmina garantiu que ele não teria qualquer prejuízo, muito pelo contrário; ela lhe pagaria um extra pelo inconveniente.

Acostumado com desenlaces de última hora, o homem ficou satisfeito com o pagamento dobrado, sem que qualquer serviço tivesse sido realizado, riscou Bom Retiro de seu itinerário para o dia cinco de fevereiro, o que seria até melhor, pois evitaria a multidão de devotos, e esqueceu o caso tomando uma dose de cachaça que lhe fora recomendada por Odoniel, quando passara mais cedo no armazém.

Na manhã seguinte, a melhora do estado de saúde de Tia Firmina foi surpreendente. Satisfeita por ter me salvado da viuvez, voltou à sua rotina com ainda mais energia do que antes, sem saber que havia interferido no destino de outra pessoa, que não o meu.

Tia Firmina também considerou ser mais prudente me deixar acreditando que a fuga continuava arranjada. Era melhor que eu descobrisse o malogro do plano apenas no dia marcado, para que não houvesse tempo de encontrar alternativas. Ao fim da festa de Santa Águeda, ela assumiria seu papel, confessaria ter dispensado o transporte pelo meu bem e redobraria a vigilância sobre mim. Ainda evocaria a força de Nosso Senhor Jesus Cristo, que semeara o pressentimento em seu coração de que algo andava errado, e só por isso eu não me perdera.

Nos dias que antecederam a procissão, Tia Firmina exibia um leve sorriso no rosto, que deduzimos ser por conta da proximidade da festa. Mas a verdade era que minha tia sentia-se orgulhosa de si mesma, embora ciente de que o orgulho era um grave pecado. De alguma forma, estava driblando a praga da cigana. Era a primeira descendente da linhagem amaldiçoada das Flores a conseguir esse feito.

13

RECIFE, DIAS ATUAIS

Antes mesmo que Alice a avistasse, Tia Helena já acenava na direção do grupo de passageiros que saía pelo portão de desembarque do Aeroporto Guararapes. A sobrinha havia garantido que a tia não precisava buscá-la. Seria muito mais fácil pedir um táxi, mas Tia Helena havia feito questão. "Onde já se viu? Visita que não recebemos bem não volta mais."

— Uma Flores pisando novamente na sua terra! — ela comemorou ao ver Alice, que lhe sorriu de volta, um pouco sem graça.

Mesmo grata com o acolhimento, a sobrinha sentia-se no dever de corrigir a tia: não havia sido registrada como Flores.

— Não sou Flores, tia. Sou Ribeiro.

Em sua certidão de nascimento, apenas o sobrenome do pai, que, ironicamente, ela mal conhecia e que havia se mudado para os Estados Unidos quando ela ainda era um bebê.

Nos primeiros anos após a separação de Vera, o pai ainda costumava viajar para vê-la nas férias, e, quando a menina cresceu um pouco mais, foi Alice quem passou a fazer o trajeto Rio-Dallas sozinha – e essa aventura, repetida algumas vezes, era uma das lembranças mais instigantes de sua infância. Sua mãozinha sendo levada, sob a pressão dos dedos de uma aeromoça, que recebia a missão de entregá-la ao pai em outro hemisfério e a cumpria com eficiência.

No voo, sua comida era especial, e Alice costumava receber um caderno de colorir com imagens de aviõezinhos, junto com uma caixa de lápis de cera. Tinha boas recordações daquelas temporadas no exterior, em que ganhava muitos presentes e ouvia uma língua diferente. Mas, quando o pai casou-se novamente, com uma colombiana que conheceu por lá, e, em seguida, teve mais dois filhos, seus irmãos americanos, a filha que morava no Brasil deixou de ser prioridade e as visitas e encontros entre os dois diminuíram.

Vera ficara sobrecarregada, insatisfeita com a divisão de tarefas desigual entre ela e o ex-marido, e descontava na filha, mesmo que de forma inconsciente, o peso da responsabilidade extra com que passara a arcar à sua revelia.

Agora, já adulta, Alice solidarizava-se e admirava o esforço individual que Vera tivera que fazer para criá-la e educá-la sem parceria. Mas, em algum lugar dentro de si, não perdoava o rancor que a mãe sempre fazia questão de demonstrar por ter apenas cumprido o seu papel de mãe. Afinal, ela não pedira para nascer.

No rádio do carro, um debate sobre o caso de uma mãe que não conseguia reaver a guarda do filho. Lílian, 27 anos, acusava o ex-marido, Alberto, 50 anos, de violência doméstica no tempo em que eram casados. Enquanto Alberto, por sua vez, alegava abandono de lar e sequestro do menor cometidos pela esposa.

"Eu fugi para denunciá-lo antes que ele me matasse", ela explicava para o apresentador do programa de rádio. "Não podia deixar meu filho naquela casa."

O ex-marido era um empresário bem-sucedido e ela, ex-modelo. Conheceram-se num evento que ele patrocinara. Paixão à primeira vista, o pedido de casamento veio na sequência e Lílian era tratada pelo marido como uma princesa. Alberto era o homem com quem ela sempre sonhara, lhe abria a porta do carro e lhe deixava bilhetes de amor escondidos pela casa.

Até que veio o primeiro empurrão. Por um motivo banal. Alberto começou uma conversa corriqueira, quando Lílian estava vendo

TV e não lhe deu a atenção que ele considerava merecida. "Ei, tá surda, por acaso?", ele a sacudiu de forma inesperada. "Oi? Desculpa. Estava distraída. Fala, amor. Você estava dizendo..."

Depois vieram as manipulações.

"Você precisa ir mesmo nessa ginástica? Por que não compra uma esteira aqui para casa? É bem mais prático. Além disso, eu te amo do jeito que você é. Para quem você quer ficar bonita? Para mim é que não deve ser."

"Claro que é, amor. Mas você tem razão. Uma esteira em casa é uma ótima ideia. Não preciso enfrentar trânsito para chegar na academia."

"Aniversário de amiga? Não é aquela que falou mal de você pelas costas? Acho que essa vaca não merece a sua presença."

O marido recorria a qualquer argumento para pressionar a mulher a fazer o que ele preferia que ela fizesse.

"Bem lembrado, amor. Vou dizer que estou gripada."

Alberto também não disfarçava o mau humor quando Lílian saía para trabalhar em algum evento, mesmo com os convites cada vez mais escassos por conta de tantas recusas. Os interrogatórios sobre seus passos eram diários.

"Essa dentista é aqui no bairro mesmo? Você demorou demais. Não era só uma limpeza?"

"Era, mas ela acabou precisando fazer um canal."

Nesses momentos, em que a história antes anunciada não batia por completo com a que acontecera de fato, Alberto estufava o peito, vitorioso, certo de que a mulher estava caindo em contradição e que sua faceta de mentirosa estava prestes a ser revelada.

"Qualquer dia vou lá nessa dentista. Estou precisando. Pelo que você diz, ela parece boa. Mas é lenta. Isso ela é."

"Ela é só cuidadosa, amor, mas acho ótimo você conhecê-la. Podemos ir juntos. Quer que eu marque um horário para você agora?"

A qualquer negativa de Lílian a um pedido de Alberto ou mínimo enfrentamento diante de uma repreensão do marido, vinham as discussões por ciúme, as brigas violentas, os xingamentos e, finalmente, quando ela ameaçava ir embora, as desculpas derramadas. "Não, por favor. Sem você eu não sou nada. Me perdoa."

Após o nascimento do bebê, o corpo de Lílian mudou e ela perdeu seu posto de princesa do marido. "Está precisando de uma dieta, hein?", ele comentava como que por brincadeira, enquanto ela tentava fazer o bebê parar de chorar. "Um silicone até que iria bem no fim do ano, hein?", ele lhe sugeria, quando Lílian levantava a blusa e exibia os seios para alimentar o filho, ato que o incomodava sobremaneira, mesmo estando só os dois no apartamento de luxo. "Precisa fazer isso aqui na sala?"

Antes de o menino completar um ano, Lílian foi surpreendida por um impensado tapa no rosto, porque Alberto tivera "um dia estressante para manter aquela vida boa que ela usufruía". E depois da festa de aniversário do filho, quando todos os convidados já haviam saído, Lílian recebeu uma sequência de chutes no abdome, porque, segundo Alberto, ela havia "dado pouca atenção à família dele".

"Você só me envergonha. Mal conversou com minha mãe. Agora, vai ter que ligar e se desculpar", ele ordenava, e Lílian acreditava naquela versão, sem saber mais diferenciar entre a realidade e a perspectiva do marido e sem se lembrar ao certo do que acontecera na festa horas antes.

Confusa e mergulhada na culpa por talvez ter aborrecido a sogra, obedeceu à ordem de Alberto para acalmá-lo. Digitou o número da sogra, ainda dolorida pelos chutes e tentando entender onde estaria o príncipe dos primeiros tempos que jurara protegê-la de tudo.

"Faço isso para o seu bem. Ou você acha que eu não preferia estar numa boa com minha mulher? Que eu queria estar aqui brigando? Essa discussão está estragando meu dia também, fique a senhora sabendo."

Nessa noite, Lílian esperou que Alberto dormisse, pegou o filho e foi até uma delegacia da mulher, exibir os hematomas e dar queixa contra ele. Seguiu humilhada para a casa da mãe num bairro afastado do centro e aguardou. Hoje, alguns meses depois, o juiz considerara que Lílian havia sequestrado a criança e passara a guarda para o pai.

A questão ainda estava em juízo, mas Lílian não tinha como pagar advogados com o mesmo prestígio que os de Alberto.

"Tenho medo de que ele agrida meu filho para se vingar de mim", ela dizia, com a voz embargada, durante a entrevista. "Tem que haver justiça neste mundo. Não se pode separar uma mãe de um filho."

Tudo indicava, porém, que Lílian continuaria separada do menino por um bom tempo. As testemunhas alegavam que Alberto era afável, um cavalheiro que nunca havia tido qualquer incidente ligado à violência – além de ser carinhosíssimo com o menino. Já Lílian viera do nada e entrara num círculo social superior ao de sua origem por meio do casamento. Era, claramente, uma golpista. Uma vagabunda.

Tia Helena se incomodou com a história e se ajeitou no banco do motorista.

— Não prefere ouvir uma música?

— Quero saber como termina.

— Talvez nunca termine — a tia comentou, e Alice fez que concordava.

※

No apartamento de amplos janelões de vidro com vista para a praia de Boa Viagem, Alice parou diante do mar e sentiu o vento salgado em seus cabelos. Na estante da sala, muitas fotos de Tia Helena em viagens, festas, beiras de piscina.

— Não sei se sua mãe te contou, mas Flores é um nome ganhado. Talvez por isso ela não tenha colocado em você.

Alice demonstrou surpresa com aquela informação e a tia explicou:

— Nossa família chamava-se Oliveira. Moraram muito tempo numa casa que tinha jardim florido. Cidade pequena, você sabe como é. O povo começou a se referir a elas como "as flores" e elas acabaram inserindo o nome nos registros a partir de então. Eram rendeiras muito consideradas e chegaram a fundar uma cooperativa em Bom Retiro.

— Foi uma delas quem fez o véu?

Como a história era longa, Tia Helena foi buscar um bolo de rolo que havia feito especialmente para Alice.

— Você tem que experimentar minha receita. Aquele que levei para vocês no Rio não era caseiro. Modéstia à parte, não tem igual ao meu. Assei e enrolei hoje de manhã. O segredo é fazer fatias finas e não deixar que passem mais de cinco minutos no forno para que não se quebrem na hora de enrolar.

Alice acompanhou a tia até a cozinha bem equipada, podia esperar um pouco mais para falar do véu, motivo pelo qual ela estava ali. Após ter decifrado junto com Sofia a mensagem escondida na peça, ficara obcecada por entender mais sobre a história daquela fuga – e a melhor forma de investigar o assunto era aceitar o convite que a tia fizera para que Alice fosse visitá-la em Pernambuco qualquer feriado desses. Escolhera o Corpus Christi.

— E então? Gostou do bolo? — a tia perguntou, já sabendo da aprovação.

— Maravilhoso, tia. Sem palavras — Alice elogiou, lambendo a ponta dos dedos, lambuzada com a goiabada que entremeava as dezenas de camadas de massa.

Sentia-se à vontade ali, mais do que em sua própria casa. O vento que circulava indomável pela sala parecia um convidado invisível. Levantava papéis e bagunçava os cabelos, como um saci a fazer truques montado em seu redemoinho.

Assim que terminaram de comer, Tia Helena perguntou se Alice não queria ver fotos antigas da família. Os álbuns estavam guardados na parte mais alta de um armário. Alice ainda chegou a se oferecer para subir no lugar da tia, mas ela não permitiu.

— É o tipo de coisa que só quem guardou encontra, minha filha. Mas você pode segurar a escada para mim. Firme, hein, Alice.

— Pode deixar — a sobrinha garantiu, segurando com força a armação de alumínio da escada que trouxeram juntas da área de serviço.

Lá do alto, a tia espichou o pescoço, movendo algumas pastas e sacolas de lugar até que encontrou o que queria.

— Aqui está — disse, retirando uma caixa de papelão do interior do armário. — Me ajude aqui, querida, que está pesada.

Após descerem a caixa, as duas sentaram-se sobre a colcha de *patchwork* que cobria a cama do quarto em que Alice dormiria naquela noite. Tia Helena ainda esperou um pouco para se recuperar do esforço.

— Quando recebi sua mensagem perguntando se podia me visitar no feriado, imaginei que você tivesse descoberto o código. Até que foi rápido. Você é muito esperta.

Alice contraiu o corpo de leve, não estava acostumada a receber elogios. Fora criada num campo de batalha.

— Na verdade não fui eu quem descobriu — Alice fez questão de esclarecer para não tirar o crédito de Sofia. — Foi uma amiga.

— Então, você tem o mérito de escolher bem as suas amigas. Uma qualidade que está no sangue. Suas antepassadas também as escolhiam muito bem. Amigas são irmãs que a vida nos dá.

Alice sorriu, concordando.

— Eu, por exemplo, acho que jamais descobriria sozinha — Tia Helena continuou. — Foi minha prima Celina, sua avó, que me mostrou o código e me ensinou o segredo. Nossa. Faz mais de quarenta anos. Passei noites com aquele papelzinho na mão, lendo cada trecho com muita atenção. Quando te passei o véu, quis te testar. Fiquei curiosa para saber se você deduziria por si mesma. Se não deduzisse, eu te contaria de qualquer forma. Não sei quando, talvez antes de morrer — confessou, rindo. — Não há regra para essa tradição. Temos que sentir o que é certo. Como você fez viajando até aqui.

— Quem é Eugênia, tia? — Alice fez a pergunta que lhe interessava havia semanas. — É uma de nossas parentes?

— Não — a tia revelou, para surpresa da sobrinha, que a olhou confusa.

— Não?

— Eugênia era filha do delegado da cidade e fazia parte do grupo de rendeiras que se reunia na casa das nossas antepassadas. Não era da nossa família, mas foi muito amiga das Flores de Bom Retiro. Aqui estão elas, espie — disse, apontando para uma foto amarelada onde se viam algumas mulheres exibindo uma variedade de rendas para a câmera. Todas vestiam preto, como viúvas.

— Essa é a sua bisavó e essa é a irmã dela. Aqui, sua tataravó Carmelita e a irmã Firmina. Ah! Essa no canto é uma moça da cidade, amiga das Flores, Vitorina. Ela ainda está viva, acredita?

— Caramba! — Alice se espantou. — Ela deve ter o quê? Cem anos?

— Mais até, não sei bem.

Interessada, Alice aproximou o rosto um pouco mais da foto para examinar melhor as feições daquelas figuras do século passado. Tentou também reconhecer algum traço semelhante aos seus – ou aos de Vera ou da avó –, mas não identificou nenhum. Como acontece em fotos antigas, nenhuma das figuras retratadas sorria e todas aparentavam ser muito mais velhas do que realmente eram.

Em certo momento, o olhar de Alice se dirigiu para a única moça que ainda não havia sido identificada pela tia. Era a mais bem-vestida do grupo e estava no centro da foto com uma expressão que parecia enfrentar a lente.

— Essa deve ser Eugênia — Alice concluiu por eliminação. — A moça que rendou o véu para fugir do marido.

Alice havia lido a história de Eugênia até o ponto revelado pelo véu.

— Sim. O código foi criado para que as rendeiras pudessem se comunicar sem o perigo de serem descobertas. Como você já sabe, Eugênia estava vivendo uma situação muito difícil. Tinha horror ao marido, que era um homem muito poderoso e mandava em toda a região.

Tia Helena fez uma pausa antes de prosseguir.

— O plano descrito no véu chegou a ser colocado em prática, mas não correu como o esperado.

Em seguida, abriu outra caixa, que continha alguns recortes.

— Sua bisavó guardou alguns jornais da época e outras peças de renda que continham essas comunicações. Espie estas asas de anjo, que maravilha. Têm uma mensagem, percebe?

Alice analisou o rendado.

— "Não vá" — decifrou rapidamente, orgulhosa de já ter decorado o código e de fazer parte daquela confraria feminina, ou, melhor dizendo, "consoria", já que confraria vinha do latim *frater*, irmão, e não de seu feminino, *soror*, irmã. Era preciso usar as palavras certas, Alice insistia sem cessar nesse exercício. E se, por acaso, as palavras certas não fossem palavras usuais, era o caso de torná-las.

As rendeiras de sua família haviam conseguido se defender com palavras certas, numa época em que as mulheres não tinham voz. Ou tinham ainda menos que agora. Como Lílian, 27, lutando pela guarda do filho.

Ao contrário das rendeiras da foto, a moça entrevistada pela rádio tinha pelo menos o direito, conquistado pelas que vieram antes dela, de fazer algum barulho. Podia denunciar publicamente Alberto, 50, e ainda entrar na justiça contra ele, mesmo que esses enfrentamentos não fossem garantia de que ela conseguiria reaver a guarda do menino.

— Eu tenho uma curiosidade, tia. Na verdade, várias — Alice brincou. — Por que o véu veio parar logo na minha mão? A senhora nem me conhecia.

Tia Helena sorriu, pois talvez já tivesse feito essa mesma pergunta no passado a quem lhe dera a renda.

— Não precisamos nos conhecer, Alice. Estamos ligadas como os fios de uma renda. A história de Eugênia deve ser contada e relembrada para que não nos esqueçamos dela. É simbólico, eu sei, mas são esses pequenos gestos que nos fazem lembrar de que devemos sempre buscar a liberdade e que mesmo na derrota há uma vitória, pois houve a luta. Como a moça que ouvimos no rádio hoje.

Alice assentiu, entendendo o que a tia queria dizer. Uma mãe lutar pela guarda do filho fazia com que outras mães também lutassem. Mesmo que Lílian não ganhasse a própria batalha, inspiraria outras mulheres em situação semelhante.

— Minha bisavó teve participação na fuga? — Alice continuou perguntando.

— Ela fez o que podia fazer — Tia Helena respondeu. — Apesar das limitações. Depois de muitos anos, foi ela quem decidiu preservar o véu e iniciou esse costume de passá-lo para as gerações mais novas. Eu confesso que, como não tive filhos, estava meio sem saber o que fazer com ele — comentou, divertindo-se. — Além disso, o véu veio parar comigo numa dessas circunstâncias do destino. Minha prima Celina, sua avó, estava de posse do véu, mas decidiu se mudar para o Rio de Janeiro ainda muito nova, após o suicídio do pai. Ela ficou tão abalada com aquela tragédia que tinha urgência de deixar o passado para trás, esquecer que era uma Flores. Mesmo assim, não teve coragem de cortar a continuidade da tradição. Em vez de devolver o véu para a mãe, com a qual estava brigada na ocasião, me passou a incumbência. Veja só! Nem Flores eu sou! Minha linhagem vem de Lygia Oliveira, irmã de Das Dores, a noiva amaldiçoada, segundo a lenda — fez a ressalva.

Alice já estava perdida na lógica daquela intrincada árvore genealógica, que estava sendo apresentada agora e percorria mais de cem anos na direção temporal contrária ao dia do seu nascimento.

— Acho que vou ter que fazer uma lista de nomes para não me confundir sobre quem é quem — a sobrinha brincou e a tia achou graça, dizendo que logo ela não precisaria mais fazer esforço para se lembrar. Os nomes lhe viriam à mente de forma natural.

— Viajei ao Rio decidida a dar o véu para sua mãe, minha sobrinha carioca. Mas, quando te vi com esse seu cabelo azul, como as janelas da casa das Flores em Bom Retiro, soube que tinha que ser seu.

O comentário soou como um elogio, e Alice pensou que podia se acostumar com eles.

— Fez bem, tia. Minha mãe nunca descobriria o código — comentou com certo desdém. — Usaria o véu como se fosse uma echarpe, contaria para as amigas que era uma relíquia de família, mas nunca olharia direito para ele. Não de verdade.

A tia olhou Alice sem entender a motivação da crítica a Vera. Era difícil mesmo de explicar. A tensão entre mãe e filha era fruto de anos de pequenos retalhos de rancor costurados por ambos os lados. Uma enfiava a agulha, a outra arrematava – uma obra conjunta e tão complexa que Alice acreditava que não havia como ser desfeita.

— Não sabemos o que teria acontecido — a tia minimizou. — Talvez Vera fosse capaz de decifrá-lo de outra forma. Você mesma não descobriu de primeira, certo? Foi sua amiga.

— Sim, mas eu estou aqui, pelo menos. O que minha mãe jamais faria — Alice insistiu na implicância infantil, da qual se arrependeu imediatamente. A tia não entenderia sua resistência em reconhecer qualquer característica positiva em Vera.

Alice tinha a tendência a se aborrecer quando saíam em defesa de sua mãe. "Você tem que dar um desconto", diziam, "ela é de outra geração". Mas Alice não conseguia. Ser mais velho não significava ser mais sábio. Anos não funcionavam como borracha para erros reincidentes. A fragilidade do corpo não era sinal de fortaleza da alma. Idosos com dificuldade de carregar compras no supermercado podiam ter cometido terríveis crimes na juventude.

A teoria de Alice podia até ser considerada arrogância da juventude, e talvez fosse mesmo, mas ela conhecia a mãe desde que nascera e tinha certeza de que Vera não direcionaria mais do que trinta segundos da sua atenção ao véu, mesmo que alguém lhe apontasse o código.

— De qualquer forma, estou feliz que você tenha vindo conhecer suas raízes — a tia mudou de assunto. — Suas parentas foram obrigadas a sair da terra dos seus ancestrais para começar uma vida nova perto do mar, mas tenho certeza de que existe um pouco do agreste em você. Venha aqui. — A tia levantou-se, esperando que Alice fizesse o mesmo, e, como a sobrinha mostrava alguma hesitação, ela insistiu: — Ande, menina, está com vergonha de quê?

Alice obedeceu à tia, ficando de pé à sua frente.

— Agora feche os olhos e toque no véu.

Mesmo sem graça, Alice fez o que aquela senhora de bochechas altas lhe pedia.

— E então? — a tia lhe perguntou após alguns instantes. — Sente a vibração? Sente o Vale do Pajeú te chamando?

Alice teve que segurar o riso, mas, em respeito à tia concentrou-se e, como já esperava, não sentiu nada, além do perfume da maresia que entrava pela janela e do vento feroz que percorria o apartamento, fazendo com que as placas das esquadrias de alumínio não parassem de se chocar.

— E então? Sentiu?

— Acho que esse véu não foi muito com a minha cara. Não quer se comunicar comigo — Alice brincou, e a tia disse que era só uma questão de tempo.

— Vou deixar essas fotos com você — avisou, antes de sair do quarto. Já estava tarde. — Podemos fazer uma viagem até Bom Retiro no fim de semana. Que tal? Te garanto que, depois de quase cem anos, ninguém vai se atrever a expulsar uma Flores de lá.

14

BOM RETIRO, 1918

A culpa pelo que aconteceu com Eugênia me perseguiu por muitos anos, mesmo certa de que não havia como eu prever o desenrolar dos fatos. Naqueles dias, enquanto rendava o lenço com minha mensagem para Eugênia, avisando que o transporte já estava arranjado para sua fuga e que bastava ela estar em determinado ponto da estrada, às oito em ponto do dia cinco de fevereiro, que um carreto a levaria até Pesqueira, Tia Firmina desfazia meu acerto pelas costas, com a intenção de garantir minha felicidade e a vida de Odoniel, que, em seu entender, estava ameaçada pela maldição das Flores.

Dali a uma semana, Odoniel iria até a Fazenda, como fazia a cada quinzena, levando o lenço com a confirmação da fuga, sem saber do que se tratava. Eu ainda veria Eugênia uma última vez na procissão de Santa Águeda, sua primeira visita à cidade após o casamento, mas não tinha certeza de que teria chance de me aproximar de minha amiga para um último adeus – inclusive, pensava ser até mais prudente não o fazer. Na ocasião, Eugênia estaria sob a vigilância do marido e certamente seria alvo da curiosidade dos moradores da cidade, ansiosos para testemunharem a transformação da mocinha filha do delegado na nova esposa do Coronel Aristeu.

Naquela tarde, quando Vitorina levantou-se dando o trabalho do dia por encerrado, me ofereci para acompanhá-la até o armazém.

Inventei que precisava caminhar um pouco para esticar as costas, quando a intenção era levar o lenço para Odoniel. Minha movimentação foi registrada pela atenta Tia Firmina, que, sem que eu desconfiasse, havia dias acompanhava meus passos.

Com a proximidade cada vez maior da minha suposta fuga com Odoniel, Tia Firmina imaginava que eu teria necessidade de me comunicar com o rapaz com mais frequência. Apesar de estar mais tranquila – pela certeza de que não conseguiríamos colocar em prática o nosso ato de loucura e de que ficaríamos horas na beira da estrada esperando um carreto que jamais apareceria –, Tia Firmina se mantinha alerta a tudo o que eu dizia ou fazia.

Afinal, Odoniel tinha acesso fácil ao veículo do pai. Num momento de desespero, percebendo que a fuga não se realizaria como esperava, a paixão por mim se faria mais forte do que sua responsabilidade de filho e poderia impulsioná-lo a roubar a caminhonete do armazém, a mesma que garantia o sustento da família.

Na espreita do surgimento de novos enredos e desfechos para o meu desvario, aquela mulher passava dia e noite a me vigiar de forma discreta.

No caminho até o armazém, Vitorina me falava sobre seus sentimentos pelo Professor, que, em breve e segundo ela mesma, seria seu, só lhe faltava descobrir como. Por mais que fizesse, o rapaz não se animava a cortejá-la, apesar de todos os indícios que ela lhe dera de que uma aproximação seria bem-aceita. A mãe, Dona Hildinha, agora dera para reclamar de dores pelo corpo e exigia cada vez mais a presença de Vitorina para lhe buscar compressas e almofadas. Minha amiga sentia-se enfastiada e desejosa de novidades.

— Quero ter a minha vida, Inês. Por mais que eu ame mamãe, não posso viver a dela.

Na intenção de apressar as coisas com o moço, Vitorina decidira visitar o Professor sem aviso.

— Se o homem não se mexe, mexo-me eu. Alguém tem que dar o primeiro passo.

— Mas você precisaria de um pretexto para ir até a casa dele — opinei.

Não era bem-visto que moças solteiras visitassem homens solteiros, muito menos desacompanhadas, como ela pretendia fazer.

— Levo-lhe um pedaço de bolo e pronto. Uma amostra do queijo que acabamos de receber. Parecerá uma entrega. Mas preciso dessa oportunidade de ficar a sós com ele, Inês, senão a coisa não anda nem desanda. Se alguém nos vir, ainda melhor. O falatório começa e meu pai terá que obrigá-lo a firmar compromisso — planejava.

— Antes de armar esse enredo, você deveria descobrir se o Professor quer casar-se contigo.

Mas Vitorina já havia decidido seu destino sem levar em conta a opinião do futuro noivo, que se mantinha desavisado dos planos de minha amiga.

— E aquele lá tem querer, Inês? Desligado como é, só pensa nos números e no trabalho. O Professor merece uma família, um pouco de diversão, uma casa maior do que aquele quartinho em que ele mora. Por que não pode ter tudo isso comigo?

O Professor parecia de fato ser um homem triste e Vitorina tinha o poder de levar cores vibrantes para a vida de qualquer um, exatamente como fizera com sua família ao nascer.

Quando chegamos ao armazém, Odoniel estava arrumando uma prateleira. Ao me ver entrar, suspeitou de que eu estivesse ali para falar com ele, como vinha se tornando habitual, e lançou-me um sorriso. Nas últimas semanas, vínhamos nos acostumando com o jeito e os pensamentos um do outro – e eu já o considerava um amigo.

Esperei Vitorina entrar em casa para falar com a mãe e pedi a Odoniel o favor de levar o lenço para Eugênia no dia seguinte. Eu não o embrulhara de propósito, justamente para que não houvesse dúvidas posteriores de que se tratava de um simples lenço.

— Considere-o entregue — ele me garantiu, e eu agradeci, tentando afastar do peito a culpa por estar omitindo o meu verdadeiro propósito.

Se fosse um bilhete, eu jamais pediria que Odoniel fosse o portador, mas era apenas um lenço que não lhe ofereceria risco.

Voltei para casa pensando em como os homens também podiam dividir conosco alguns fardos da vida, como Odoniel fazia agora comigo e como meu pai fizera com minha mãe nos anos que passaram juntos. Estava em meio a esses pensamentos quando, ao entrar pelo pequeno portão que dava para o jardim da casa de janelas azuis, me deparei com minha tia me aguardando no alpendre com expressão dura.

De imediato me preocupei, achando que poderia ter acontecido algo com minha mãe ou com Cândida.

— O que houve, minha tia?

Ela ainda demorou um tempo para responder, me olhando fixamente. Havia uma tempestade dentro daquela mulher.

— Como estava o rapazola? Divertiram-se muito juntos?

Seu tom irônico e ao mesmo tempo agressivo me surpreendeu, mas mantive a naturalidade, ainda que sem entender aonde ela queria chegar.

— De que rapaz a senhora está falando?

— Ora, de que rapaz, Inês! — minha tia perdeu a paciência. — O rapaz da venda que você foi visitar. Não pense que eu nasci ontem. Eu já sei de tudo.

Meu coração quase parou ao ouvir aquelas palavras, e, por um instante, achei que ela tivesse descoberto o plano de fuga de Eugênia.

— Uma moça tão responsável, enrabichada pelo vendeiro! — ela me acusou e eu respirei aliviada. Sua desconfiança era outra.

— Não tenho nada com Odoniel. — Fui sincera, mas Tia Firmina lia meu nervosismo como falsidade. Era evidente que eu escondia algo.

— Não se faça de lesa, Inês. Uma menina que eu criei, agindo pelas costas, preparando o bote para a família. Como você acha que sua mãe vai reagir? E Cândida? Como ficará? Mas você não pensa nelas, só em você. É uma ingrata.

— A senhora está enganada, minha tia. Eu mal conheço o moço. Mas ela não me escutava.

— Por falta de grito é que se perde a boiada. Mas eu sei gritar bem alto. Não irei permitir que você faça a loucura de fugir com esse rapaz.

— Quê? — Me deixei cair na poltrona, perplexa com o que acabara de ouvir.

— Fique sabendo que já desfiz seu combinado com o motorista do carreto. Não deixarei que você perca sua honra nem dê tamanho desgosto à sua mãe, que já sofreu tanto nesta vida. Estou aqui para zelar por esta família e você não irá destruí-la, Inês.

— Tia! A senhora não pode ter feito isso.

— Já fiz e não me arrependo. E nem tente agora me engambelar negando, que Deus me deu a inteligência necessária para juntar as peças. Tenho visto suas saídas, seu olhar perdido de quem faz planos. Sempre pisando em ovos, juntando dinheiro, calculando as palavras. E esse rapaz! — bufou, inconformada. — Poderia ter vindo aqui falar com sua mãe. Mas não, preferiram fazer tudo às escondidas. E eu sei por quê: Hildinha jamais permitiria que o caçula se casasse com uma Flores. Eles acreditam nessa gabolice de maldição. Pois se é isso que aqueles comerciantes acham, eles não te merecem. Não vou deixar que você se amancebe com esse moço, pernoitando em pecado, perdida ao deus-dará por essas estradas.

Enquanto ouvia atônita as acusações delirantes de minha tia, levei as mãos à cabeça tentando pensar no que fazer em seguida. Eu acabara de enviar o lenço com a confirmação sobre o arranjo da fuga de Eugênia, que, graças a minha tia, não se realizaria mais.

Corri até a porta para tentar voltar ao armazém e impedir que Odoniel levasse o lenço até a Caviúna, mas minha tia colocou-se na minha frente, passando a chave na porta.

— Nem pense em sair desta casa.

— Minha tia, a senhora não entende.

O desespero estampado em meus olhos a fez se convencer ainda mais de que sua teoria estava correta. Avisou-me de que eu teria que matá-la antes de cruzar aquela porta.

— Estou falando a verdade. Juro pela alma de meu pai e de meu falecido irmão.

— Não comece a chamar pelos mortos, que eles acabam te escutando e te levando com eles — Tia Firmina me repreendeu, feroz.

— Estou salvando o seu futuro, menina ingrata. Por mais que você não consiga compreender agora, um dia você me agradecerá.

— A senhora me conhece, tia. Eu jamais abandonaria minha família.

— A paixão vira as pessoas do avesso, você não é a primeira — ela rebateu, firme, e me virou as costas.

Ainda tentando reequilibrar meus pensamentos em meio ao desespero que me tomava, olhei incrédula para aquela mulher, que jamais seria convencida do contrário, tão imersa que estava em sua fantasia. Minha mãe e Cândida apareceram na porta da varanda, atraídas pelo som da discussão. Cândida correu para me abraçar, enquanto minha mãe tentava descobrir o que havia ocorrido.

— Inês terá que rezar muito esta noite — Tia Firmina começou a justificar a confusão. — Foi muito desrespeitosa comigo. Me deu uma resposta atravessada, que não se dá nem a um inimigo.

— Mas Inês não é disso, Firmina — minha mãe duvidou.

— Pois anda muito mudada essa menina. Ou será que só eu percebo as coisas nesta casa?

— O que ela disse para a senhora, tia? — Cândida quis saber, mas Tia Firmina não se dignou a responder.

Ainda paralisada, minha vontade era de me defender, mas, se desmentisse Tia Firmina naquele momento, ela certamente revelaria sobre o carreto encomendado por mim, o que poderia comprometer ainda mais a fuga de Eugênia.

Acuada pela situação, sem conseguir encarar o olhar confuso de minha mãe, dei um grito de revolta, como que para me livrar da impotência que me oprimia o peito, e corri para meu quarto. Comportamento jamais presenciado por nenhuma daquelas três mulheres, que me conheciam como ninguém.

— Inês, minha filha! — minha mãe suplicou, aflita, mas não lhe respondi.

— Não disse que ela não estava em seu normal? — Tia Firmina se vangloriou. — Passarei a noite aqui, diante do oratório, rezando para que Deus perdoe Inês pela malcriação — ela ainda assegurou em voz alta, de forma que eu a ouvisse ao longe e compreendesse que ela manteria a vigilância na porta até o dia seguinte.

Algum tempo depois, Cândida veio até o quarto, onde me encontrou chorando na cama. Minha mente ainda se debatia, agitada, tentando encontrar uma maneira de salvar Eugênia.

— Quer que eu segure sua mão, Inês?

Aceitei o conforto daquela mãozinha tão amada e pequenina.

— Posso cantar também — ela se ofereceu, e escolheu um dos cânticos da festa de Santa Águeda que vinha ensaiando.

Foi então que, trazida pelos hinos religiosos com os quais Cândida me embalava, uma inspiração surgiu diante de mim.

Ainda haveria uma oportunidade de avisar Eugênia: minha amiga estaria na cidade para a procissão. Porém, se eu me aproximasse para lhe falar, o Coronel poderia desconfiar futuramente da minha participação na fuga, uma vez que, mesmo que Eugênia adiasse o plano naquele dia, certamente tentaria em outra ocasião. Eu não podia colocar minha família em risco daquela maneira, mesmo desejando ajudar Eugênia.

Quando acordei e encontrei Tia Firmina no mesmo local da noite anterior, exatamente como prometera, agi de forma arrependida.

— Perdoe-me por ontem, minha tia. Estou envergonhada de ter lhe faltado com o respeito.

Minha mãe logo veio me abraçar, sem entender por que eu agia de forma tão incomum, mas também desconfiando, assim como Tia Firmina fizera, de que fosse um sintoma do meu primeiro amor.

— Sempre que você estiver com algum problema, pode dividir conosco, Inês — minha mãe me assegurou, enquanto minha tia continuava com a expressão contrariada.

— Eu te perdoo, se me prometer que tal comportamento não se repetirá.

— Sim, minha tia.

— De qualquer forma, já mandei Vitorina não vir rendar esta tarde. Nesse fastio em que estamos uma das outras, os fios todos vão se embolar. Ninguém de fora da família entra nesta casa até a procissão.

— Que exagero, Firmina. Temos tantas peças para terminar — minha mãe opinou, mas minha tia se manteve firme em sua decisão.

— Eu sei o que estou fazendo, Carmelita, pode acreditar.

Após o café, me ofereci para ajudar na confecção da fantasia de anjo que minha irmã usaria na festa da padroeira. Tia Firmina olhou-me desconfiada quando me prontifiquei para a tarefa. Mas, talvez achando que se tratava de uma oferta de paz ou de um sinal de arrependimento, aceitou:

— Colaborar com a procissão não vai te redimir do pecado, Inês, mas já é um começo — disse, de maneira seca, já me passando a estrutura de metal das asas, sem imaginar que seria justamente nelas que eu rendaria a mensagem para Eugênia.

Minha irmã era o anjo de maior destaque na festa da padroeira. Antes de a procissão sair pelas ruas de Bom Retiro, uma criança vestida de querubim tinha a função de subir até o altar e coroar a santa, na frente de toda a cidade. Aquele era o ponto alto da festa, cercado de grande expectativa, afinal a tarefa era deixada a cargo de alguém pequeno demais, que não só vestiria um camisolão comprido mas ainda teria que subir por uma escada estreita, carregando uma pesada coroa de metal para encaixá-la com perfeição no suporte que havia no topo da imagem.

Todo ano, quando o escolhido começava a avançar pelos degraus, a respiração do povo ficava suspensa. Víamos os olhares aflitos dos moradores, temerosos de que o anjo se desequilibrasse e o andor enfeitado com flores de papel fosse ao chão. Desde que Cândida passara a cumprir aquele papel, a tensão aumentara de tal forma que, quando minha irmã iniciava sua escalada na direção da santa – sem ajuda de ninguém, como ela colocara como condição –, a sensação era a de que o tempo parava em Bom Retiro. De forma que, a cada ano, nossos relógios poderiam estar ligeiramente atrasados em relação ao resto do mundo unicamente por conta desses instantes de apreensão. Mesmo de longe, não haveria como Eugênia ignorar o código rendado nas asas de minha irmã, em que eu planejava dizer: "Não vá".

Havia apenas um problema para ser contornado: as asas já tinham um desenho definido, elaborado por Tia Firmina ao longo de semanas, com estrelas salpicadas nas extremidades e raios de luz escorregando entre nuvens celestiais ao centro. Sem poder mudar o molde, me restava, então, contar com a cumplicidade de Cândida. Apesar de ter prometido a Eugênia que não revelaria seu segredo a ninguém, eu precisava de ajuda e ninguém era mais confiável do que minha irmã.

Cândida não nascera sem enxergar. Sua cegueira era consequência de um acidente que teve meu pai como responsável. Ainda bebê, tivera uma inflamação nos olhos para a qual o boticário receitara um remédio que deveria ser pingado em duas gotas diluídas em um litro de água, a cada duas horas. Meu pai, na aflição de diminuir o sofrimento da filha e lhe dar logo o medicamento, esqueceu-se por um instante das instruções e pingou a substância concentrada nos olhos de minha irmã.

Uma gota em cada olho foi o que bastou para embaçar a vista de Cândida para sempre. Minha mãe contava que a filha começara a chorar tão alto que Bom Retiro inteira ouviu.

Meu pai percebeu seu erro de imediato e desesperou-se.

— É preciso lavar os olhos dessa menina. Rápido! — gritou para mim e minha mãe, já colocando Cândida debaixo da água corrente de uma bica.

Minha irmã logo se acalmou, e, naquele momento, meu pai suspirou aliviado. Abraçou a filha com toda a força do seu arrependimento. Era como se a tivesse reencontrado após tê-la perdido.

— Acho que ela está bem — repetia, inseguro, como que para convencer a si mesmo. — Ela está bem, não está, Carmelita? O que acha?

— Parece que sim — minha mãe verificou a filha no colo do marido. — Ela está sorrindo, não há de ser nada.

Mas naquele mesmo dia minha mãe reparou que a pequena Cândida não a seguia mais com os olhos. Apenas os sons atraíam sua atenção. Eu tinha uns sete anos na época e me lembro de minha mãe me perguntando se Cândida parecia recuperada. Para opinar com propriedade, eu lhe mostrei minha boneca, mas minha irmã não esticou os bracinhos para alcançá-la como costumava fazer.

Aflita, minha mãe mandou chamar o boticário. Meu pai não estava em casa àquela hora, o que ela considerou oportuno, pois não queria preocupá-lo caso fosse apenas uma cisma. Meia hora depois, após examinar minha irmã, o boticário suspirou, pesaroso.

— Ela não voltará a enxergar. Estão queimadas as retinas.

Ainda sorrindo, a pequena Cândida agitou os bracinhos ao ouvir a voz grave daquele homem e esticou as pernas com gosto, balbuciando alegremente.

Vi minha mãe desfalecer no chão, como uma árvore derrubada próxima à raiz, e tive medo de que ela tivesse partido desta vida sem me dizer adeus. Recuei encostando-me na parede, de onde observei o boticário acudi-la, ágil, me ordenando que eu ficasse calma, que ele já resolveria o caso.

Ao ver minha mãe desacordada, braços sem vida, rosto sem reação, fui invadida por um temor tão sufocante que, num impulso, peguei Cândida no colo e a tirei dali. Aquele corpinho quente junto a meu peito me daria conforto, mesmo sendo ela a maior vítima. Enquanto eu aguardava que minha mãe recobrasse a consciência, Cândida brincou com meus cabelos, colocou-os na boca e fez uma careta engraçada. Era tão graciosa e cuidava tão bem da irmã mais velha que tive certeza de que tudo se arranjaria.

Meu pai nunca foi o mesmo depois do incidente. Todos ficamos inconsoláveis na casa de janelas azuis, porém meu pai mais do que todos, passando a viver recolhido em sua culpa. Ironicamente, nossa tristeza não combinava com a alegria de Cândida, que agia como se nada tivesse mudado, e, com o passar dos anos, sua tranquilidade fez com que nos esquecêssemos de lamentar sua sorte.

Para compensá-la de não poder ver o mundo, meu pai decidiu encher a casa de sons. Primeiro, comprou relógios, que badalavam a cada hora e reproduziam melodias diversas. Trouxe também caixinhas de música, alguns instrumentos e muitos, muitos passarinhos. Colocava-os do lado do berço da filha, dizendo:

— Ela jamais verá as cores do mundo, mas vai ouvir os mais belos sons que pudermos oferecer.

Depois que Cândida perdeu a visão, eu perdi um pouco do meu pai. Passei a ser a filha com a qual ele não tinha uma dívida, a filha de quem ele não precisava cuidar em dobro, cuja infelicidade ele não precisava compensar.

Minha mãe percebia minha tristeza quando eu, inocentemente, sem entender a dimensão da dor daquele homem, tentava chamar sua atenção para um desenho que eu acabara de fazer. Mesmo bem-intencionado e interessado no que eu lhe mostrava, ele não conseguia admirar meu feito sem lembrar-se de que Cândida jamais poderia fazer um desenho igual, nem apreciar a imagem que eu tinha nas mãos.

O pobre até tentava sorrir para mim, mas, em instantes, o sorriso era dragado para algum lugar profundo de sua alma, onde ele vivia penitente e dominado pelo remorso. Para não provocar-lhe ainda mais desgosto, me afastei naturalmente. Quando estávamos lado a lado, ficava quieta, me imaginando invisível para não incomodá-lo e esperando que ele me passasse uma tarefa qualquer. Ainda me lembro da alegria que eu sentia quando meu pai me chamava, dizendo:

— Inês! Me ajude a ajeitar essa gaiola. O sanhaço-de-fogo gosta de fruta. Já para a curica, deve-se colocar um jiló. Quando eu não estiver mais aqui, é você quem vai cuidar dos pássaros de Cândida. Ela não dará conta sozinha, e essa é a única alegria que a nossa menininha tem na vida.

— Está bem, papai. Assim o farei — eu garantia, orgulhosa, feliz por ter um pouco da atenção dele, mesmo que o objetivo fosse compensar Cândida.

Confesso que, em criança, sentia um pouco de ciúme da atenção que todos passaram a direcionar para minha irmã. Mas meu amor por Cândida sempre anulou esse sentimento. Eu a amava mais do que todos ali – desde que nascera, minha irmã sempre foi como uma boneca para mim.

Quando meu pai partiu desta vida, não fui eu, e sim Cândida, já tomada de amor pelos pássaros, que passou a criá-los e alimentá-los. Mas, ao contrário de meu pai, que os mantinha nas gaiolas, ela decidiu deixá-los livres.

— Eles virão nos visitar quando tiverem vontade.

Foi assim que os pássaros da região aprenderam o caminho da casa de janelas azuis e passaram a fazer ninhos no forro da nossa sala. Era como se morássemos num viveiro. Aves dos mais diversos tamanhos davam rasantes pela sala a qualquer hora do dia – cantavam na alvorada, se agitavam na mudança de estação e faziam um ruído ensurdecedor quando o sol se punha.

— Cândida, essas pestes estão a emporcalhar tudo! — Tia Firmina reclamava. — Carmelita, dê um jeito nessa menina.

Mas minha mãe não deixava que bulissem com os pássaros de minha irmã.

— É o único passatempo da menina. Deixe quieto, Firmina.

— O canto dos pássaros é tão bonito, tia. Me acalma — Cândida argumentava.

— A mim esses malditos enervam.

— Mas são criaturas de Deus, tia.

— Decerto que são, mas foram criadas para viver nas árvores, e não sob o meu teto.

Cândida achava graça e não se ofendia, amava Tia Firmina tanto quanto aos seus pássaros, dos quais cuidava como uma mãe. Dava-lhes nomes, reconhecia-os pelo farfalhar das asas, conferia os ovos nos ninhos e preocupava-se quando um beija-flor não aparecia. Era justamente por conhecer a alma zelosa de minha irmã que eu tinha certeza de que podia lhe confiar o segredo de Eugênia.

— Cândida, se achegue aqui. Quero lhe mostrar um detalhe nestas asas.

Sempre muito ciente do espaço do nosso quarto, Cândida esticou as mãos na direção exata da peça que estava no meu colo e deslizou os dedos finos sobre o relevo dos pontos.

— Está sentindo? — perguntei, direcionando seus dedinhos para um local específico na peça.

— É um ponto aranha — ela identificou.

— Sim. Agora faça de conta que esse ponto é um A. Ela fez que entendia e eu passei para outro.

— Agora este. O ponto vazado. Pense nele como um V.

Cândida se empertigou, curiosa, já compreendendo a brincadeira.

— Você está fingindo que os pontos são letras?

— Sim, vou lhe ensinar. Tem um ponto para cada letra. Está sentindo este aqui? É o olho de boi...

— Já sei — ela me interrompeu. — Olho de boi é o O — adivinhou, divertindo-se com o desafio que eu lhe propunha.

— Isso mesmo. Você é realmente esperta — elogiei.

Com seus dedos treinados, Cândida reconhecia facilmente os pontos pelo tato, mesmo os mais semelhantes, como o escama de peixe e o tapeçaria.

— Por que você está escrevendo na renda, Inês?

E, sem esperar pela resposta, encantada que estava com a própria suspeita, arriscou o palpite que, ao que parecia, era compartilhado por todas as mulheres daquela casa:

— É para um namorado? É para o Odoniel?

— Não — me apressei a negar. — Odoniel é apenas um amigo. Este recado é para Eugênia. Foi ela quem inventou esse código para que pudéssemos nos comunicar depois que ela fosse morar na Fazenda.

Cândida não compreendeu de imediato:

— E por que você não manda uma carta com palavras escritas no papel?

— É preciso fazer assim — tentei explicar. — A vida das pessoas muda muito depois do casamento.

Cândida retesou o rosto sem entender.

— Muda para pior ou para melhor?

— No caso de Eugênia, para pior. Infelizmente.

Cândida refletiu por um momento, apertando minha mão e sofrendo em silêncio por Eugênia, de quem tanto gostava.

— É por isso que nós não vamos nos casar, não é, Inês? Nossa vida é boa como é. Sem nenhum moço morrendo por nós.

Normalmente, como de hábito, eu negaria aquele raciocínio mágico sobre a maldição que vitimava os homens da família, mas me interrompi ao perceber que a ideia de permanecer solteira confortava minha irmã de algum modo.

— Preciso que me faça um favor muito importante, Cândida — retomei o assunto que me era urgente. — Tenho que passar uma mensagem para Eugênia durante a procissão. Uma mensagem que ninguém poderá ler, somente ela. Por isso tive a ideia de deixá-la bem visível, num local para onde todos irão olhar. Suas asas.

Cândida se mostrou animada com a aventura, enquanto eu lhe explicava.

— Não posso mudar o desenho que já foi rendado por Tia

Firmina, mas fiz esta peça extra, uma tira de renda, que você irá exibir entre as asas bem na hora da coroação, entendeu?

Cândida fez que sim e eu continuei:

— Você irá levar esta tira escondida, está bem? E, quando estiver prestes a subir no altar, basta colocá-la num ganchinho que irei costurar bem disfarçado. Mais tarde lhe ensinarei como fazer e treinaremos até lá. Você acha que consegue?

Cândida avaliou com as mãos o pedaço de renda, fez o cálculo da distância das asas e concluiu.

— Será fácil, não se preocupe. — E, depois de refletir por um momento, pediu que eu colocasse um fio comprido na ponta para que ela pudesse encontrar o lugar a ser puxado com mais facilidade.

— E mais uma coisa — quis preveni-la. — Se, por acaso, Tia Firmina perguntar sobre esta renda extra quando você descer do altar... — comecei, mas Cândida me interrompeu:

— Direi que não havia como eu ter reparado. Uma criança cega não percebe certas coisas — ela completou, e eu envolvi aquele corpinho frágil num abraço, grata por Cândida existir e me ensinar tanto.

Desde pequenas, participávamos ativamente da festa de Santa Águeda. Secretamente, minha tia achava que a dedicação das sobrinhas à igreja poderia abater uma parte da dívida que nossa família tinha com o invisível. Por isso, foi com muita esperança que ela recebeu a notícia de que o pároco escolhera Cândida para a incumbência mais importante da festa: coroar Santa Águeda. Uma decisão muito acertada, na opinião de minha tia, já que uma menina cega certamente tinha menos pecados do que as demais e, portanto, estaria mais próxima de Deus.

Era a terceira vez que Cândida recebia aquela função, pela qual aguardava ansiosa o ano inteiro, mais do que pelo Natal. O som da multidão reunida na praça fazia seu pequeno corpo pulsar. A sensação era uma mistura de medo e euforia, precedida de um silêncio único que depois desaguava numa poderosa onda de palmas.

Cândida sentia seu peito explodir por dentro. No último ano, minha irmã se demorara propositalmente por três segundos a mais do que o necessário com a coroa suspensa sobre a santa para que, após a possibilidade de um desastre, as palmas viessem ainda com mais força.

Dessa vez minha irmã teria uma nova missão. Em suas asas, levaria a mensagem "Não vá". A salvação de Eugênia viria por intermédio de uma anja.

15

RECIFE, 1919

O jornal *Ave Libertas* recebia muitos pedidos de ajuda, mas nenhum havia chegado daquela forma tão incomum, por meio de um véu de missa primorosamente rendado. Semanas antes, o jornal recebera uma correspondência proveniente da mesma cidade. No envelope, um bilhete vago, escrito no balcão da agência de correios, que dizia apenas: "Favor aguardar próximo contato". Anexo ao bilhete, um papel onde eu havia copiado o código criado por Eugênia.

A escassez de informações era por segurança. Caso houvesse qualquer interceptação ou extravio da carta, o conteúdo daquele bilhete poderia ser relacionado a Eugênia Medeiros Galvão. As senhoras da sociedade Ave Libertas estavam acostumadas com aquele tipo de mensagem misteriosa e não estranhariam as lacunas intencionais deixadas por mim.

Tremendamente atuantes na luta pelos direitos humanos nos anos que antecederam a abolição, aquelas mulheres tinham dado abrigo a fugitivos em suas próprias casas e dedicado sua vida a atender pedidos de socorro como aquele.

Semanas depois da primeira carta, as senhoras receberam uma nova correspondência vinda da mesma cidade, agora um pacote maior, que continha um véu de renda. Por precaução, fiz questão de postá-los com algum intervalo para que não viajassem no mesmo malote. Dentro da peça, encontraram mais um bilhete quase tão sucinto quanto o anterior: "Reparem nos pontos, feitos especialmente para as senhoras".

Mais uma vez, se interceptados, o véu e a mensagem não gerariam suspeita. Depois de muitos anos, fiquei sabendo que quem abrira o pacote naquele dia fora a senhora que conhecíamos da foto impressa no exemplar do jornal que Vitorina nos mostrara. Dona Maria Amélia de Queirós colocou sobre a mesa os bilhetes recebidos da mesma remetente e abriu o véu sobre o tampo de madeira, cercada por suas companheiras.

Compreendendo logo do que se tratava, indicou para as demais as letras que reconhecia nos pontos, enquanto Dona Bárbara de Mendonça anotava a sequência num caderno forrado de tecido floral. Em menos de uma hora, as senhoras já estavam a par da história de Eugênia.

Eu, Eugênia Medeiros Galvão, anteriormente chamada de Eugênia Damásio Lima, me encontro prisioneira de um pesadelo do qual pretendo escapar. Fui obrigada a casar-me aos quinze anos com um homem que odeio e que me maltrata. Seu nome é Coronel Aristeu Medeiros Galvão, chefe político e o homem mais poderoso da cidade de Bom Retiro e arredores. Para não matá-lo, decidi fugir. Venho juntando dinheiro há algum tempo, obtido a partir da venda do meu trabalho como rendeira, e com a quantia já reunida creio que conseguirei chegar até a cidade do Recife, onde a influência política do meu marido não tem a mesma força e onde espero poder contar com a proteção das senhoras e de outros grupos que prezam pela liberdade. Não conheço vivalma na capital, mas, quando um exemplar do Ave Libertas me chegou às mãos aqui no Vale do Pajeú, vislumbrei nas palavras impressas um fio de esperança. A renda é a única maneira que tenho para me comunicar com quem quer que seja, e é por isso que lhes envio meu pedido através deste véu. Minha intenção é sair de Bom Retiro em fevereiro e, ao chegar à capital, pro-

curar por vossas senhorias para receber orientação de como proceder a partir de então. Qualquer ajuda me será válida. Meu desespero é tamanho que não me importam as consequências. Passar fome, dormir ao relento, enfrentar qualquer outro tipo de necessidade. Apenas não posso continuar onde estou. Tenho fé que poderei contar com a compaixão das senhoras, que já fizeram muito por tantas almas injustiçadas. Rezo para que Deus me dê saúde e coragem para que, em breve, eu possa estar livre e diante de minhas benfeitoras.

Meus sinceros agradecimentos,
Eugênia.
10 de dezembro de 1918.

Quando Dona Maria Amélia terminou de ler o véu em voz alta, as experientes senhoras se entreolharam, já sabendo o que fazer.

— Temos que enviar uma resposta. Quem aqui sabe rendar? — perguntou às demais.

A renda, porém, era uma arte dominada pelas mulheres do povo, que contavam com o ofício para sobreviver. A elas, damas da capital, cabia escolher qual renda ficaria mais elegante junto à prataria e aos jogos de porcelana nos jantares que ofereciam.

Analisando melhor os pontos da peça, Dona Bárbara de Mendonça avaliou que os pontos podiam ser reproduzidos de forma similar num pedaço de linho com a técnica do bordado.

— Posso fazer um descanso de mesa com flores no centro e uma mensagem na barra — considerou.

Juntas, as senhoras redigiram uma resposta em que asseguravam a Eugênia que iriam acolhê-la com muito prazer. Pediam apenas para que a moça agisse com cautela, pois o sofrimento prolongado a que ela estava submetida poderia lhe tirar a clareza da mente e fazê-la acreditar que os perigos eram menores. Garantiam também que lhe dariam toda a ajuda necessária para que começasse um novo capítulo em sua vida na capital: assistência jurídica, se fosse o caso, um emprego, uma indicação de moradia. Ao fim, acharam por bem acrescentar algumas palavras de motivação à mensagem e decidiram-se pela frase: "O opressor pode parecer forte, mas nem sempre é a força que vence".

Com o texto pronto, prepararam um molde numa folha de papel vegetal com o qual Dona Bárbara de Mendonça iria se guiar. A mensagem seria bordada com linha branca, mesma cor do tecido, para enganar quem manuseasse a peça, de forma que seus olhos fossem conduzidos naturalmente para o buquê de flores de cores vibrantes que tomaria toda a área central.

— É como fazem os mágicos. Desviam a atenção do que é mais importante. Mal se verá a mensagem na borda — Dona Bárbara de Mendonça garantiu, explicando que começaria o trabalho naquela mesma noite e em no máximo um ou dois dias poderiam enviar a resposta para a remetente das duas cartas: Inês Flores, amiga de confiança da fugitiva.

Antes de voltar a revisar os apontamentos para sua palestra sobre a importância da presença das mulheres no mercado de trabalho, Dona Maria Amélia de Queirós decidiu pendurar o véu rendado por Eugênia na parede do escritório do *Ave Libertas*, como se ele fosse uma bandeira.

Ali, naquele local de destaque, o véu enviado de Bom Retiro iria permanecer por muitos anos, mesmo após a morte de minha amiga.

16

BR-232, PERNAMBUCO, DIAS ATUAIS

Cem anos depois, o véu de Eugênia, que passara décadas na sede do *Ave Libertas,* viajava na mochila de Alice no banco de um ônibus de turismo. Protegida do calor pelo ar-condicionado na capacidade máxima, a jovem observava a paisagem cor de sépia pela janela, que ia se esverdeando conforme subiam a serra do planalto da Borborema. Era a primeira vez, desde que fora enviado pelo correio por Inês Flores à sede do *Ave Libertas* em 1918, que o véu retornava ao local onde fora originalmente rendado.

No ônibus, quase nenhum turista. A maioria dos passageiros era de parentes indo visitar suas famílias, levando sacolas repletas de presentes e outros luxos que só se encontravam na capital. Alice queria relaxar durante a viagem, mas não conseguia, incomodada com o diálogo que vinha da fileira atrás da sua.

Pelo que percebera nas duas paradas que já haviam feito – e também quando se levantou para ir ao banheiro no fundo do veículo –, viajavam na fileira número 3 uma passageira de aparência séria, que estava sentada de forma exageradamente colada à janela, e, ao seu lado, um rapaz já sem sapatos e de camisa aberta, com o corpo tão esparramado na poltrona que roubava quase metade do espaço pertencente à poltrona da moça.

Com o ônibus ainda parado na rodoviária, Alice começara a acompanhar a interação entre os dois desconhecidos. O passageiro da 3B iniciou uma conversa sobre o tempo e a viagem. "Acho que vai chover na estrada." "Mais de seis horas até lá. É chão, viu?", "Está com calor? Acho que esse ar não está funcionando direito." Depois, passou às perguntas pessoais. "Vai fazer o que em Bom Retiro? Tem família lá?", "Qual é seu nome mesmo?", "Quer um biscoito?", "Tem namorado?"

A princípio a passageira respondia a tudo de forma educada, com um "não" seco, e voltava à sua leitura. Mas, como o sujeito parecia não entender sua economia nas palavras como um limite de privacidade, após uma hora de viagem ela parou de responder e isolou-se num silêncio acuado. Na parada seguinte, Alice viu quando a passageira da poltrona 3B foi falar algo ao motorista, gesticulando e apontando para o homem que lhe perturbava insistentemente, mas o motorista apenas abanou a cabeça, como quem diz: "O ônibus está lotado, não há o que fazer".

Ainda faltavam duas horas para chegarem ao destino quando Alice ouviu o passageiro da 3B dizendo: "Gostei de você. Quero ficar contigo agora". Num impulso, Alice levantou-se e, virando-se para trás, o interrompeu:

— Dá licença?

O movimento acordou Tia Helena, que dormitava ao seu lado. O passageiro pareceu assustado com a abordagem de uma moça como Alice, que, pelo jeito moderno das roupas e pelo cabelo azul, devia ser da cidade grande. A passageira da 3A também arregalou os olhos, surpresa. Não estava sozinha como imaginara.

— Sabe o que é? — Alice começou, num tom cinicamente coloquial. — Eu enjoo muito no corredor. Será que você se incomodaria de trocar de lugar comigo? — Alice perguntou diretamente à moça da 3A, que hesitou por um momento. Talvez por não querer colocar Alice na mesma situação em que ela se encontrava. — Por favor — Alice insistiu, quase íntima, olhando-a de forma incisiva para que a outra entendesse que ela estaria segura apesar da troca.

Ao ouvir o pedido da sobrinha à desconhecida, Tia Helena se ofereceu:

— Se você está enjoada, troque de lugar comigo, Alice. Não precisa incomodar a moça. Eu fico no corredor.

Ao que a passageira, temendo perder a chance de escapar do vizinho inconveniente, garantiu apressada:

— Imagina. Incômodo nenhum. Troco sim — respondeu. — Obrigada — a moça sussurrou a Alice, ao se levantar.

— Que isso. É você quem está me fazendo um favor, acredite. Vou ficar bem mais tranquila agora — Alice garantiu, dando um passo para o lado para que a outra colocasse suas sacolas no bagageiro superior da fileira 2.

A primeira coisa que Alice fez ao sentar-se foi firmar seu cotovelo no braço da poltrona 3A para determinar seu espaço de forma clara. Não aceitaria invasões de nenhum tipo. Fez isso olhando fixamente para o rosto do passageiro, que desviou o rosto sem encará-la. Em alguns instantes, o passageiro da 3B já estava calçado, com a camisa abotoada e adotara uma postura mais ereta. Logo depois, dormiu. Ou fingiu que dormiu. Não importava, já que, na poltrona da frente, a moça, antes tensa, agora falava animadamente com Tia Helena e o som daquela conversa embalou o sono de Alice até o fim da viagem.

※

Pelo que Alice descobrira nos últimos dias, suas antepassadas deixaram Bom Retiro logo após a festa de Santa Águeda de 1919, e a única que permanecera na casa de janelas azuis fora Firmina Flores, que, segundo Tia Helena lhe contara – conforme lhe foi contado por sua mãe, que ouvira de sua avó –, jamais aceitara deixar o chão em que seu pai fora enterrado.

— Elas saíram a contragosto, mas depois tudo se arranjou — Tia Helena ia contando enquanto as duas faziam check-in na pousada de Bom Retiro. — A única coisa que não se arranja nesta vida é a morte, Alice.

A sobrinha fez que concordava, sem muita certeza, pois acreditava que havia muitas coisas impossíveis de serem consertadas no mundo.

— Fiz poucas visitas a esta região, acredita? — Tia Helena comentou, já fazendo planos para os próximos dias. — Podemos dar um pulo em Triunfo para ver o famoso Teatro Guarany, uma construção belíssima. Lá também tem o Museu do Cangaço. Lampião nasceu aqui perto, sabia?

Outro ponto que poderiam visitar era o sítio arqueológico da Serra do Giz, perto de Afogados da Ingazeira, a quarenta minutos de carro pela estrada PE-320. Lá, os primeiros habitantes da terra também deixaram suas histórias registradas em desenhos sobre as paredes de arenito.

— Mas amanhã nos dedicaremos ao véu. Já marquei com Dona Vitorina.

Tia Helena era engenheira civil. Primeira formanda da Universidade Federal de Pernambuco, única mulher da turma.

— Você não imagina o que é chegar num canteiro de obras e ter que se fazer ouvir — ela contou, mais tarde, enquanto dividiam um chambaril no restaurante de comida caseira indicado pela funcionária da pousada. — No início da minha carreira, muitos projetos que saíam da minha prancheta não eram assinados por mim, e sim por meus colegas homens. Era muito difícil que alguém dissesse: "Olhe lá o prédio da Helena". Era sempre: "Olha o prédio do Geraldo, ou do Silveira".

— A senhora não se casou, tia? — Alice perguntou e achou por bem se justificar em seguida. — Estou perguntando por perguntar. Não faz diferença para mim. Só curiosidade mesmo.

A sobrinha tinha medo de que sua pergunta parecesse uma cobrança, como outras tantas que costumava ouvir por aí: "Mas você não quis ter filhos por quê?", "Mas você não tem namorado por quê?", "Mas você se separou por quê?".

Sua intenção era outra.

— Você está querendo saber se alguém morreu por minha causa, não é? — Tia Helena adivinhou e foi logo explicando. — Tecnicamente, eu não sou descendente direta de Das Dores. Minha bisavó era a irmã mais nova da noiva dita amaldiçoada. Antes mesmo do casamento, essa parte da família já tinha saído de Bom Retiro, portanto eu não estaria ao alcance da vingança da cigana. Mas veja — ela me propôs uma teoria. — Quem não sabe desse detalhe pode achar que não me casei por medo. E não foi. Tive muitos namorados, aliás. Apenas não encontrei alguém para me enredar no até que a morte nos separe e sou muito feliz. Tenho meu apartamento, meu trabalho, viajei o mundo todo, tenho amigos que são uma família para mim, além de uma penca de sobrinhos, incluindo você. Ter um parceiro permanente nunca me fez falta. Não que eu tivesse planejado ficar solteira ou tivesse algo contra o casamento, mas foi assim que aconteceu.

Alice sentiu-se satisfeita por estar ligada a alguém tão em paz com suas opções.

— Por outro lado — a tia continuou com sua tese —, Eugênia, que tanto sofreu nessa história, não era nossa parenta. Ela não estava sob o peso da maldição da cigana, mas teve o destino mais cruel entre todas as rendeiras.

Tia Helena suspirou, com o pensamento longe:

— A vida de todo mundo tem uma dose maior e menor de sofrimento, e as Flores, se pensarmos bem, também foram felizes. Acreditar em maldições é acreditar que não temos escolha. E nós sempre temos.

— Vai ver foi por isso que minha avó escolheu não registrar minha mãe como Flores.

— Sim, é possível que tenha sido por isso. Minha prima Celina ficou muito abalada depois do suicídio do pai, quando as Flores já moravam no Recife. Mas pense bem: aquele homem estava soterrado em dívidas, deixou um bilhete cheio de rancor, e, no meu entender, me parece que se jogar no Capibaribe é uma escolha bem pessoal, que nada tem a ver com o oculto. Seria até injusto dizer que seu bisavô estava sendo conduzido por uma maldição e não pelo próprio fracasso. Mas você está certa — ela ponderou. — Talvez tirar o nome da certidão tenha sido um meio de sua avó driblar a dor de ter perdido o pai. Celina não teria sido a primeira a tentar minimizar o alcance dessa sina. Firmina também tentou proteger as descendentes da família com muita reza e promessas.

Como já tinham terminado o café, Alice fez um sinal para que o garçom lhes trouxesse a conta.

— Eu acho que o episódio com a cigana deve ter realmente acontecido. Mas manter o povo acreditando foi uma maneira que suas antepassadas encontraram de se manterem livres e seguirem com o negócio próprio sem interferência de ninguém. Não que elas tenham feito de caso pensado, mas, já que estavam marcadas por aquele destino, acabaram tirando vantagem da crença do povo. Eram independentes e podiam se dedicar totalmente ao ofício da renda. Era providencial todos acreditarem que não deviam se envolver com elas, não acha?

— Faz sentido.

Caminhando pelas ruas silenciosas com o calçamento de pedra, o pensamento de Alice voou imediatamente até Sofia, que, sendo mulher, talvez estivesse fora de perigo ao envolver-se com ela. Para afastar a preocupação da mente, balançou a cabeça num impulso. "Maldições não existem", corrigiu-se.

— E a casa? Ainda está lá? — Alice perguntou, curiosa.

— Virou uma papelaria, mas ainda resiste. O jardim foi retirado, mas as janelas continuam azuis, pelo que eu soube, e dizem que os passarinhos ainda fazem ninhos no forro do telhado. Aprenderam o caminho e nunca mais esqueceram. Quer passar lá agora? — Tia Helena sugeriu, quase como se propusesse uma travessura.

Bom Retiro dormia àquela hora da noite e a lua cheia iluminava a pequena casa, que Alice não reconheceu como a mesma registrada nas fotos que a tia lhe mostrara. Os novos proprietários haviam aproveitado o espaço em que antes ficava o jardim para expandir a construção, que agora ia até a calçada. Na fachada, uma placa de madeira pintada de branco onde se lia em letras azuis "Papelaria Elegância". De um jeito solene, Alice colocou a mão sobre a parede, como parte de um pequeno ritual improvisado naquele instante, para marcar sua presença no local ao qual também estava ligada. A seu lado, sua tia permaneceu em silêncio, respeitosa, e as duas ficaram por algum tempo assim, como que fazendo um tributo às antepassadas, antes de seguirem novamente para a pousada.

Ironicamente, após a expulsão das Flores, a cidade de Bom Retiro tornou-se um grande polo de produção de renda artesanal.

— Quando nossa família se foi, Dona Vitorina ensinou o ofício para outras moças da cidade e formou um novo grupo de rendeiras. Amanhã falaremos com ela. Ela vai adorar conhecer uma Flores de cabelo azul — Tia Helena comentou, antes de se deitarem, não em tom de crítica, mas de elogio.

17

BOM RETIRO, 1919

Eugênia recebeu o lenço rendado com a confirmação da fuga numa manhã de janeiro. Odoniel havia entregado a peça em mãos para a esposa do Coronel Aristeu junto com mais três cortes de tecido que ela encomendara. Ninguém percebeu a pequena manobra ou estranhou a presença da patroa na cozinha, que mais uma vez fazia questão de verificar a entrega do armazém. Ao contrário, Dorina até se animou quando viu Eugênia entrar no ambiente. Secretamente, a cozinheira guardava o desejo de um dia as duas se tornarem boas amigas.

Eugênia esperou a hora da sesta para ler minha mensagem. Recolheu-se em seu quarto e, com o lenço no colo, descobriu com um misto de alívio e euforia que um carreto a buscaria às oito em ponto na noite da festa na segunda curva da estrada após a saída da cidade. Eugênia ficou em estado de forte excitação. Tudo corria conforme o esperado e não haveria agradecimento suficiente para o favor que eu estava lhe prestando.

Seria a primeira vez que minha amiga sairia da Fazenda desde o casamento, e ela estava decidida a não voltar mais. Fugiria em meio à multidão de fiéis reunidos para louvar a santa até o ponto marcado com o motorista. A festa da padroeira Santa Águeda seria sua despedida de Bom Retiro: a última vez que veria os pais e as amigas. Tantos eram seus cuidados para encobrir sua real intenção para aquele dia que era capaz de Eugênia não se arriscar a me dar um abraço, que só eu e ela saberíamos ser o derradeiro.

Mas o futuro era grande. Quando estivesse no Recife ou se o destino abreviasse a vida de Aristeu – do que ela muito duvidava, já que, como se dizia, vaso ruim não quebra –, Eugênia poderia nos rever.

A liberdade estava próxima, mas, até lhe alcançar por inteiro, Eugênia estava disposta a fazer o máximo para não irritar Aristeu. Mostraria ao marido que criara juízo e ele certamente lhe afrouxaria a guarda. Até o dia de sua partida, seria a mais obediente das esposas. Nas semanas que se seguiram, Eugênia empenhara-se para agir como uma afável e dedicada dona de casa. Verificava a arrumação da mesa diariamente e, quando ouvia o som das botas do marido no corredor anunciando sua aproximação, se punha ainda mais concentrada na tarefa. "Não se esqueça daquela baixela, Dorina. A menorzinha, por favor." E também dava orientações às cozinheiras sobre o cardápio do dia, esperando que Dorina fizesse um comentário qualquer durante a refeição: "Foi Dona Eugênia quem lembrou de fazermos essa compota, Coronel".

Finalmente, para parecer ainda mais seguidora de seus deveres, Eugênia falava sobre religião e obrigações morais com as crianças.

— Hoje vou lhes contar a história de Santa Águeda, nossa padroeira — ela anunciou numa noite após o jantar. — Vocês sabiam que o primeiro milagre da santa foi com um véu?

As duas crianças fizeram que não sabiam e, interessadas, sentaram-se no chão aos pés de Eugênia para entender melhor.

— O véu com o qual Santa Águeda foi enterrada salvou a vida de milhares de pessoas. Era uma mortalha sagrada.

As crianças arregalaram os olhos, impressionadas com a morbidez da imagem de uma jovem defunta envolta em um tecido – talvez pensando na própria mãe, que provavelmente também havia sido enterrada daquela maneira.

— Águeda era uma moça muito rica que nasceu numa região chamada Sicília, na Itália. Desde pequena, ela dizia a todos que sua maior vontade era dedicar a vida a Deus e se tornar uma religiosa. Porém, Águeda não sabia que um homem muito mau e poderoso apareceria em seu caminho para lhe tirar a paz.

Para dar mais dramaticidade à história e manter a atenção dos pequenos, Eugênia fez uma pausa antes de avançar e só voltou ao ponto em que havia se interrompido quando os enteados insistiram, mãos em prece, aflitos para saber quem era aquele homem tão terrível.

— Um homem sem coração, crianças. Queria se casar com Águeda, mas não a amava de verdade. Estava interessado apenas em sua fortuna.

Eugênia sentiu uma fisgada de eletricidade lhe percorrendo o corpo pela ousadia de estar falando sobre um opressor na frente de seu opressor. Mas, em sua mesinha, Aristeu continuava fumando calmamente o seu cachimbo e folheando o livro de contabilidade da Fazenda, como se não escutasse a conversa.

— Quando Águeda recusou o pedido de casamento, já que seu desejo era servir apenas a Deus, esse homem malvado ficou furioso. Tomou a moça como prisioneira e depois torturou a pobre por dias para que ela cedesse à sua vontade.

A enteada levou às mãos ao rosto, tapando os olhos, atormentada com as imagens que a palavra tortura lhe trazia à mente, enquanto o pai virava mais uma página do livro-caixa.

— Quanto mais ela resistia — Eugênia continuava —, maiores eram as maldades do tal homem, que chegou ao ponto de lhe arrancar os seios.

Ao ouvirem a descrição de um martírio tão cruel, os enteados de Eugênia deixaram escapar um pequeno gemido e agora lhe faziam muitas perguntas, talvez para convencer a si mesmos de que se tratava apenas de uma história, quem sabe não tão real como a madrasta fazia parecer. "Arrancou como?", "Com faca?", "E ela chorou?", "E ela continuou viva?", "Ninguém ajudou a pobrezinha?"

Eugênia ia respondendo a cada pergunta, mas sua atenção não estava mais nas crianças, e sim no som da caneta tinteiro de Aristeu que, repentinamente, parara de deslizar sobre o papel. Ele a ouvia.

— Ela deixou de ser uma mulher? — a enteada perguntou ao imaginar uma mulher sem seios.

— Claro que não, minha querida — Eugênia garantiu, com ares de grande sabedoria. — Seu corpo estava mutilado, mas sua alma continuava intacta. Águeda ajoelhou e rezou com tanta fé em seu coração que, com medo da fúria de Deus, seu algoz interrompeu os maus-tratos e mandou que a prisioneira fosse levada para o quarto.

Mesmo assustadas com a violência do relato, as crianças se mantinham fascinadas e muitíssimo interessadas no desfecho.

— E como ela se salvou? — o enteado perguntou.

— Ela se salvou, não se salvou? — a mais nova quis se certificar, temerosa.

Eugênia suspirou, lamentando.

— Não em vida, meus amores. Não neste mundo. Quando voltou ao quarto, quase desmaiando de tanta dor, Águeda teve uma visão do próprio São Pedro. Ele ouvira suas preces e a envolveu com uma luz divina capaz de fazer desaparecer toda a dor de suas tenebrosas feridas. Agradecida, Águeda pediu que o santo a levasse para junto de Nosso Senhor, pois o mundo dos homens não a merecia.

— Águeda morreu, então? — a enteada quis confirmar, ainda com uma leve esperança.

— Sim, meu bem — Eugênia afirmou, mas logo fez a ressalva. — Mas sem sofrimento e sem ceder a seu carrasco.

Àquela altura, mesmo sem se atrever a voltar o rosto na direção em que Aristeu estava sentado, Eugênia sentia os olhos do marido cravados em seu pescoço.

— E nessa mesma noite... — ela continuou. — Sabem o que aconteceu?

— O quê? — as crianças se animaram, intuindo que seria algo menos trágico do que vinham ouvindo até então.

— Um terrível terremoto assolou a cidade.

— Foi a ira de Deus? — a menina tentou adivinhar.

— Exatamente. Um castigo para quem não defendeu Águeda. Naquela época, ninguém desconfiava que ela ia se tornar uma santa, achavam apenas que era uma moça comum e muito devota. Seu poder só veio a ser revelado quando, um tempo depois, outra tragédia se abateu sobre a região. Dessa vez um incêndio que destruiu casas e plantações.

As crianças não entenderam de imediato:

— Foi outro castigo de Deus? O primeiro não tinha sido o bastante?

— Não, meus queridos. Dessa vez foi diferente — Eugênia explicou. — Quando o incêndio começou a se alastrar, o povo, em pânico, correu em direção ao túmulo de Águeda para lhe pedir proteção. Já havia algum tempo que os moradores da cidade acreditavam que a falecida tinha lá alguma proximidade com Deus e que podia interceder por quem rezasse para ela. Quando abriram o túmulo, encontraram o cadáver da moça exatamente como fora enterrado. Anos depois, sua aparência era a de uma linda jovem e seu semblante estava em paz.

— Ela estava enrolada no véu milagroso? — A enteada lembrou-se da mortalha que a madrasta já havia citado como item fundamental no milagre.

A menina trazia as mãozinhas apertadas na barra do vestido, talvez novamente pensando na falecida mãe. Quem sabe ela também continuava linda e em paz em sua sepultura?

— Diante do corpo intacto de Águeda, o povo compreendeu que havia uma intervenção divina ali e alguém teve a ideia de levantar o véu como um escudo diante das chamas. Ao entrar em contato com o pano sagrado, o fogo desaparecia milagrosamente. Dessa forma, todos os que ficaram naquele dia sob o véu de Santa Águeda, que só virou santa após o ocorrido, sobreviveram para contar essa história.

As crianças suspiraram aliviadas pelas vidas que foram salvas e também pelo relato feito pela madrasta ter chegado ao fim.

— E o homem malvado? O que aconteceu com ele?

— Caiu do cavalo pouco tempo depois — Eugênia completou, sem dar ênfase ao destino do torturador.

Em sua cadeira, Aristeu continuava com a expressão inalterada. Eugênia confiava na vaidade do marido, que o impediria de encontrar qualquer semelhança entre ele e o romano Quinciano, que vivera no ano de 251.

Na imagem que tinha de si mesmo, Aristeu não se reconheceria como "um homem maldoso que arranca seios". Era um marido que respeitava a esposa e lhe dava todo o conforto necessário, apesar da teimosia e ingratidão de Eugênia.

— Desde então — Eugênia continuou — as pessoas que sofrem grandes dores e injustiças, como a própria Águeda sofreu, pedem que a santa as cubra com seu véu e as afaste das ameaças. Esse primeiro milagre aconteceu num dia cinco de fevereiro, e é por isso que, todos os anos, nesse mesmo dia, fazemos uma linda festa em homenagem à santa.

— A procissão! — o enteado compreendeu na hora. — Nós vamos, não é mesmo, meu pai?

— Um homem na minha posição não pode faltar a certos compromissos — Aristeu respondeu, seco, e aproveitou para mandá-los para a cama.

— Eu irei com vocês, meus amores, para lhes dar um beijo de boa-noite — Eugênia avisou, já se levantando, mas o marido deu a contraordem.

— Você fica.

— Pensei em contar mais uma história para eles — ela argumentou.

— Essa já os manterá acordados. Não precisam de outra.

Eugênia se arrependeu de ter caprichado na descrição dos detalhes do martírio e se justificou:

— Não foi minha intenção. Achei que contar sobre a vida dos santos traria bons ensinamentos aos meninos.

— Filho meu não nasceu para virar beato de igreja. Basta por hoje.

As crianças sabiam que um basta de Aristeu não era negociável. Trocaram um olhar cúmplice com Eugênia, tomaram a bênção do pai de forma respeitosa e, sem deixar transparecer a decepção de não serem acompanhados pela madrasta até o quarto, saíram desejando boa-noite.

Cautelosa, assim que os enteados se afastaram, Eugênia voltou ao silêncio habitual quando estavam apenas ela e o marido. Alcançou um trabalho a que vinha se dedicando e começou a rendar. O casal permaneceu calado por algum tempo até que, ao terminar o digestivo, Aristeu levantou-se e, sem lhe dirigir palavra, retirou-se, levemente alterado pelo álcool. Eugênia esperava que aquela tênue embriaguez – que ainda não era capaz de alterar os modos e o falar do marido, mas que ela identificava pelo rubor das bochechas de Aristeu – o mantivesse distante de sua cama naquela noite, o que de fato aconteceu.

※

Nos dias que se seguiram, Eugênia se dedicou aos preparativos para a ida da família a Bom Retiro. Selecionou as roupas que as crianças deveriam usar na festa e deu ordens para Dorina ajeitar um pequeno farnel, caso sentissem fome na viagem. Agia pela primeira vez como dona da casa, e sua mudança não passou despercebida aos olhos do marido.

A princípio Aristeu considerou que a melhora no humor da esposa era pelo fato de Eugênia estar prestes a rever a mãe. Ao contrário dos sonhos da sogra na época do noivado, Aristeu nunca convidara ou permitira que Eugênia convidasse os pais para uma visita, muito menos que passassem temporadas na Caviúna.

A distância da família não incomodava Eugênia: pior seria se tivesse que representar seu novo e indesejado papel na frente dos pais e ainda fosse obrigada a responder às curiosidades e expectativas da mãe com um sorriso no rosto. O delegado e a esposa estavam satisfeitos com o encaminhamento da filha e não dariam o colo de que Eugênia tanto necessitava. Diante de qualquer reclamação a respeito de Aristeu, ficariam a favor dele. Eugênia não tinha ilusões quanto a isso.

Desde o início da vida de casada, vinha se comunicando com a mãe por meio de cartas que jamais traziam a verdade. Por suspeitar que Aristeu poderia abri-las antes do envio, falava apenas das delícias da Fazenda, dos avanços das crianças nos estudos, e preferia fazer perguntas a falar de si.

Foi assim, saboreando orgulhosos cada palavra escrita pela filha, agora esposa de um Coronel, que o delegado e sua esposa ficaram convencidos de que, apesar dos protestos iniciais, Eugênia havia se adequado à nova vida. A decisão de casá-la fora das mais acertadas.

Apesar de não terem se aproximado do Coronel tanto quanto desejavam, os pais de Eugênia mantinham-se satisfeitos com o arranjo e torciam para que a chegada de um neto aproximasse as duas famílias. Quando a mãe lhe perguntava sobre o futuro herdeiro, Eugênia dizia apenas o que a mãe esperava ouvir. Confessava que todas as noites rezava para que lhe fosse concedida a graça de ter um bebê em seus braços. Seria uma alegria dar um irmão aos enteados. Sim, porque seu rebento haveria de ser macho. Pretendia batizá-lo como Aristeu Filho.

Mas, ao contrário do que dizia em suas cartas, todos os meses, sem exceção, Eugênia mascava arruda às escondidas e acrescentava sementes da erva renda da rainha ao café do marido. Era sabido que a tal mezinha enfraquecia as sementes masculinas.

Na infância, Eugênia tivera a sorte de ter ouvido uma variedade de conversas sussurradas pelas moças que faziam serviços em sua casa.

Era desse tempo que vinham os conhecimentos que lhe foram tão úteis.

Uma cozinheira aparecia chorando a se lamentar por não saber mais o que fazer da vida: "E agora, meu Deus? Não tenho condições. Meu pai me expulsa de casa e o sujeito veio me dizer que o filho não é dele". Nesses momentos, as mais velhas acolhiam a jovem chorosa, lhe ensinavam como proceder de pronto e o que fazer para que não acontecesse novamente.

Naqueles dias em fins de janeiro, ao contrário do que Eugênia previra, em vez de se pôr tranquilo com a postura dócil que a esposa passara a demonstrar, andando à vontade pelos cômodos da Caviúna, Aristeu passou a desconfiar de que algo andava errado. A mudança de comportamento havia sido repentina demais. Algum segredo deveria haver debaixo daquela obediência nunca vista.

Por isso, o marido a espreitava. Mais de uma vez, flagrou Eugênia sorrindo sozinha ou com o olhar perdido na direção do pasto que se estendia até a linha do horizonte.

Não saber em que Eugênia pensava era um tormento para Aristeu, que passara a ter ciúme do que acontecia na alma da esposa, espaço só dela, onde ele não conseguia adentrar. Desde que a conhecera, mesmo sem nunca terem se acertado de fato, o Coronel tinha facilidade de decifrar os pensamentos de Eugênia.

A moça o odiara desde o primeiro dia, quando fugira da saleta da casa do pai, e esse sentimento o envaidecia de alguma forma. A raiva que a esposa sentia por ele ocupava toda a sua alma, e Aristeu considerava aquilo uma conquista. Eugênia era dele, pois só pensava nele. Aquele ódio venoso tinha um sabor intenso e o estimulava mais do que a obediência plácida que ele desejara a princípio. Ansiava pelo confronto, pois o confronto era a única coisa que compartilhavam. A amargura os unia.

Por esse motivo, na tarde em que escutou Eugênia cantarolando no corredor, Aristeu não conseguiu pensar em outro assunto pelo resto do dia. Não foi sem esforço que o Coronel vinha fazendo vista grossa para tudo que Eugênia lhe fizera passar nos últimos meses. Se fosse outra, ele a teria devolvido depois de usada. Mas fora generoso, paciente e, quando finalmente lhe autorizava a visitar a antiga vida – os pais, a cidade, as rendeiras –, ela o afrontava daquela forma, cantarolando como uma menina.

Durante o jantar, Aristeu ficou atento para o brilho incomum nos olhos de Eugênia e também percebeu o jeito gracioso como ela riu quando seu primogênito deixou derramar um pouco de pudim de arroz na camisa. Pela primeira vez desde que pisara em suas terras, ela estava satisfeita. E não era pela vida que ele lhe proporcionara, pelas regalias de ser a Senhora da Caviúna. Eugênia estava feliz por estar à véspera de voltar, mesmo que temporariamente, para o seu mundo de solteira.

Tão esperançosa que estava, não por participar da festa, como o marido fantasiava, mas pela proximidade da fuga, Eugênia não percebeu os olhos ressentidos de Aristeu tentando despedaçar cada um dos seus sorrisos.

Naquela noite, o marido a procurou. Como sempre, Eugênia manteve-se estática, com a atenção voltada para o teto, olhos opacos como os de um bicho empalhado. Mas dessa vez o marido não aceitou sua indiferença, o que a surpreendeu.

O vinho consumido no jantar afrouxara a vaidade de Aristeu, e ele não se incomodou em lhe ordenar:

— Mexa-se.

Aquilo era novo. Aristeu nunca se humilhara a ponto de demonstrar que a participação de Eugênia era importante para o ato carnal. Sua atitude fazia sempre parecer que, estando a esposa presente ou não, ele iria se fartar da mesma maneira. Uma vez que Eugênia continuou imóvel após a ordem, ele insistiu:

— Vamos, mexa-se. Não me casei com uma defunta.

Eugênia não soube o que fazer. Teve vontade de responder a verdade, que estava seca por dentro desde o dia em que o conhecera, mas não podia se arriscar daquela forma, não na véspera da fuga.

Irritado com a imobilidade da esposa, o Coronel tentou finalizar o ato, mas não foi capaz.

Aquele fracasso o transtornou de tal forma que, nua da cintura para baixo, Eugênia sentiu o corpo ser inesperadamente suspenso e, em seguida, a dor do impacto de ser jogada contra a parede.

— Não me serve para nada. Maldita hora em que me deixei convencer pelo seu pai. Se pudesse, te devolvia.

Caída no chão, com um fio de sangue escorrendo pela testa, Eugênia cometeu um erro.

— Pois me devolva! — o desafiou. — Não estou aqui por escolha.

Ao ouvir a afronta, Aristeu veio determinado na direção da esposa e deu-lhe um tapa tão forte que ela se calou. Não por obediência, mas por desorientação.

— Nunca mais se atreva a me responder. Seu dever é ouvir e obedecer. Sua obrigação é me servir.

Numa situação como aquela, a antiga Eugênia levantaria a cabeça e o afrontaria, mesmo que o resultado do enfrentamento fosse uma surra. Mas a Eugênia daquela noite tinha um plano de liberdade marcado para o dia seguinte, que fora sonhado por meses enquanto rendava de cabeça baixa. Era preciso que Aristeu estivesse seguro de que a esposa estava domada. Por isso, em vez de responder de forma voluntariosa mais uma vez, se manteve em silêncio por alguns instantes e, depois, o encarou com expressão arrependida.

— Perdão, meu marido — ela murmurou, e Aristeu pareceu desconcertado.

Com o rosto ainda voltado para as tábuas do assoalho, Eugênia teve a esperança de que talvez pudesse convencê-lo de sua fragilidade. Aristeu grunhiu, contrariado, ainda sob o efeito do álcool, e, dirigindo-se para a porta, comunicou:

— Amanhã você não irá à procissão.

Foi como se Eugênia tivesse sido transportada para o meio de uma tempestade. Seu corpo tremia de frio, e a força dos ventos estava a ponto de derrubá-la. Com o sangue ainda a lhe escorrer pela testa e a lhe confundir a vista, lembrou-se de que já passava da meia-noite e, portanto, já era dia cinco de fevereiro, dia de louvar Santa Águeda.

"Ó, Santa Águeda, vós, que sentistes no corpo as dores mais lancinantes, dai-me a coragem necessária para me manter firme", Eugênia começou a rezar em pensamento.

— Aristeu, espere — ela pediu ao marido, que, sem se virar, interrompeu o passo para ouvi-la. — Eu não posso faltar à festa. Eu sou... — E seu corpo inteiro se contraiu num espasmo antes de completar a frase. — Eu sou sua esposa. É preciso que eu vá. Pelo nome da família Medeiros Galvão.

"Ó, Santa Águeda, vós, que resististes tão bravamente aos sofrimentos impingidos, dai-me resistência para enfrentar meus próprios martírios."

Era a primeira vez que Eugênia o chamara pelo nome de batismo, Aristeu. Era também a primeira vez que Eugênia se referia à família que os dois tinham formado após o casamento. Fazia isso fingindo importar-se com um sobrenome que passara os últimos meses renegando. Aquelas palavras fincaram no peito de Aristeu, que também se sentiu imediatamente dragado para a fria tempestade do ressentimento. O Coronel conhecia a esposa e compreendia muito bem sua intenção, portava-se como gado manso para não lhe colocarem cerca.

— Você não merece o marido que tem, Eugênia. Terei que aparecer sem esposa diante da cidade toda. Será mais uma humilhação que me fará passar. Maldito dia em que te conheci.

No chão, Eugênia encolheu o corpo e, abraçando os joelhos dobrados, fitou as ranhuras que formavam desenhos aleatórios nas tábuas de madeira do assoalho, como uma renda.

"... Santa Águeda, vós, que fostes mais forte que vossos cruéis verdugos, dai-me sabedoria e fé para continuar acreditando."

Se insistisse em convencer Aristeu, ele poderia suspeitar ainda mais e não haveria mais volta. Ao mesmo tempo, sentia-se impotente, espectadora de sua própria vida, assistindo ao mundo desmoronar pela segunda vez diante de seus olhos, como acontecera na saleta da casa de seu pai quando o noivado lhe fora comunicado. Por meses, agarrara-se à esperança daquela fuga. Foi graças àquele plano que conseguira resistir à prisão e não enlouquecer.

— É pela santa, Aristeu — ela ainda deixou escapar num sussurro, esperançosa. As palavras saíram tranquilas, fruto de um desespero forçosamente contido, instinto de sobrevivência de presa.

"Vós, que expusestes vossa carne aos açoites, vinde em meu auxílio, ó, misericordiosa..."

— Seria uma chance de expiar meus pecados — acrescentou ainda, numa última tentativa.

— Que são muitos — Aristeu concordou, e Eugênia viu ali uma chance.

— É pela minha alma que lhe peço, meu marido. Serei uma pessoa melhor daqui para a frente, lhe prometo.

Aristeu refletiu por um instante, irritado por ela ter utilizado a expressão "meu marido", também pela primeira vez, mas reconheceu na fisionomia da esposa uma sinceridade que não era comum entre os dois. Os olhos suplicantes, e não mais furiosos, da esposa lhe desconcertaram. Talvez Eugênia estivesse mesmo arrependida. Talvez os dois ainda pudessem se entender. Talvez ela pudesse ser a peça que se encaixaria com perfeição na engrenagem da sua vida.

Mas essa breve esperança do marido não tinha o poder de mudar uma ordem já proferida. A palavra de Aristeu Medeiros Galvão era uma só.

— Reze em casa. Não há de fazer diferença para a santa. — E, dito isso, saiu, sem dizer palavra.

Minha amiga Eugênia não viu mais o marido até a hora de sua morte, ocorrida num dia cinco de fevereiro, dia de Santa Águeda de Catânia, martirizada no século III por Quinciano. Ainda paralisada pelo medo, tremendo com o frio da tempestade que fazia sua alma envergar, mesmo numa noite quente de verão, Eugênia dormiu sob as ranhuras aleatórias do assoalho, entoando uma prece.

"Santa Águeda, vós, que vos mantivestes confiante até o fim, mesmo quando o sangue vos inundaste os seios, sê minha guardiã, agora e sempre."

18

BOM RETIRO, DIAS ATUAIS

O casal de idosos já passados dos cem fitava Alice com curiosidade, tentando reconhecer na moça diante de si os traços de antigos conhecidos. O marido não ouvia direito, mas a mulher, já acostumada a essa limitação do companheiro, lhe traduzia tudo o que ouvia, repetindo pacientemente as frases ditas pelas visitantes. Apesar de muito falante, a anfitriã apresentava um constante tremor nas mãos, que era atenuado pela pressão da mão firme do marido, permanentemente repousada sobre a dela. Era uma troca.

— Meu bem, espie. Essas duas são parentas das Flores. Me diga se essa menina não é a cara de Dona Carmelita? Parece que ela está aqui na minha frente. Eu era muito próxima da sua família, sabia?

— Contei tudo para ela, Dona Vitorina — Tia Helena explicou, achando por bem acrescentar: — Quase tudo, porque só a senhora que estava lá é que sabe tudo mesmo.

Vitorina riu, lisonjeada, e Alice achou ser um bom momento para lhe mostrar o véu.

— A senhora se lembra desta peça, Dona Vitorina?

Os olhos sempre ávidos de Vitorina, mesmo que agora com o esbranquiçado de uma catarata não operada, entenderam imediatamente do que se tratava. Era o véu rendado por Eugênia, que ela nunca tivera nas mãos e do qual só ficara sabendo após a morte da amiga.

Vitorina examinou o véu sem a melancolia que Alice esperava. A longevidade talvez proporcionasse aos idosos a capacidade de analisar o passado como um quadro do qual é preciso se afastar para compreender.

Quando o passar dos anos distanciava os sujeitos dos acontecimentos vividos, também dava a eles a chance de, ao deixarem de ser protagonistas, tornarem-se espectadores de sua linha do tempo.

Era possível que, próximos ao fim, se tornassem mais seguros para se dedicarem sem medo à análise dos gráficos formados a partir de suas experiências, percorrendo, quase que imparciais, apenas por curiosidade, as curvas sinuosas de seus acertos, erros, decepções e conquistas.

— Ora, veja como são as coisas — Vitorina comentou, passando a mão pelo relevo da renda. — O véu ainda continua contando a história tanto tempo depois. Não é uma beleza, meu velho?

Aquele cinco de fevereiro também fora uma data inesquecível para o casal – dia em que trocaram o primeiro beijo.

— Eram umas teimosas, as Flores — Vitorina acabou dizendo em tom de zanga. — Eu também era, é bem verdade. Até mais do que elas. Se Inês e Eugênia tivessem se dignado a me contar o que estava acontecendo, eu poderia ter ajudado e tudo teria sido diferente. Mas não. Elas me tinham como uma irresponsável na época, me achavam impulsiva, de veneta, quando era justamente o oposto. Já que eu sempre fui a que tinha mais cabeça ali, não é verdade, meu velho?

O Professor fez que concordava, mesmo não tendo identificado por completo o conteúdo de suas palavras, que para ele soavam como uma canção tocada ao longe.

— Vocês já devem saber que fui eu, e mais ninguém, quem ensinou a renda para todas elas, não sabem? Me encarapitei naquela escada, não foi, meu velho? E ainda tive que ouvir poucas e boas de uma prima que nunca me perdoou a xeretice. Você contou tudo para essa menina, Helena? Contou, não contou?

— Sim, Dona Vitorina. O mérito de Bom Retiro ter uma renda tão famosa hoje é todo seu.

— Mesmo assim, suas parentas preferiram me deixar de fora. Afrontosas que eram.

Vitorina parou de falar por um instante, tomada por um ressentimento que os anos não conseguiram aplacar. Ao longo da vida, tentara esquecer a tristeza pelo ocorrido e a saudade que sentia das amigas, ao mesmo tempo que controlava a língua para não maldizer as desajuizadas que agiram sem consultá-la. Não exprimia sua mágoa em respeito a sua memória, apenas por isso. Eram um trio, sempre foram. Por que não recorreram a ela no momento de maior precisão?

— A cidade inteira estava na procissão louvando a santa, menos a única pessoa que não podia faltar: Eugênia — Vitorina retomou o relato, com a voz falhando vez por outra, Alice não identificou se pela idade ou pelos sentimentos que reviver aquelas lembranças lhe trazia. — Quando Inês viu o Coronel descer do carro acompanhado apenas dos filhos e de uma mocinha que fazia as vezes de ama das crianças, sentiu as pernas falharem. Cândida já estava preparada para exibir o "Não vá" em suas asas de querubim, artimanha criada por Inês. Vejam que patacoada! Até Cândida, que devia ter uns oito anos na época, estava metida no arranjo e eu lá, desavisada. As madames não confiaram em mim e não me pergunte o porquê. Sempre fui a mais esperta. Que dia infeliz aquele, meu Deus.

Sua respiração ficara repentinamente ofegante e o marido, atento, entrelaçou seus dedos aos dela. O gesto pareceu ter o efeito calmante, pois logo a anfitriã se recompôs.

— Fazia tempo que eu andava de olho espichado para esse senhor bonitão aqui do meu lado, não é, meu velho?

O marido retribuiu afetuoso o olhar que a esposa lhe lançara.

— Minha mãe era muito ciumenta e não queria que eu namorasse. Não queria me perder, entendem? Não lhe tiro a razão. A casa se tornaria um velório com apenas meu pai e meus irmãos, falando sobre entregas e lotes de mercadorias. No que dizia respeito à mamãe, os homens da casa estavam somente interessados em saber o que havia para o jantar. Mal conversavam com a pobre.

E, desviando a atenção para Alice por um instante, perguntou, em tom de censura:

— Não vai tomar esse café, menina? Vai esfriar.

Alice obedeceu e Vitorina esperou a moça esvaziar a xícara. Tia Helena e o Professor também tomaram o que ainda restava de seus cafés, como se a ordem da dona da casa tivesse sido dirigida a todos na sala.

— Não havia quem me segurasse — ela continuou. — Se sou ativa hoje, imagine naquela época. Nem mesmo aos meus pais, que Deus os tenha em bom lugar e que não me apareçam pelo nome, eu permitia que tomassem decisões por mim. Por isso, naquele dia, aproveitei a confusão que a festa sempre acabava gerando pelo ajuntamento de fiéis para dar um jeito de me aproximar desse senhor bonitão aqui do meu lado — revelou de um jeito maroto, orgulhosa da ousadia. — Foi aquele quiproquó. Mamãe quase se foi desta vida por não suportar o desgosto, não foi, meu velho?

Dessa vez o marido pareceu escutar o que a esposa dizia, pois sorriu com a lembrança – a mais doce e, ao mesmo tempo, a mais angustiante do seu gráfico da vida.

— Quando essa mulher quer uma coisa, melhor não resistir — comentou e Vitorina divertiu-se.

— Não é assim que tem que ser? Se não sou eu a girar a roda, quem o fará por mim? Eugênia também era como eu: gostava de rendar o próprio destino. Mas o casamento com alguém tão poderoso lhe tirou esse direito, e, mesmo assim, a tinhosa decidiu girar a roda, sem se importar com o custo. Ela confiava que conseguiria.

— A senhora se lembra do que aconteceu depois da festa, Dona Vitorina? — Alice perguntou, preocupada se estaria exigindo demais da anfitriã. Não sabia qual era a duração apropriada para uma visita a pessoas daquela idade, que já haviam em muito ultrapassado a categoria de idosos. — O véu não conta tudo. Vai apenas até o plano.

— Sim, sim. O véu foi rendado por Eugênia com um propósito. Pedir ajuda para umas senhoras muito chiques do Recife.

O Professor se mexeu na cadeira e Vitorina interrompeu-se para perguntar se o marido precisava de algo.

— Quer que abra a janela, meu velho? Está muito abafado para você hoje. Eu falei para não colocar essa blusa de manga.

Alice ofereceu-se para abrir a janela. A casa ficava localizada na parte alta de Bom Retiro e, de onde estava, ela conseguia ver os telhados vermelhos das casas, a torre da igreja e, ao fundo, as formações rochosas tão comuns da região.

Permaneceu alguns momentos assim, tentando sentir o chamado do Vale, a que a tia se referira dias antes ainda no Recife e que ali ela achou que poderia se manifestar de alguma forma, mas a voz de Vitorina lhe interrompeu a intenção.

— O que ocorreu depois foi uma sequência de tragédias. Uma vez que Eugênia não compareceu à procissão, Inês não teve como avisá-la de que o transporte da fuga não estava mais acordado como a amiga pensava. Inês tinha feito de tudo para suspender o correr dos fatos, rendou do dia para a noite uma mensagem nas asas da fantasia de querubim da irmã para impedir o pior, mas Eugênia não estava lá para avistá-la, infelizmente.

Vitorina balançou a cabeça, inconformada.

— Repare que Inês não era dessas moças afoitas que se atiram de forma urgente a atos impensados. Por isso, quando vi minha amiga desarvorada daquele jeito, soube que o caso era sério. Mas eu também não estava vivendo um dia dos mais tranquilos.

E, nesse momento, ela e o marido trocaram um olhar cúmplice:

— Inês havia decidido pedir que meu irmão Odoniel a ajudasse, mas seus passos estavam sendo vigiados pela tia. Dona Firmina Flores implicava muito conosco, não é, meu velho?

— Quem é Firmina mesmo, minha velha?

— A que nos flagrou no armazém! Como você poderia esquecer?

O velho soltou uma risada que o fez engasgar no biscoito de nata que ficara mordiscando de pouquinho em pouquinho durante toda a visita.

— Ele está rindo agora, mas na ocasião se manteve bastante sério. Minha mãe quase se foi deste mundo e a confusão que se formou acabou atrasando Inês em sua missão de alertar Eugênia. Meu irmão não conseguiu ajudá-la naquele dia e, no fundo, acho que o sentimento que estava começando a nascer entre eles se perdeu, antes mesmo de se sedimentar por completo. Fariam um belo casal. Da parte dela, não sei. Inês era muito discreta e não falava conosco desses assuntos do coração. Mas Odoniel a amava. Sou testemunha do estado em que ele ficou quando ela partiu. Teriam tido belos filhos e hoje eu seria parenta de vocês duas. Vejam que interessante.

— Pelo menos Odoniel viveu bem até os oitenta. O que não teria acontecido se ele tivesse se casado com Inês — o marido comentou, pela primeira vez escolhendo uma linha de pensamento diferente da esposa.

Mesmo com as mãos trêmulas, Vitorina deu um tapinha no braço do marido, como que repreendendo um filho que mete o dedo para experimentar um doce ainda na panela.

— Ora, deixe de bobagem, meu velho. Essa história é crendice. Um professor tem que dar o exemplo de só acreditar no que está comprovado pela Ciência.

Alice repassou em sua mente a corrente de ausências masculinas da família Flores que se estendia desde a visita da cigana ao casamento até o seu nascimento. Como a tia havia lhe prevenido, os nomes viriam naturalmente. O marido de Das Dores, falecido após uma mordida de cobra; o marido de Lindalva, que caíra do cavalo; o tataravô, que morrera de impaludismo; o tio-bisavô, que fora vítima de uma febre na infância; o bisavô, que, endividado, tirara a própria vida nas águas do Capibaribe; o avô, de quem ela nunca soubera o nome; e, finalmente, o pai, que morava em outro país desde que ela tinha oito meses. Estava vivo, mas, de certa forma, não existia.

— O fato é que aquela tarde marcou o fim da vida que conhecíamos até então — Vitorina enfatizou. — Mesmo para mim, que não estava envolvida. Algumas semanas depois, lá estava eu no altar, me casando com este senhor bonitão aqui do meu lado. A vida é como uma renda, minha filha, os fatos vão se entrelaçando e tomando uma forma específica. Se tivessem se unido de outro jeito, o desenho era outro. Cada história é única, como as toalhas e colchas que fazíamos naquelas tardes na casa de suas parentas. Umas mais elaboradas, fruto de planejamento e dedicação. Outras únicas, nascidas da distração ou da sorte. Está vendo este paninho de bandeja? É daquele tempo.

Alice tocou o pano com reverência e comentou:

— Eu bem que gostaria de aprender uns pontos.

— Bom, faz tempo que não pego numa almofada de rendar. Minha visão não é mais como aos quinze anos, quando espiei os pontos pela primeira vez em cima da escada. Mas, para ensinar nossa arte para uma Flores, eu abro uma exceção. Minhas bisnetas podem me ajudar.

Satisfeita, Alice agradeceu e Tia Helena lembrou que já era hora de voltarem para a pousada. Aquele devia ser o tempo máximo para visitas a gente daquela idade.

Quando Alice ainda estava dobrando o véu para colocá-lo com cuidado de volta na mochila, Vitorina achou por bem acrescentar:

— Se não fosse por este véu, a versão contada pelo Coronel Aristeu, aquela de que Eugênia caíra do cavalo e batera a cabeça numa pedra, teria se tornado a única verdade. Por isso sua bisavó o guardou. O véu é a prova de que as coisas aconteceram como aconteceram. Sua bisavó era uma pessoa muito especial — a velha disse por fim, com os olhos ainda mais nebulosos, agora talvez também pela saudade de outros tempos.

O marido ficou curioso:

— Quem era a bisavó dessa menina, minha velha? A Inês Flores?

Vitorina já ia responder, mas Alice se adiantou:

— Não, minha bisavó se chamava Cândida.

— A menina cega? — ele se interessou.

— Isso.

— Sua bisavó tinha um jeito próprio de entender as coisas — Vitorina acrescentou. — Dizem que, quando o Coronel deu a ordem de expulsar as Flores da cidade, foi ela quem decifrou um descanso de bandeja vindo pelo correio do Recife. Com seus dedinhos ágeis, soube dizer para as mais velhas o que estava escrito no bordado: uma oferta de acolhimento por parte daquelas senhoras chiques da capital. A mensagem era para Eugênia, mas, como onde come um comem dois, as Flores entenderam que poderiam contar com aquela ajuda e partiram sem olhar para trás numa carroça de aluguel e levando apenas uma mala cada. Lá se foram rumo ao litoral, Dona Carmelita e as duas filhas, para nunca mais voltarem ao Vale do Pajeú. Rente ao peito, a matriarca levava uma foto dos falecidos, o marido e o filho; Inês ia levando sua almofada de rendar; e Cândida, um melro, que ficara pousado em seu braço sem tentar escapar.

— Dona Firmina foi a única que ficou, não foi? — Tia Helena interferiu, sempre respeitosa com a mais velha, mesmo já sabendo a resposta.

— Imagina se aquela carne de pescoço ia se dobrar aos desmandos do Coronel! Era muito apegada à terra. O sangue lhe subia quando era para defender o nome da família. Sempre ralhava conosco se falássemos da maldição da cigana e fazia questão de dizer que seu nome era Oliveira, e não Flores. Você contou tudo para essa menina, não contou, Helena?

Tia Helena fez que sim e Alice notou que o velho a olhava de um jeito intrigado.

— Eu cheguei a dar aula para sua bisavó — ele comentou de forma inesperada, já que era a esposa quem levara a conversa até então.

O velho falava com a calma dos professores, economizando palavras e estendendo pausas.

— Não sei se você sabe, mas, embora a menina Cândida nunca tivesse visto cor alguma, ela inventara um método de identificá-las pelo canto dos pássaros. Também era um código. Se ela estivesse aqui, nós lhe diríamos que os cabelos da sua bisneta eram da cor de um balança-rabo.

A delicadeza da lembrança fez com que todas ficassem em silêncio por um instante.

— A mocinha, então, é bisneta de Cândida, trisneta de Carmelita, tetraneta de Lindalva, pentaneta de Das Dores — o velho fez as contas. — Isso significa que é da sétima geração. A próxima já estará livre da maldição.

— Ora, pare de besteira, meu velho! — Vitorina recriminou o marido novamente, mas em seguida não se conteve e o elogiou, orgulhosa. — Ele sempre foi bom com números, estão vendo? Eu estava ou não estava certa em ter espichado o olho para esse senhor bonitão aqui do meu lado?

19

BOM RETIRO, 1919

O Professor nunca quisera confusão na vida. Nascido na capital, perdera os pais muito cedo e conseguira completar os estudos graças à ajuda de seu padrinho de batismo, que pagara por sua educação num internato, onde vivera até a maioridade. Por ter tido esse início de existência no limite do desamparo, era tão determinado em assegurar a própria sobrevivência no mundo que quase não se lembrava do tempo em que tivera outro interesse a não ser cumprir suas obrigações: estudar com afinco, depois trabalhar duro e, assim, continuar existindo. Fazia isso com a precaução de não incomodar ou causar desconforto a quem quer que fosse, para que nada arriscasse seu sustento e seu teto.

Punha-se assim o mais invisível e cordato possível. Aprendera essa estratégia fugindo dos castigos infligidos no internato e das surras que levara dos meninos mais velhos com quem convivera por tantos anos, a maioria como ele, sem uma casa para onde voltar. Para se manter ileso, não se destacava. Exibir-se por vaidade ou deleitar-se com pequenos prazeres faria nascer uma semente de inveja no coração de alguém, que no futuro poderia não ceder à tentação de prejudicá-lo por despeito.

Após a morte do padrinho, o Professor, sem ter mais ninguém por ele, mergulhou ainda mais no propósito de manter-se sempre em uma posição segura para que não lhe faltasse o pão. Convenceu-se de que não necessitava de divertimentos, passatempos, lençóis macios, amor ou mesa farta. Zelava apenas por seu trabalho e seguia em paz.

Terminada sua formação como professor, um colega comentara sobre uma vaga na escola primária da longínqua Bom Retiro e ele de imediato se interessara. Sempre achara que a vida longe da cidade grande lhe cairia bem. Na tranquilidade do interior, poderia finalmente experimentar a paz que não tivera na infância, dividindo o dormitório com dezenas de meninos, ora raivosos, ora barulhentos, ora chorões, com quem lutava diariamente para defender sua merenda. Em Bom Retiro, ele viveria sem sobressaltos.

Por algum tempo, o Professor de fato aproveitou essa estabilidade. Acordava com o raiar do sol, passava o café para si e comia uma broa com milho de casca bem tostada antes de seguir caminhando até a escola. Para ele, lecionar não era um trabalho, mas uma vocação. Via em cada aluno o menino que fora um dia e seu desejo era que, no futuro, todos, sem exceção, fossem mais do que eram no presente e que soubessem mais como adultos do que sabiam quando crianças.

Os mais travessos e desatentos ganhavam uma parcela maior de sua dedicação – uma vez que, como bom mestre, não queria perder nenhum deles para a preguiça ou para a falta de ambição. Nesses primeiros meses na cidade, o Professor costumava dormir antes das oito e jamais se lembrava de seus sonhos, de tão pesado que se tornara seu sono, agora velado e protegido pela rotina certa e o silêncio do Vale. Viveu nesse estado de satisfação pessoal, da exata maneira que havia planejado para si, até que a jovem Vitorina apareceu para lhe chacoalhar a vida.

A princípio o rapaz ficou apenas alerta com a frequência com que a filha do dono do armazém insistia em estabelecer uma amizade que ele não desejava ter. Para esquivar-se, diminuiu as compras semanais e até evitava passar pela porta da venda em seu trajeto diário. Mas era difícil esconder-se numa cidade tão pequena, ainda mais de alguém tão determinado como Vitorina. A moça conseguia cercá-lo aonde quer que fosse. Não havia um dia em que não se esbarravam e, com o tempo, mesmo aterrorizado com a ameaça que aquele acontecimento lhe causava, pois abria uma série de possibilidades de danos impensáveis, o Professor passou a se lembrar de seus sonhos ao acordar.

Havia lido num estudo científico que todos os seres humanos têm a capacidade de sonhar, mas que nem sempre se recordam dos sonhos. Portanto, quem dizia que não sonhava na verdade apenas não os registrava na memória. Nos sonhos do Professor, território fora do seu controle, em que as leis da Matemática e da Física ou do tempo e do espaço não seguiam padrões conhecidos, ele se encontrava com Vitorina. Passeava com a moça à beira de um riacho que não existia e lhe recitava poemas inventados por sua mente livre das amarras da vigília, versos sem rima, sem métrica, sem esmero na escolha das imagens, poemas oníricos que nenhum poeta jamais escrevera.

Acordava assustado com uma sensação de estranhamento, saudoso do tempo em que não se lembrava de sonho algum. O impacto dessa vida sonhada com Vitorina angustiava o Professor apenas nos primeiros instantes da manhã. Era como se, ao abrir os olhos, ele se lembrasse de que por descuido havia deixado uma panela no fogo desde a noite anterior e que, agora, a casa inteira estava em cinzas.

Mas, já ao passar o café, as imagens de seus devaneios começavam a esmaecer para, enfim, serem quase que totalmente apagadas de sua memória, quando começava a escrever no quadro-negro a conjugação de algum verbo irregular para seus alunos.

Mas bastava adormecer novamente para que novos sonhos o alcançassem. Chegavam sorrateiros, mas aos poucos revelavam sua marca. Tão constantes que o Professor passou a achar que conhecia Vitorina de fato. Não a de carne e osso, aquela menina que espiara os pontos de renda do alto de uma escada e dera um ofício a tantas outras mulheres, mas sua Vitorina sonhada – inexistente. Um anjo plácido, que se contentava em viver pela eternidade em sua mente, o oposto da Vitorina real, que já o considerava seu e não havia como demovê-la do seu intento.

No dia da procissão de Santa Águeda, uma Vitorina sorrateira, mas também amável, como nos sonhos, e ao mesmo tempo real e por isso determinada, o beijou. A moça estava fechando o armazém quando viu o Professor passando do outro lado da rua, justamente para evitar um possível encontro com ela. Ao avistá-lo, Vitorina acenou, como quem está com um problema e acaba de encontrar quem o resolva.

— Que sorte encontrar o senhor, Professor. Estou precisada mesmo de uma ajuda. Está travada, veja — disse, lhe apontando a porta. — Não tenho força para puxar — Vitorina acrescentou, com charme.

Minha amiga sabia que fingir fragilidade fazia os homens se colocarem mais tranquilos diante de uma presença feminina que consideravam intimidadora. Fazer com que o Professor não a visse como uma ameaça era um truque de predador.

— Com muito gosto, Senhorita Vitorina. — Ele aceitou a incumbência, ao mesmo tempo mentindo e dizendo a verdade, já que queria e não queria estar ali tão próximo a ela, à Vitorina real, sentindo seu perfume real, que jamais experimentara nos sonhos.

O Professor puxou o trinco com facilidade, já que não havia qualquer entrave na porta, e Vitorina, rápida como garça que abocanha um peixe, roubou-lhe um beijo. Uma bitoca ligeira, quase inocente.

— Obrigada, Professor — disse com naturalidade, como se não houvesse acabado de lhe beijar os lábios. — O senhor me salvou o dia.

Em seguida, sorriu para ele com o mesmo sorriso que lhe dava nos sonhos, como quem já se sabe amada.

— Agora, vamos, que já estamos atrasados para a festa — ela o convidou, mas, ao se virar, Vitorina percebeu que não estavam sozinhos.

20

BOM RETIRO, 1919

Tia Firmina sabia que a paixão desarvora as pessoas; vira acontecer com uma conhecida de juventude que se jogara nas águas do Pajeú por não ter o sentimento correspondido por um vizinho. Pessoas dóceis se transformavam em bestas-feras quando se viam ameaçadas de serem privadas desse torpor inebriante que a realização do desejo amoroso costumava trazer. Foi por isso que durante a procissão, quando minha tia notou minha ausência, decidiu ir atrás de mim, mesmo sabendo ser uma falta gravíssima abandonar sua função de puxar os cânticos de louvor. Avaliou, porém, que podia acertar as contas com Santa Águeda mais tarde. Tinha uma vida inteira de devoção, e isso certamente contaria a seu favor.

Num instante, ela me vira ao lado de Cândida, cercada de outras crianças vestidas de anjos; no outro, eu havia desaparecido de suas vistas. Só a paixão, essa conselheira egoísta e ingrata, justificaria tal impulso, vindo de um temperamento pacato como o meu. Apesar dos avisos e das ameaças feitas a mim e do acordo desfeito com o homem do transporte, minha tia entendeu que eu continuava determinada a fugir com Odoniel.

Movida por uma urgência que lhe subia pela espinha, abriu passagem entre o povo que enchia a praça com velas acesas e bandeirolas coloridas nas mãos. Dona Hildinha, mãe de Vitorina, também muito devota como minha tia, também integrante da Irmandade da Santa Águeda, estava de olhos fechados, mãos abertas apontadas para o céu e com um terço enrolado entre os dedos, quando Tia Firmina – a quem Dona Hildinha admirava como exemplo máximo de retidão e sensatez – lhe interrompeu a reza, com o rosto afogueado.

— Onde está seu filho, Hilda?

Dona Hildinha hesitou por um momento, talvez pensando "qual deles?", visto que eram tantos, mas Firmina não tinha tempo para explicações:

— Odoniel e Inês sumiram da festa — anunciou, firme, mas com urgência na voz. — Temos que fazer alguma coisa.

Ao ouvir aquela informação, a vela que estava nas mãos de Dona Hildinha escapou por entre seus dedos e quase queimou a saia de uma senhora à sua frente, causando um pequeno tumulto entre os fiéis que se aglomeravam por ali.

"Meu filho não", Dona Hildinha provavelmente pensou nesse momento. Odoniel era o mais carinhoso dos quatro filhos homens, o mais atento a seus desejos, mais até do que Vitorina, que, por ser a rainha da casa, não se empenhava como o irmão em confortar a mãe.

Dona Hildinha não podia permitir que o nome de um de seus filhos, principalmente Odoniel, fosse o próximo a ser escrito na lista de falecidos da família Flores. Gostava de Carmelita e sempre tivera bom relacionamento com Firmina. Ao contrário de muita gente na cidade, deixava sua filha frequentar a casa de janelas azuis e ser amiga de Inês. Mas sua generosidade com aquelas mulheres amaldiçoadas terminava no momento em que elas passavam a representar perigo aos seus. Odoniel não morreria pelo pecado das Flores.

A sombra daquele risco já lhe havia encoberto o pensamento durante a festa de casamento de Eugênia. Naquela tarde, Dona Hildinha estava calmamente experimentando um bom-bocado, pensando que poderiam ter colocado mais coco na receita, quando percebeu que Odoniel estava dançando com Inês Flores na frente da cidade inteira. O doce chegou a ficar amargo em sua boca e ela teve, inclusive, dificuldade para engoli-lo.

Nos dias que se seguiram ao casamento, a mãe de Vitorina evitava acreditar na possibilidade. Vasculhou atenta as frases ditas pelo filho na hora da refeição e as expressões em seu rosto durante a noite quando se deitava na rede. Dona Hildinha buscava alguma mudança no comportamento do rapaz e, não encontrando nenhum vestígio de enamoramento, tratou de deixar o receio de lado. Não havia com o que se preocupar.

Além do que, era improvável que o filho, tão alegre e falador, se interessasse pela mais velha das Flores, uma moça sem qualquer encanto em especial. Inês tinha o rosto comum, o corpo sem curvas e personalidade recolhida. Tão diferente do que ela considerava ser uma moça que provocava paixões, como sua vibrante Vitorina. Era tão absurda aquela hipótese que, passado mais um tempo, recriminara-se por tê-la aventado e guardara sua preocupação numa caixa esquecida dentro de si. Pelo menos até aquele momento em que Firmina Flores viera lhe alertar sobre o sumiço dos dois jovens.

— O que você está dizendo, Firmina? — Dona Hildinha perguntou, incrédula, mesmo já entendendo o caso.

Sua primeira impressão estava certa. Algumas ameaças nos parecem tão terríveis que às vezes nos recusamos a aceitar sua existência. Era o que Dona Hildinha vinha fazendo havia anos em relação à filha: evitando pensar que um dia sua caçula iria se apaixonar e, em seguida, deixá-la. De tanto pensar em Vitorina, pecara por omissão com os demais e permitira que Odoniel ficasse desguarnecido de sua proteção. A culpa era toda sua: devia ter escutado os gritos de seu instinto materno na festa de casamento. Seu medo lhe deixara surda a eles e abrira a porta para o perigo.

— Não há tempo para explicar, mas eles vão fugir, Hildinha. Talvez já estejam longe. Vamos!

Uma palpitação crescente no peito fez Dona Hildinha achar que tinha chegado sua hora, mas Firmina não a deixou desfalecer.

— Guarde o faniquito para depois, temos que agir antes que seja tarde — dito isso, puxou Dona Hildinha pela mão e, juntas, seguiram na direção do armazém. — Eles vão pegar a caminhonete do armazém — Firmina ia dizendo, enquanto caminhava apressada. — Já têm tudo planejado há meses. Estão loucos de amor.

— Não pode ser. Eu teria reparado. — A mãe de Odoniel continuava incrédula.

— As mães não veem nada. Veja o caso de Carmelita, outra que foi ludibriada. Vocês esperam sempre o melhor dos filhos. Deus foi generoso comigo por não ter me dado tal entrave em minha vida. Assim não perco a lucidez.

Dona Hildinha ouvia tudo aquilo como se Firmina não estivesse falando de seu filho e começou a rezar em voz alta, pedindo piedade divina:

— *Santa Águeda, vós, que fostes expostas a tantos mártires, livrai-me de tamanho desgosto* — entoou a prece já conhecida e, a partir de certo momento, improvisou: — *Fazei com que cheguemos a tempo de salvar o destino desses dois jovens inconsequentes. Eles não sabem o que fazem. Ó, Santa Águeda, colocai juízo na mente de meu filho, que ele não seja iludido pela promessa dos prazeres da carne, que ele não pague pelos pecados que não são dele, que foram cometidos em outro tempo pelas antepassadas dessa moça.*

Tia Firmina incomodou-se com o rumo que a oração ia tomando, mas permitiu que a outra continuasse mesmo assim. Santa Águeda poderia ouvir a prece daquela mãe sofrida e, de algum modo, fazer com que o casal se atrasasse. Andaram por atalhos a passos rápidos e saias levantadas à altura dos calcanhares até chegarem à rua que dava para os fundos do armazém, na qual ficava a saída da garagem.

Como não encontraram ninguém no local, as duas senhoras viraram a esquina e, para sua surpresa, em vez de flagrarem Inês e Odoniel, avistaram Vitorina aos beijos com o Professor.

— O que é isso?! — indagou minha tia, perplexa por não encontrar o casal que ela esperava, e sim outro.

A essa altura, porém, Tia Firmina já era coadjuvante do drama que se formava. Ao seu lado, sem suportar a realidade que tinha diante de si, Dona Hildinha caía de joelhos sobre a terra seca, dando um grito sofrido.

— Minha filha não!

Vitorina correu para acudi-la, mas a mãe já não dizia mais coisa com coisa. Se Firmina Flores não tivesse testemunhado o ocorrido, Dona Hildinha poderia fingir que nunca vira aquela cena. Sabia que a filha, boa de lábia como era, iria convencê-la de que seus olhos cansados a enganaram de algum modo. "Imagina, mamãe! É claro que não foi um beijo. Eu estava ajudando o Professor com a gravata e acabei tropeçando, distraída. Se ele não me segura, eu tinha me machucado feio. Devemos agradecê-lo, isso sim. Eu sempre digo para a senhora levar os óculos quando sair à rua, mas a senhora é teimosa, não me escuta."

A mentira enfeitada com pequenos detalhes de realidade daria espaço para que Dona Hildinha pudesse fingir que acreditava na versão de Vitorina, e com isso nada em sua rotina mudaria de imediato. Ela conseguiria continuar adiando a tão temida separação da filha.

Mas, ao ver Firmina Flores aos gritos, passando uma descompostura nos dois jovens pelo desfrute no meio da rua, "Espie o estado de sua mãe!", Dona Hildinha soube que não haveria volta, um casamento teria que ser marcado para breve e ela acabava de perder o seu tesouro.

Naquele cinco de fevereiro, Vitorina sofreu com a dor da mãe. Não tinha sido aquele o planejado quando chamara o Professor do outro lado da rua. Esperava ter um pouco mais de tempo para, com cuidado, ir convencendo a mãe de que ter uma filha casada também tinha lá suas vantagens. Mas o acaso apressara as coisas. Mesmo diante do desespero de Dona Hildinha e do rosto pálido do futuro noivo, Vitorina sentia-se satisfeita consigo mesma: fizera a roda girar e estava tranquila e sem culpa.

Sabia que a mãe e o Professor sofriam por nada, já que a mudança só traria alegria para ambos. Num par de anos, Dona Hildinha teria netas e netos para se distrair, os Natais de todos ali seriam mais animados e o Professor deixaria para trás a vida de linha solta, caída no chão, sem qualquer conexão com outras linhas e outros novelos.

Em respeito à ignorância daqueles dois sobre o belo futuro que os aguardava, Vitorina não disse nada. Fingiu consternação, mas no fundo se controlava para não sorrir.

— E Inês? Onde está? — Tia Firmina pressionou Vitorina, querendo saber sobre o meu paradeiro, ao que minha amiga deu de ombros, pois realmente não sabia onde eu estava.

Ajoelhada em frente ao armazém, desfeita em lágrimas e gemidos, Dona Hildinha havia esquecido que também precisava salvar o outro filho, tamanha era a desgraça que via à sua frente.

— Minha filha, minha filhinha... — era só o que ela dizia, enquanto Vitorina a amparava, ninando Dona Hildinha como se ela fosse a mãe, e não o contrário.

— Estou aqui, mamãe. Nunca te deixarei — prometia e, de rabo de olho, observava o Professor, que se mantinha imóvel no mesmo ponto da calçada em que haviam se beijado. Curiosamente, ele a encarava sem raiva ou medo. "E não é que o Professor me ama?", Vitorina concluiu de forma acertada, tendo apenas aquele olhar como base.

Quando os pais e irmãos de Vitorina chegaram ao local, o Professor se manteve firme, respondendo a todos os questionamentos, assegurando que cumpriria os deveres que "seu gesto inapropriado", segundo ele mesmo classificou, implicaria. Em momento algum revelou à família da futura noiva que não fora ele quem tomara a iniciativa do beijo. Nem que fora Vitorina quem avançara em sua direção, nem que ele chegara, inclusive, a recuar no momento da aproximação e ainda mantivera os lábios selados, não por falta de vontade de escancará-los, mas por respeito à moça.

Ao vê-lo agir de forma tão digna e tão fiel a ela, Vitorina o amou ainda mais. Seriam felizes, como ela previra.

21

BOM RETIRO, 1919

Tia Firmina estava certa em achar que eu havia saído da procissão para procurar Odoniel, mas errara o motivo que me levara a querer encontrar o irmão de Vitorina com tanta urgência. Assim que o avistei no meio do povo, logo após perceber que Eugênia não viera acompanhando o marido, corri em sua direção, aflita.

— Odoniel! Preciso de sua ajuda — anunciei, já o puxando pelo braço.

— Agora? Mas Cândida já vai colocar a coroa na Santa.

— É caso de vida ou morte, acredite — garanti, e ele, sabedor de que eu não era de gestos afoitos como aquele sem razões que os justificassem, me acompanhou para longe da multidão, onde poderia entender o motivo da minha aflição.

— Preciso que você me leve até um ponto da estrada. Não é longe daqui, mas é urgente.

Odoniel nunca me vira em tal estado.

— Claro, mas o que houve?

Eu já ia começar a lhe explicar, mesmo que de forma sucinta, para que não perdêssemos mais tempo, quando, naquele exato momento, Odoniel notou que os irmãos caminhavam apressados na direção do armazém. Imediatamente, sua atenção dividiu-se entre o que eu lhe dizia e a movimentação de seus familiares, que também pareciam enfrentar uma emergência.

— Aconteceu alguma coisa na minha casa — ele murmurou, preocupado, e gritou por um dos irmãos, que, ao vê-lo, anunciou:

— É mamãe! Venha!

Odoniel virou-se novamente para mim, mas agora com o olhar indeciso. Eu perdia ali minha única chance de salvar Eugênia.

— Por favor, Odoniel — insisti mais uma vez, como jamais voltei a insistir com ninguém. — Preciso de você.

Diante de mim, vi o rosto daquele rapaz contorcer-se pela dúvida insolucionável sobre quem socorrer primeiro: a mãe ou a moça que amava havia meses em segredo.

— Vou te ajudar, Inês — ele tentou conciliar as duas forças que lutavam antagônicas dentro de si. — Vamos juntos até o armazém para ver o que aconteceu com mamãe e em seguida partimos. De qualquer forma, eu teria que passar no armazém antes de te levar. A caminhonete está lá. — ele argumentou, me estendendo a mão.

Juntos corremos pelas ruas e logo avistamos Dona Hildinha, ajoelhada na calçada, com o cabelo em desalinho e o rosto coberto de lágrimas. De um lado, Vitorina a consolava. Mais à frente, os homens da família formavam um círculo que tinha o Professor como o centro.

Quando, num breve momento de lucidez, Dona Hildinha olhou em volta e avistou Odoniel, de mãos dadas comigo, agarrou-se a ele ainda de joelhos, temerosa de perder dois filhos no mesmo dia.

— Filho! Graças a Deus que você voltou.

A princípio Odoniel não entendeu a cena ali montada, nem a comoção da mãe com sua chegada, até ouvir as palavras que Dona Hildinha dirigiu a mim.

— E você! — A mãe de Vitorina apontou o dedo em minha direção com fúria, quase se esquecendo do outro drama em que estava envolvida. — Fique longe do meu filho, sua desavergonhada!

— Mamãe! — Odoniel a repreendeu, incrédulo com sua reação, considerando ser algum engano da parte dela.

— Fique quieto, menino — ela ordenou, feroz. — Faço isso para o seu bem. Já me basta uma filha arruinada por hoje.

Acuada, olhei para Odoniel e Vitorina, ambos paralisados, e dei um passo para trás, humilhada por estar sendo acusada de algo que eu não fizera. Na minha frente, Odoniel me olhava como quem pedia desculpas; não poderia me levar a lugar algum com a caminhonete da família.

Do outro lado da rua, encontrei o olhar de minha Tia Firmina, que me encarava de forma febril, ultrajada pelo meu comportamento e pelas palavras de Dona Hildinha. Naquele momento, porém, eu não tinha como me defender ou dar explicações. Sem querer perder mais um segundo que fosse, dei as costas para todos ali e saí correndo na direção da estrada, decidida a chegar ao local em que Eugênia deveria esperar pelo transporte antes dela.

Enquanto corria na terra seca com sapatos que não eram feitos para aquela serventia, meu desejo era de que a mesma sorte de imprevistos que aconteceram durante a procissão e que me fecharam tantas portas também tivesse acontecido com Eugênia e, com isso, minha amiga não tivesse conseguido sair da Fazenda Caviúna.

Se ela ainda estivesse em casa, a questão se resolveria por si. Conforme eu avançava, agora já descalça e com os pés feridos pelas pedras e galhos do caminho, eu me esforçava para me convencer da hipótese de que Eugênia desistira. Porém, conhecendo minha amiga como eu conhecia, eu sabia que ela faria de tudo para seguir com o plano. Inclusive, sua ausência na procissão já poderia ser um artifício para que ela chegasse mais rápido ao local marcado.

Àquela altura, em Bom Retiro, a festa de Santa Águeda seguia sua liturgia, mas o Coronel, que já chegara à cidade pensando em não participar até o fim, preparava-se para sair. Ter aparecido publicamente sem a esposa diante de todos o fizera experimentar um amargor que lhe estava corroendo por dentro. Sentia-se por demais agitado e desejava voltar logo para a Caviúna com o objetivo de mostrar à mulher o mal que ela lhe fizera.

Ouvira contrariado o padre falar ao povo, imaginando que Eugênia, naquele exato momento, estaria a se dedicar à sua renda, na luxuosa sala decorada por sua mãe, sem remorsos por tê-lo feito passar por tamanho vexame. Era para acompanhar os maridos em situações como aquela que as esposas serviam, e nem essa mínima tarefa Eugênia conseguia cumprir.

No altar montado na praça em frente à Igreja, o Coronel permanecia em seu lugar de destaque, mas, ao seu lado, em vez da esposa, uma ama xucra e malvestida, que apoiava a mão calejada nos ombros de seus dois filhos. Jamais perdoaria Eugênia. Nem a seus pais, que o enganaram, fazendo-o acreditar que tinham dado uma educação adequada à moça quando, na verdade, a criaram sem o cabresto necessário às mulheres.

Horas antes, quando a sogra se aproximara dele para lhe perguntar sobre a filha, dizendo-se muito saudosa da moça e também preocupada com sua ausência, já que só uma doença ou incidente grave justificariam Eugênia não comparecer ao evento mais importante do calendário da região, o Coronel se incomodou e não interrompeu o passo no intuito de não ter que lhe ouvir a voz.

— Meu genro? — ela acabou por alcançá-lo. — Onde está Eugênia? Aconteceu algo?

— Aconteceu — o Coronel respondeu de forma seca e a sogra imediatamente levou a mão ao peito, aflita, temendo pelo que ele lhe comunicaria a seguir.

— Deus do Céu! O quê?

— A senhora não criou uma filha forte — afirmou, sem mais, afastando-se em seguida.

A mãe de Eugênia tentou acompanhá-lo, ainda mais alarmada do que antes sobre o estado de saúde da filha, já que o genro afirmara que Eugênia não era "forte", mas o Coronel seguiu seu caminho, desprezando as perguntas angustiadas que a sogra ainda lhe fazia.

No plano de fuga elaborado por Eugênia, estar na missa ao ar livre ocupando um lugar de destaque como esposa do Coronel lhe favoreceria. Assim que a bênção do padre fosse dada a todos, durante a qual ela estaria em evidência ao lado do marido, a procissão se iniciaria, e, segundo a tradição, os homens seguiriam o cortejo de um lado e as mulheres, de outro.

Além disso, estariam todos concentrados em suas orações, de cabeça baixa, mãos enroladas em seus terços, olhares voltados para a santa em seu andor. As mulheres à sua volta não estariam especialmente atentas a ela e ainda haveria Inês, que, como sua cúmplice, poderia encobrir qualquer desconfiança que surgisse no percurso.

Assim que o marido desse por sua falta ao fim da procissão, quando homens e mulheres normalmente voltavam a se reunir, Aristeu não teria chance de encobrir o ocorrido. A esposa seria dada como desaparecida e sua desonra aconteceria na frente de todos, o que tornava a vingança de Eugênia ainda mais prazerosa por ser pública.

Eugênia acordara naquele dia cinco decidida a improvisar como fazia às vezes com sua renda. Quando a linha embolava no lacê ou não se fixava corretamente no local planejado, Eugênia não descartava o trabalho de dias, como as Flores faziam. Aproveitava o erro para criar algo diferente, um repuxado virava uma pétala, um murundu, um botão de rosa. Sabia que não aguentaria nem mais um dia naquele cárcere, e essa certeza aumentava toda vez que o corte em sua testa, provocado pela agressão de Aristeu na noite anterior, fazia seu rosto pulsar.

Assim que o marido saiu com os enteados, Eugênia colocou um lenço nos cabelos para disfarçar o ferimento e foi para a sala determinada a fazer seu teatro. Quando Dorina entrou para falar com a patroa, Eugênia mostrou-se de algum modo pesarosa e deu um par de suspiros incomuns com a firme intenção de atrair a atenção da cozinheira:

— O patrão disse que a senhora está adoentada. Quer um chá?

— Obrigada, minha querida, estou bem — afirmou e, depois de uma pausa estudada, completou: — Mas amanhã não garanto. — A empregada lhe lançou um olhar apreensivo e Eugênia continuou: — O pior ainda está por vir, Dorina — Eugênia anunciou, com um ar profético, mas logo mudou o tom, fazendo um gesto com a mão de que não era nada. — Deixe estar. Pensando bem, eu aceito o chá, sim. Será bom para me acalmar os nervos — decidiu-se e, em seguida, levantou-se da mesa, fingindo não mais notar a presença de Dorina, mas sabendo que já havia atiçado a curiosidade da outra.

— Que pior é esse que está por vir que a patroa está falando? — Dorina insistiu, cismada, e Eugênia fechou os olhos, fazendo uma pausa, antes de romper num desabafo.

— Talvez seja bobagem, Dorina, mas eu tive um sonho esta noite que me deixou muito abalada — confessou.

Dorina arregalou os olhos. Eugênia sabia que a cozinheira tinha crença nas forças invisíveis e o costume de buscar pequenos sinais que anunciavam os fatos antes de eles acontecerem. Ficara sabendo da morte de uma prima graças a um anu-branco que pousara na cerca da Fazenda. Junto ao peito, levava um pedaço de alho amarrado num cordão que, segundo ela, a protegia do mau-olhado.

— Sonho que mexe com a gente desse jeito é sempre bom entender o que é — Dorina sugeriu à patroa, apoquentada por dentro, mas sem querer assustá-la ou parecer indiscreta. — Como era o sonho? A patroa lembra?

— Sonhei com a santa — Eugênia revelou, e Dorina ficou ainda mais interessada.

Sonhos com santos eram avisos. A patroa não tinha idade para entender a importância daquele tipo de mensagem, por isso Dorina soube ser sua responsabilidade apurar mais o assunto:

— Desculpa a curiosidade, patroa — Dorina continuou, embalando as perguntas num tom forçadamente corriqueiro para não alarmar Eugênia. — Mas o que a santa fazia no sonho?

Eugênia hesitou por um momento, fingindo desassossego, como que decidindo se deveria ou não revelar os detalhes à cozinheira.

— Contar é sempre bom, ajuda a aliviar o coração — Dorina incentivou, percebendo a dúvida da patroa, que pareceu se convencer.

— No sonho, Santa Águeda chorava bem ali naquela janela — revelou, apontando para o local. — Todos estávamos muito tristes, de preto, como num velório.

Nesse trecho, Eugênia interrompeu a narrativa, com expressão arrependida.

— Deixe, Dorina. Talvez seja apenas a culpa por não estar cumprindo meu dever na procissão por conta de uma indisposição tola.

— Sim, claro. Pode ser isso — Dorina fingiu concordar, mesmo que ainda ávida por mais detalhes.

Ela tinha experiência nessas coisas. Quando uma vizinha sonhara com sete pintinhos atravessando uma estrada, fora ela quem decifrara que a moça estava grávida e que o bebê nasceria de sete meses. Quando o pai sonhou que estava com os pés presos num pequeno monte de bosta de vaca, ela sabia que logo ele receberia uma boa soma de dinheiro. Era uma sabedoria antiga que Dorina nem recordava com quem aprendera, mas que nunca falhava.

— Estavam todos no sonho? — indagou, investigativa.

— Acho que sim — Eugênia respondeu, sem muita certeza. — Era a hora do jantar. Lembro que a mesa estava posta.

— E quantos pratos havia na mesa, patroa? — Dorina continuou cavoucando.

— Quantos? — Eugênia parou um pouco, como se se esforçasse para se lembrar com exatidão. — Acho que três...

Ao ouvir aquele detalhe, a face de Dorina se transformou.

— Apenas três? A patroa tem certeza?

— Sim — respondeu Eugênia, já alarmada, dirigindo-se à mesa novamente para apontar os lugares. — Na cabeceira, o prato de Aristeu, aqui, o meu, desse lado, o de Lili.

Nessa altura, Eugênia interrompeu o gesto, em desespero:

— Ó, minha Santa Águeda! — clamou, arregalando os olhos e buscando a cumplicidade de Dorina, que já entendera que o lugar que faltava à mesa era do menino.

— Durvalzinho — a cozinheira concluiu, num sussurro sofrido, sem querer acreditar, mas já convencida, por experiência própria em assuntos como aquele, de que o menino corria sério risco.

Fora ela quem criara aquelas crianças e as acompanhara durante a doença da mãe. Tinha visto o sofrimento que a morte da antiga patroa causara nos filhos do Coronel e, depois, a alegria dos meninos retornando aos poucos com a chegada de Eugênia. Não podia permitir que uma nova tragédia caísse sobre aquela casa.

— Não, Dorina — Eugênia refutava a hipótese, em pânico, andando de um lado para o outro da sala. — É apenas um sonho. Como disse, eu estava mal do fígado e por isso preferi não ir à procissão. Má digestão provoca pesadelos, é sabido.

— Não foi pesadelo, patroa — Dorina afirmou, decidida. — Foi um aviso e não convém arriscar com a vida do menino. A procissão ainda não terminou e a santa há de lhe perdoar. Vá colocar sua mantilha, se avie!

Eugênia se fez de indecisa e colocou dezenas de empecilhos para fazer o que Dorina lhe ordenava.

— Não sei se dará tempo, Dorina. Ademais, não tenho forças. Aristeu ficará preocupado quando me vir chegando à cidade e é capaz de ralhar conosco por eu ter saído assim indisposta. Sabe como são os homens. Você o conhece melhor do que eu.

— Tanto conheço que sei que não há nada que o patrão preze mais do que o filho varão — Dorina justificou, já indo chamar um dos capatazes pela janela. — Vá! Deixe que depois eu me entendo com ele.

Dorina era a verdadeira chefa daquela casa e ninguém a desautorizaria. Tinha ido morar na Fazenda antes mesmo do nascimento de Aristeu e ajudara a lhe trocar as fraldas. Prometera à falecida mãe do Coronel – que era uma peste em vida, e por isso mesmo poderia vir lhe cobrar a promessa mesmo estando no mundo dos mortos – que protegeria aquela família.

Se não fosse ela a zelar por todos, quem seria? A patroinha Eugênia era gentil, boa madrasta, mas não passava de uma menina.

— Se você acha que é isso mesmo o que devemos fazer, eu irei. Pelo bem de Durvalzinho — Eugênia concordou finalmente.

Dorina pediu licença apressada, falou com um, com outro e logo colocou a patroa numa carroça a caminho da cidade. Recomendou que o capataz se apressasse e, depois, mandou que todas as ajudantes de cozinha interrompessem suas tarefas para rezar pela saúde do menino.

Sob o olhar confiante de Dorina, que em seu entendimento acabara de salvar a vida do herdeiro dos Medeiros Galvão, Eugênia cruzou a porteira da Fazenda Caviúna, levando sob sua saia uma muda de roupa e quarenta mil réis e, em seu coração, a esperança da nova vida que iniciaria.

22

ESTRADA PARA BOM RETIRO, 1919

Quase na metade do caminho para a cidade, Eugênia pediu que o rapaz que conduzia a carroça parasse um pouco, dizendo-se enjoada pelo sacolejar. Precisava respirar com os pés firmes na terra e passar uma água no rosto, nem que fosse do riachinho ali perto. O jovem capataz puxou as rédeas para fazer com que os cavalos interrompessem o trote e, para dar à patroa alguma privacidade, virou-se para acender um cigarro de palha. Enquanto olhava o horizonte, distraído com as ondas de fumaça que se desfaziam conforme eram levadas pelo vento, não percebeu quando Eugênia afastou-se pé ante pé, com cuidado para não pisar num graveto seco, silenciosa como um teiú, até que finalmente alcançou a mata fechada.

Assim que se viu longe da estrada e protegida pela vegetação que a margeava, Eugênia levantou as saias e começou a correr o mais rápido que era capaz. Pernas e pulmões movidos pela confiança que eu havia lhe sugerido que adquirisse, certa vez, em minha gola. "Confie", eu lhe dissera. Em questão de minutos, ou menos até, o empregado notaria sua demora, a procuraria à beira do riacho e, mesmo compreendendo o que se passara, não saberia exatamente em que direção correr. Caso tentasse rastreá-la através de pegadas ou se valendo de sua intuição de mateiro, já seriam quase oito da noite, e, até que ele a capturasse, o transporte acertado já teria passado pela segunda curva da estrada e a levado para sempre dali.

A coisa toda não saíra exatamente como Eugênia arquitetara, mas minha amiga ia refazendo a rota conforme as circunstâncias. Suada pelo esforço, Eugênia chegou ao local aos dez minutos para o horário marcado, e sua pontualidade, em meio ao caos em que estava mergulhada desde a noite anterior, a encheu de orgulho e esperança. Santa Águeda estava a seu lado, ouvira suas orações e a cobrira com seu véu de proteção.

A confiança de que tudo daria certo não se arrefeceu nem quando o carreto não passou às oito. Nem às oito e cinco, nem às oito e dez. Tamanha era a confiança de Eugênia em minha palavra. Eu nunca lhe falhara. Desde crianças, não havia nada que eu lhe garantisse que estava certo que não fosse certo. Até mesmo em nossa discussão sobre a simpatia para Santo Antônio, Eugênia sempre soubera, mesmo tendo me desmentido e mangado de mim na época, que eu tinha razão.

※

Em criança, Eugênia costumava ralhar comigo, argumentando que essa minha característica era extremamente irritante. E, quando dizia isso, alongava a sílaba "tre" do extremamente para aumentar ainda mais uma palavra que já era grande e fazendo-me parecer mais irritante do que eu devia ser.

— Conviver com quem se acha sempre certa é muito aborrecido, Inês. Você faz o resto do mundo parecer burro. Assim ficamos em desvantagem — ela dizia, e eu dava de ombros.

— Você quer que eu faça o quê? Que não diga o que estou pensando?

— Você poderia pensar como eu, para variar.

Eu bem que queria pensar como ela, mas não era capaz.

Apesar de na infância eu e Eugênia estarmos muitas vezes em desacordo, quando crescemos deixei de tentar impor a minha opinião à dela, como fazia quando era pequena. Com o tempo, principalmente após o acidente com Cândida, desenvolvi um temperamento conciliador, não por submissão, mas pelo desejo de querer que todos à minha volta estivessem satisfeitos, assim como fazia com meu sofrido pai – objetivo inalcançável, depois compreendi.

Nunca desconfiei que minha atitude de anuência sem reservas aos desejos dos outros pudesse ter alguma consequência danosa. Só muito mais tarde, já morando no Recife, é que tive coragem de me colocar diante do seguinte questionamento, mesmo sabendo que jamais teria essa resposta: "E se eu não tivesse apoiado Eugênia naquele dia? Ela ainda estaria viva?".

Uma vez, não devíamos ter nem onze anos, estávamos caminhando para casa após a escola quando passamos por um quintal onde havia uma mangueira carregada. Foi Eugênia quem, de longe, avistou aquela maravilha e nos chamou a atenção para as frutas:

— Espiem as mangas. Daria tudo por uma agora.

Vitorina também ficou com água na boca e sugeriu que pulássemos o muro e roubássemos algumas.

— Vamos logo, antes que passe alguém na rua. Pela lateral do terreno será mais fácil — nos orientou, mas Eugênia discordou veementemente, afinal, "ela estava usando um vestido novo e não queria estragá-lo subindo em árvores como uma moleca. Além disso, sendo filha do delegado, caso Vitorina estivesse esquecida daquele fato, não podia se meter em crimes, mesmo que fosse um roubo de mangas". Mesmo fazendo uma careta pela recusa à sua primeira proposta, Vitorina acatou o argumento de Eugênia e começou a pensar em alternativas que nos levariam às mangas.

Ser contrariada e ainda assim conseguir realizar o que tinha em mente era um desafio para Vitorina. Desde os tempos de menina, nossa amiga nunca se aborrecia com quem lhe dizia "não", justamente porque não acreditava no "não". O "não", para Vitorina, soava como brincadeira, um "duvido!", um chiste que seria revelado mais tarde. "Como poderiam lhe dizer não?", ela costumava pensar. Foi assim com o Professor e o tempo provou que ela estava certa.

— E se cutucássemos as frutas com um galho? Não seria roubo ou uma invasão de propriedade. As mangas estariam no chão, caídas fora do terreno, portanto seriam nossas por direito — defendeu, com ares de juíza.

Eugênia avaliou a ideia, tendendo a concordar, mas colocou uma condição:

— Tudo bem, mas é você quem irá cutucar as frutas, que eu não vou me prestar a esse vexame nem ser cúmplice de atos duvidosos.

A condição imposta por Eugênia irritou Vitorina, que argumentou "que ela não era empregada da madame e que Eugênia não era sua mãe para lhe dar ordens".

Em meio àquele intenso debate, que até então eu apenas acompanhava em silêncio, uma pergunta prática se repetia em minha mente. Tão óbvia que eu me permiti colocá-la para fora:

— Por que não pedimos as mangas à dona da casa?

Vitorina e Eugênia pararam imediatamente de falar e me olharam como se eu fosse uma criança que faz perguntas de lógica torta, porém encantadoras.

— Está louca, Inês? — Eugênia me repreendeu. — Dona Veridiana não se bica com a minha mãe. Há de recusar as mangas, só de birra.

— Está bem — concordei, já com uma nova proposta em mente, em que a antipatia existente entre as duas mulheres seria facilmente contornada. — Se o problema de Dona Veridiana é com sua mãe, basta que você se esconda, Eugênia. Eu e Vitorina vamos lá e pedimos. Ela não tem implicância com as nossas mães, pelo que eu saiba.

Eugênia bufou ao ouvir aquela ideia. Não queria ficar de fora.

— Dona Veridiana vai achar que vocês são uma dupla de mendigas, isso sim. E eu serei vista como amiga de uma dupla de mendigas.

— Eu não estou parecendo mendiga — Vitorina defendeu-se.

Estávamos com nosso uniforme da escola, camisa de botão alinhada, saia plissada e sapatos de fivela encerados.

— Minha fita de cabelo ainda é nova! — completou, empertigada.

— Dona Veridiana não achará que somos mendigas, Eugênia — retruquei, tranquilamente, já sabendo que ela estava inventando pretextos para que a aventura fosse cancelada. — O pai de Vitorina é o dono do armazém. Comida é o que não falta em sua mesa. Deixe de teimosia e esconda-se. Você quer ou não quer as mangas?

Eugênia me olhou emburrada, pois já não queria mais as malditas mangas. Quando, minutos antes, apontara as frutas, estava expressando uma vontade difusa, um desejo que não precisava necessariamente ser realizado. E agora, graças às duas amigas, a Senhora Prática e a Moleca Espevitada, encontrava-se em uma situação constrangedora, prestes a ser humilhada por Dona Veridiana.

Era assim que nosso trio funcionava: Eugênia sonhava, Vitorina agia e eu buscava soluções, que não eram nem tão românticas como as aspirações de Eugênia nem tão corajosas como os atos de Vitorina. Por isso, anos mais tarde, mesmo sendo as minhas rendas, de simetria matemática, sempre as mais elogiadas, não emocionavam tanto quanto as produzidas pelas outras duas.

"O erro é um toque de humanidade. Quando erramos, a peça fica única", Vitorina defendia, quando uma flor na qual vinha trabalhando ficava torta e ela não estava com paciência para refazê-la.

— Não quero mais manga alguma — Eugênia resmungou, malcriada. — Falei por falar.

— Ótimo. Comerei a sua — Vitorina provocou, já caminhando na direção do portão.

— Nada disso — segurei Vitorina pelo braço para mantê-la ali até que tudo estivesse definido entre nós três. — Pediremos duas. Uma para cada uma de nós, já que Eugênia jura que perdeu a vontade. Não é, Eugênia? Tem certeza de que não quer mesmo?

— Ora, se apressem com isso, que não quero ser vista em atitude suspeita — ela nos enxotou, irritada, e em seguida Vitorina estava batendo palmas em frente ao portão de Dona Veridiana gritando "ó de casa".

— Deixa que eu falo — ela me avisou, pois sabia ser a melhor de nós duas na arte de convencer os outros.

Quando a dona da casa apareceu no portão, abrimos nossos melhores sorrisos de meninas comportadas:

— Bom dia, Dona Veridiana. Aqui é Vitorina de Hildinha. E Inês Flores.

Dona Veridiana me olhou desconfiada, como eu já esperava. Mesmo ainda menina, minha fama de amaldiçoada fazia com que muitos moradores da cidade me encarassem daquele jeito.

— O que vocês querem aqui?

— Viemos fazer um elogio — Vitorina começou, gentilíssima.

— Seu quintal está lindo por demais. Lá do início da rua já se veem as árvores tão bem cuidadas. A jaqueira, os pés de limão. Acho que meu pai teria interesse em revender seus frutos. Essas mangas, então. Fariam sucesso no armazém.

A velha desarmou-se ao ouvir as palavras envolventes de Vitorina.

— Arre, que já estou enfastiada desse cheiro, me emporcalham tudo quando caem. Vou lhes dar uma sacola cheia, venham, meninas.

— Tem certeza, Dona Veridiana? — Vitorina ponderou, apenas por diversão. — Não tem necessidade.

— Claro que tem, menina. Não estou dizendo? Quero me livrar das mais maduras, que atraem um mundaréu de moscas. Tome aqui. Aproveita e leva uma prova para o seu pai. Quem sabe não fazemos negócio?

Vitorina aceitou e olhou para mim com um sorriso de vitória, que lhe devolvi à altura – eu também estava orgulhosa de mim mesma por ter dado a ideia que nos levara a conseguir aquele tesouro.

Enquanto escolhíamos as frutas que queríamos, "Peguem todas, não me fazem falta mesmo", Eugênia nos esperava na esquina, escondendo-se para não ser vista como pedinte. Ou amiga de pedinte.

Quando nos avistou saindo pelo portão, carregando uma cesta com mais de dez mangas-rosas, saiu de seu esconderijo, ainda mordida por não ter participado do enredo.

— Veja, Eugênia — provocou Vitorina. — Cinco para mim, cinco para Inês. Que pena que você não foi conosco e não terá nem um naco.

— Pare com isso, Vitorina — eu a repreendi. — Conseguimos muitas e vamos dividir.

— Eu não vou dividir as minhas — Vitorina se aborreceu, com ares injustiçados. — Eugênia não fez nada, não merece nossa bondade.

— Tome, Eugênia — eu lhe ofereci duas mangas, achando que resolveria a questão. — Dessa forma ninguém fica sem.

Mas Eugênia tinha realmente perdido a vontade.

— Não quero, já disse — negou por orgulho, empurrando minhas mãos para longe de si. — Se estavam no chão, devem estar passadas. Vocês terão dor de barriga esta noite. Vão se contorcer em cólicas, aposto.

Vitorina deu uma gargalhada com fiapos entre os dentes e a boca lambuzada pelo suco alaranjado que escorria pelas laterais do queixo.

Eugênia fez cara de nojo:.

— É uma porca mesmo. Não posso nem olhar para a sua cara, Vitorina. — E, fazendo uma expressão exagerada de repulsa, começou a caminhar mais rápido de modo a se manter sempre à nossa frente.

Quem nos visse ao longe não teria certeza de que a filha do delegado estava conosco. A alguns passos de distância, Eugênia pisava firme no chão com sua sapatilha encerada de fivela.

Fora ela quem avistara as mangas. Fora ela quem colocara aquele desejo em nós e, agora, era obrigada a testemunhar a nossa alegria, sem poder se render ou saborear as frutas.

O cheiro adocicado das mangas lhe subia pelas narinas, aumentando seu sofrimento, mas Eugênia jamais voltava atrás de uma resolução. Por isso, anos depois, enquanto corria para tentar ajudá--la, eu estava certa de que ela teria dado um jeito de estar no local e no horário marcados para a fuga.

Mesmo em grande aflição e com as emoções aceleradas, a solução prática que minha mente encontrara para salvar Eugênia, a amiga que sempre almejara mais do que eu – caso ela tivesse de algum modo conseguido ir até a segunda curva da estrada –, era encontrá--la antes do marido. Bastava dizer-lhe: "Volte! Deixemos para outro dia, pois hoje não haverá carreto algum". Eugênia iria reclamar, talvez andar alguns passos à minha frente, contrariada pela frustração do seu desejo, assim como no dia das mangas, mas estaria a salvo.

23

SEGUNDA CURVA DA ESTRADA, 1919

O Coronel encontrou a carroça da Fazenda parada na beira da estrada sem ninguém por perto. Pisou no freio, desceu apressado do carro e percorreu o entorno até encontrar o capataz, que, olhos aflitos e voz trêmula a imaginar as terríveis consequências que sofreria por ter virado as costas por alguns instantes para acender seu cigarro de palha, engoliu seco antes de comunicar ao patrão que a patroa sumira. Ao contrário do que o rapaz imaginara, o Coronel não lhe atacou ou repreendeu, apenas ordenou que levasse os filhos para casa com a carroça e que não comentasse nada do que acontecera quando chegasse à Caviúna.

— O que houve, papai? Onde está Eugênia? — as crianças lhe perguntaram, e o Coronel, batendo no lombo do cavalo, gritou:

— Ande! Leve-os daqui!

Assim que saiu do campo de visão dos filhos, Aristeu tirou a pistola do coldre e correu para dentro da mata atrás da esposa fugitiva. Nesse momento, em algum ponto do Vale, eu também corria, achando que saber o local exato em que Eugênia estaria me daria alguma vantagem. Contava que o Coronel ainda estivesse em Bom Retiro, acompanhando as rezas. Porém, quando me aproximei da segunda curva da estrada, com um fio de esperança de ter talvez alcançado meu objetivo, avistei Eugênia se debatendo ferozmente para se livrar do marido, que a arrastava pelos cabelos.

— Quenga dos infernos! Cadê ele? Cadê teu amante, desgraçada? — Aristeu gritava, apontando o revólver a esmo na direção da mata. — Fale, miséria!

— Não tem amante nenhum. Eu estava indo para a procissão, me afastei um pouco quando paramos e me perdi — ela mentiu, tentando salvar-se, ao que o marido rebateu possesso.

— Eu lá tenho cara de corno? É hoje que lhe mato, peste! — ameaçou, dando-lhe um tapa que a derrubou novamente.

Caída no chão, Eugênia não conseguiu mais se conter:

— Pois então mate! Mate de uma vez e acabe com meu tormento — ela o enfrentou, cabeça erguida, deixando de lado a postura retraída que vinha mantendo desde que o avistara minutos antes.

Aristeu apontou a arma para a cabeça de Eugênia, decidido a puxar o gatilho.

— Atire! — ela lhe gritou, sem medo, olhos injetados, tomada por um ódio que era mais poderoso do que seu instinto de sobrevivência.

— Não me desafie, mulher. Não terá tempo de pedir perdão pelos teus pecados, maldita.

Foi nesse momento que me aproximei, correndo e gritando:

— Coronel! Por favor!

O homem desviou a arma de Eugênia e a apontou para mim. Minha amiga também me encarou, surpresa e ao mesmo tempo aliviada com minha presença, já que eu sempre lhe trazia soluções.

— O que essa outra quenga está fazendo aqui? As Flores estão metidas nisso? — ele perguntou ao me reconhecer, com as veias a sair do pescoço.

O Coronel não era conhecido por ter um temperamento violento. Reservado e de fala mansa, era um homem que mandava matar. Até aquela tarde de fevereiro, o dinheiro lhe dera o privilégio de não ter que sujar as mãos de sangue com frequência.

— Tenha misericórdia, Coronel — eu lhe implorei, tentando

argumentar. — Sabe como é Eugênia, tem esses caprichos, mas é coisa que passa.

Em desespero, eu balbuciava qualquer desculpa que me vinha à mente, conduzindo-me pela intuição de que alguns homens consideram que as mulheres são apenas meninas a serem educadas. Depois de castigadas com fins corretivos, passavam a se comportar melhor e deixavam de ser casos perdidos.

Se eu conseguisse fazer o Coronel acreditar que aquela tentativa de fuga era apenas mais uma malcriação de Eugênia e que a idade e um pouco de disciplina poderiam moldá-la, talvez ele a poupasse.

— Eu fiz tudo por ela — ele disse para mim, num tom inesperadamente confessional que me desconcertou. — Tudo. Mas nada é suficiente para essa ingrata.

Nesse momento, percebi que Aristeu tinha fortes sentimentos por Eugênia e acreditava amá-la. Agarrei-me àquela descoberta inesperada para tentar salvar minha amiga.

— Tem razão, Coronel. Eugênia sempre foi mimada. Culpa de sua criação. Os pais a criaram como uma princesa e a fizeram acreditar que era ela quem mandava na casa. Veja que tolice.

Eugênia entendia o que eu estava fazendo e se mantinha em silêncio na expectativa. Não conseguia apoiar o meu discurso, mas também não tinha coragem de contrariá-lo.

— Pois na minha casa mando eu — ouvimos o Coronel dizer. — Na minha gente mando eu.

— Claro, claro. Ela já entendeu. Não entendeu, Eugênia?

Eu me ajoelhei ao lado da minha amiga, que tinha os olhos vidrados de terror e o sangue escorrendo pela lateral do rosto. O tapa que havia tomado minutos antes reabrira a ferida da noite anterior.

Ao sentir seu corpo tremendo em meus braços, percebi que ela realmente não sabia que decisão tomar, suas opções haviam se esgotado. Meu impulso foi levantá-la pela mão para lhe facilitar a escolha.

O Coronel estava mais calmo e não reagiu ao meu gesto. Ele não queria matá-la e vivia ali um dilema. Seu desejo era domar Eugênia e ser amado por ela. Se a esposa morresse, ele jamais conseguiria o que tanto queria. Se apertasse o gatilho, aquela jaguatirica brava morreria sem ter sido dobrada à sua vontade.

— Já é tarde e as crianças devem estar preocupadas — recomecei, calmamente, fazendo Eugênia dar um passo em direção à estrada. — Na Fazenda, tudo se arranjará. O carro está logo ali. Venha, Eugênia, vamos.

O silêncio de Aristeu pareceu significar uma concordância com a minha sugestão. Ele realmente cogitava dar à esposa uma nova chance, "que será a última, ouça bem".

Mas, após dar o primeiro passo, Eugênia interrompeu-se e me olhou de um jeito que eu jamais esqueci. Ela sabia que, depois do ocorrido naquele dia, assim que entrasse no carro do marido para voltar à Caviúna, não haveria como escapar.

— Ande, mulher — Aristeu ordenou, sem nos olhar e, nesse momento, Eugênia fez sua escolha.

— Não.

— Eugênia, por favor... — eu lhe supliquei baixinho, e ela me sorriu, despedindo-se.

A expressão de seu rosto exprimia toda a gratidão que sentia por tudo o que vivemos juntas até ali. As brincadeiras na infância, as tardes de renda, a ajuda no momento de maior precisão.

— Não consigo — ela murmurou, e somente eu escutei. — Mas obrigada por tentar.

Em seguida, endireitou-se, altiva, como a Eugênia que eu conhecia bem e que nunca voltava atrás numa decisão, e anunciou:

— Prefiro a morte a viver ao seu lado, Aristeu. Tenho nojo de você.

Ao ouvir aquelas palavras, o rosto do Coronel se contorceu. Segurei a mão de Eugênia com toda a força, mas, possesso, aquele homem veio em nossa direção, arrancando a esposa da minha proteção e a lançando no chão de barro.

— Vá para o inferno, então, demônia!

E deu-lhe um tiro no peito. E mais um. E mais outro.

Diante de tamanha brutalidade, busquei o olhar de minha amiga, para pelo menos estar com ela em sua hora derradeira, mas as botas do Coronel me impediam de ver seu rosto.

De pé, ele fitava o corpo sem vida da esposa e, num reflexo, talvez lembrando-se da minha existência, virou-se para mim. Apontou a arma em minha direção e ordenou que eu desaparecesse dali se não quisesse ter o mesmo destino daquela meretriz que traíra sua confiança.

Corri temendo por minha vida, até que, já a uma distância segura, me arrisquei a olhar para trás. Nesse momento, vi o Coronel embalando o corpo de Eugênia, como um bebê. Em sua doença de amor, Aristeu lamentava ter perdido a peça que ele um dia achara que faria sua vida voltar a funcionar.

24

BOM RETIRO, 1919

"Morta."
— Morta — eu dizia a elas, esbaforida, desesperada, sem fôlego, sem chão. — Eugênia está morta — repetia, e minha mãe e Tia Firmina, olhos saltados, me faziam perguntas vazias que não mudariam o ocorrido; queriam saber como, onde, por quê, mas eu não conseguia responder a nenhuma dessas questões, já que a única e implacável verdade que se impunha como uma rocha que desaba de um barranco era que Eugênia estava morta. Tanta vida, tanto sonho, tanta raiva, tanta esperança, tanta teimosia. Mortos.

Enquanto minha mãe verificava se eu ainda estava inteira, coisa que jamais voltei a ficar até o fim dos meus dias, um homem bateu à nossa porta a mando do Coronel. O aviso dado em voz baixa para a dona da casa tinha o objetivo de informar que tínhamos até o dia seguinte para sair da cidade. Ao ouvi-lo, minha mãe começou a chorar.

— Não vamos a lugar algum. Esta terra é nossa também — Tia Firmina disse ao homem, que ainda continuava parado na porta.

Seu serviço era repassar o recado e certificar-se de que fora compreendido. Havia acabado de voltar da casa do delegado com a mesma tarefa. O pranto da esposa, de joelhos e aos gritos de "minha filha, o que esse homem fez com minha filha?!", não impediu que o marido compreendesse o que deveria ser feito.

— Acidente de cavalo, dona. O bicho se assustou e a patroa caiu — dissera aos pais de Eugênia.

— Amparando a mulher que murmurava, inconsolável, "Eugênia, meu amor, como eu pude permitir?", o delegado fez um aceno com a cabeça ao homem, para mostrar que havia compreendido e que logo a esposa também entenderia a situação. Pelo próprio cargo que ocupava, o delegado conhecia as regras não ditas daquele sertão e, assim que fechou a porta, ordenou que a esposa começasse a fazer as malas. Era urgente que saíssem de Bom Retiro ainda naquela noite. "Mas quem vai velar e enterrar o corpo do meu tesouro? Tenho direito de ver minha menina uma última vez." Ao que o marido argumentou: "Perdemos esse direito quando Eugênia se casou com o Coronel. Agora, recomponha-se e vá fazer as malas".

— O Coronel só avisa uma vez — o homem voltou a dizer na casa de janelas azuis, talvez por nos considerar mulheres sem homens para nos proteger ou nos fazer entender a gravidade das coisas. Via no rosto de minha mãe um pouco da inocência da mãe idosa, que ficara na roça e a quem não encontrava fazia anos. — Não se demorem — ele ainda achou por bem aconselhar, e, tocando o chapéu com a ponta dos dedos, nos cumprimentou antes de montar novamente em seu cavalo.

Nós sabíamos que nosso tempo em Bom Retiro havia acabado. Naquela terra, quando os poderosos ordenavam o desterro, não havia barganha. Famílias inteiras partiam da noite para o dia e os demais moradores da cidade simplesmente paravam de falar sobre elas, removendo-as da memória comum, como se nunca houvessem existido por ali.

Se, vez por outra, por honra, valentia ou teimosia, havia qualquer tipo de enfrentamento à determinação dos poderosos, seguiam-se mortes, emboscadas e casas incendiadas.

A exceção era quando a outra família envolvida também era possuidora de terras e poder. Aí o caso era outro: a violência se multiplicava e, na maioria das vezes, se iniciava uma guerra que poderia durar anos.

Mas, para gente como nós, rendeiras de pouco ganho, sem pai, marido, irmãos ou filhos, uma viúva, uma beata, duas moças solteiras, o trilho a ser seguido era o do desaparecimento sem rastro. Seríamos simplesmente apagadas, esquecidas como objetos sem uso, cuja história a poeira e o tempo tratavam de encobrir. Era a lei do lugar.

O rosto de minha mãe permanecia estático, em agonia, olhos turvos pelas lágrimas silenciosas, a imaginar o que seria de nós dali em diante. Chorava por mim e por Cândida. Não teríamos futuro. A vida das filhas havia sido suspensa ainda em curso.

— A culpa é minha — acabei dizendo, após algum tempo, quebrando o silêncio da sala. — Tentei ajudar Eugênia a fugir — confessei.

Minha mãe me lançou um olhar que eu só a tinha visto lançar uma única vez. Quando o marido lhe confessara o erro na administração do colírio nos olhos da caçula.

— Eugênia não era um assunto meu, eu sei — comecei a me explicar, mesmo sabendo ser impossível justificar o injustificável, mas Tia Firmina me interrompeu.

— Não era mesmo. Você acaba de destruir a vida da sua mãe e da sua irmã por ter se metido na vida alheia.

Ciente do meu erro, joguei-me no sofá, destruída, mas minha tia continuava.

— Percebe aonde a sua inconsequência e teimosia nos levaram?

— Chega, Firmina — minha mãe elevou o tom de voz, encarando a irmã com firmeza e, em seguida, segurou minhas mãos trêmulas.

— Você fez o certo, minha filha. Errado é o Coronel, errado é o mundo ser do jeito que é. Eugênia era assunto seu, sim. Era assunto de todas nós. Errado é o assassino.

Nesse momento, Cândida, que até então se mantinha calada e ainda vestida de querubim, me estendeu um pano bordado:

— Inês, leia isto. Estava em nossa porta quando voltamos da procissão.

Cândida segurava um descanso de bandeja que não era dos nossos. Feito em linho cru por mãos certamente amadoras, cores fortes e fios triplos de meada. No centro, um buquê de flores em ponto corrente, margarida, rococó e nó francês.

— De onde veio isso, menina? — Tia Firmina perguntou, mas Cândida continuava se dirigindo apenas a mim.

— Leia para elas, Inês.

Tia Firmina irritou-se.

— E desde quando se lê pano, Cândida? Perdeu o juízo igual à sua irmã? Estamos numa situação muito séria por aqui — Tia Firmina rosnou, mas minha mãe deu um passo à frente e afagou os cabelos de Cândida com o calor inabalável do seu afeto.

— É um bordado, meu amor. Não é para ler.

Os dedos de Cândida tatearam, então, a borda da peça, feita em linha branca de fio fino, com pontos tão pequenos que eram quase imperceptíveis, mesmo para quem os olhasse com muita atenção.

— Sinta, Inês. Nós temos para onde ir — minha irmã me revelou, esperançosa. — Vamos para o Recife. Uma ave está nos chamando.

Furiosa com a insistência de Cândida em continuar falando tolices num momento tão crítico, em que tudo se esvaía, Tia Firmina aproximou-se da sobrinha caçula e lhe tirou o pano das mãos. Não era hora para parvoíces, uma moça estava morta, o chão da casa de janelas azuis havia acabado de rachar sob os pés daquela família "e essa menina a inventar fantasias de pássaros salvadores".

— Só pode ser castigo — ela sentenciou, inconformada. — Por Inês e Eugênia terem inventado esse enredo pecaminoso no dia em que deveríamos homenagear Santa Águeda.

— A santa não tem por que castigar nenhuma de nós, Firmina — minha mãe contrariou a irmã novamente em nossa defesa. — Ela sofreu destino parecido. Seu coração se apiedaria de Eugênia e de nós também.

Tia Firmina calou-se por um instante, pois sabia que a irmã tinha alguma razão, e eu aproveitei para pegar o bordado que ainda estava sobre seu colo. Um embrulho havia sido entregue em nossa porta por um funcionário do correio na parte da manhã. Mas, tendo sido aquele um dia tão confuso, o pacote só foi descoberto à noite, recostado do lado de fora da casa, quando Cândida tropeçara nele ao entrar na volta da festa.

Ao passar os olhos pela discreta barra do trabalho, decifrei com rapidez a mensagem que viera da capital e entendi o que minha irmã queria dizer.

— Realmente, Cândida. Está assinado por uma ave.

— Não disse?

— Diz aqui Ave Libertas, que significa "salve a liberdade" em latim — anunciei ao ler a assinatura rendada na barra do trabalho.

— Do que vocês estão falando? — minha mãe nos questionou, se aproximando para examinar o bordado.

— É um código, mamãe — fui apontando para lhe mostrar melhor. — Eugênia inventou uma maneira para que pudéssemos nos comunicar através da renda sem que o Coronel percebesse. Cada ponto é uma letra, veja. Há alguns meses, enviamos um pedido de ajuda para um grupo de senhoras muito distintas do Recife, na esperança de que elas acolhessem Eugênia. E aqui está a resposta. Elas bordaram uma mensagem com o mesmo código que Eugênia criou.

Minha mãe analisou a discreta linha de pontos incomuns.

— São os mesmos daquela gola de Eugênia — ela reconheceu de pronto. — E também do véu do casamento.

Tia Firmina não se dignou a olhar para a peça da qual falávamos. Seu rosto estava voltado para o exterior da casa. Ao longe, seu olhar se perdia no contorno da Serra da Baixa Verde, ao fundo do Vale do Pajeú, emoldurada naquele momento pelo azul já descascado da pintura de nossas janelas.

— A ajuda que essas senhoras iriam dar para Eugênia pode servir para nós — Cândida concluiu. — Ajuda é para quem está precisado, não é, minha mãe? "Fazer o bem, sem olhar a quem", não é assim que se diz?

Minha mãe sorriu concordando, enquanto eu continuava decifrando.

— Elas estão dizendo que podem nos dar o apoio necessário. Basta procurá-las no endereço que já conhecemos.

Ao vislumbrar aquela possibilidade de saída, voltei a sentir o ar entrando em meus pulmões. Mas a euforia que comecei a sentir não foi compartilhada por minhas parentas. Sentada na poltrona, agora com o bordado nas mãos, minha mãe entregava-se à catatonia.

— Não posso abandonar esta casa.

— Eu sei que é doloroso, minha mãe — tentei consolá-la. — Mas é preciso — insisti.

Nesse momento, Cândida se juntou a nós, segurando a mão de minha mãe com o intuito de lhe passar ainda mais confiança:

— Ficaremos bem, mamãe. Tudo se arranjará. Como sempre.

Minha mãe rompeu, então, num pranto sofrido abraçada às duas filhas. Aos poucos sua respiração se apaziguaria e a ideia de mudar-se para o Recife se tornaria suportável. Era só esperar.

Cândida estava acostumada a escutar com atenção as respirações à sua volta, que se agitavam e depois se acalmavam, num ciclo contínuo que só acabava com a morte.

Aflita com as lágrimas silenciosas que nos uniam naquele instante, Tia Firmina fechou a janela e começou a arrumar a sala, afofando as almofadas, ajeitando um vaso, acendendo o candeeiro.

— Façam o que quiserem, mas eu não arredo o pé daqui. Ainda mais para pagar pelos atos de duas cabeças de vento. Eugênia não soube aguentar o fardo do casamento e não serei eu a perder a casa de meu pai pela falta de brio dessa menina.

— Minha tia! Tenha compaixão — eu a repreendi por estar falando de Eugênia de maneira tão impiedosa. — Eugênia está morta. Morta.

— Pois não estaria se não fosse tão voluntariosa — ela rebateu, me olhando com rancor. — Se tivesse aceitado o seu destino, estaria viva. E mais: se você, Inês, não a tivesse ajudado, o desfecho também teria sido outro para sua amiga.

A acusação fez com que minha respiração se interrompesse mais uma vez. Tive que sentar-me por um instante para suportar o peso da culpa que me esmagava os ossos. A imagem de minha mãe aparentando dez anos mais velha do que minutos antes se mesclava ao último olhar que Eugênia me lançara. "Obrigada por tentar", ela dissera, mas, no fundo, eu sabia que não era merecedora de sua gratidão.

Se eu não houvesse tingido aquele maldito vestido de amarelo, firmando meu compromisso em ajudá-la, se não tivesse lhe levado o dinheiro, se não tivesse lhe arrumado o transporte, Eugênia estaria viva. Nem os planos mais bem urdidos têm garantia de se concretizar de forma satisfatória. Estamos todos sempre envoltos pelo caos, e não há como prever de que forma os acontecimentos vão se encadear.

— Como é meu dever de católica praticante — Tia Firmina recomeçou, com expressão duríssima —, rezarei pela alma de Eugênia. Mas isso é o máximo que posso fazer por aquela desajuizada. E rezarei por você também, Inês, para que Deus te perdoe por ter sido tão descuidada conosco. Por não ter medido os estragos que essa história poderia gerar. Carmelita, a decisão é sua. Você nunca me escutou mesmo, criou essas meninas como bem quis e aí está o resultado. Mas ainda está para nascer Coronel para me tirar do chão onde nasci.

— Precisamos ir, Firmina — minha mãe disse por fim. — Não há outro jeito.

Desde a infância, as duas nunca haviam se separado e talvez por isso mantivessem naquele momento o ar confuso de quem não sabe como reagir quando uma parte de si é arrancada com tanta violência. Como num acidente, sentiam a dor da carne sendo destroçada, ossos virando pó, ao mesmo tempo que o instinto de sobrevivência as impulsionava a buscar algum remendo possível para continuarem seguindo, mesmo que diaceradas: "E agora sem ela? Quem sou eu sem ela? Há muleta que me fará andar sem minha perna? Sem minha tão conhecida e amada perna? Só minha perna exibe as marcas dos meus tropeços, só minha perna me mantém em pé e em equilíbrio". Firmina e Carmelita Flores sabiam que estariam para sempre incompletas uma sem a outra.

— O Coronel Aristeu não perdoará Inês, Firmina — minha mãe continuou, tentando se manter concentrada apenas no que precisava ser feito. — Poderia perdoar a mim, a você e até a Cândida. Mas a Inês jamais.

Ao ajudar Eugênia, selei em vão o destino das pessoas que eu mais amava e minha amiga estava morta da mesma forma. Meu único conforto naquele momento era sentir a pequena mão de Cândida se aconchegando na minha, como um filhote de sabiá-laranjeira em seu ninho.

— Me perdoem — balbuciei, mesmo me considerando indigna de qualquer absolvição. Eu tinha consciência de que não atravessaria pior momento em minha vida. Nem na hora da minha morte ou da morte de minha mãe ou de minha irmã eu me rasgaria tanto por dentro.

— Você e Eugênia pensaram o quê? — Tia Firmina veio mais uma vez em minha direção, indignada. — Que poderiam enfrentar um homem como o Coronel? Não podem. E nunca vão poder. Isso vem antes de você, menina. Antes de mim, da sua mãe. Vocês jovens são umas tolas, que não escutam quem viveu mais e, portanto, sofreu mais.

Enquanto ouvia as acusações de Tia Firmina, uma esperança cruzou minha mente, como um molde mal rascunhado para uma peça de renda que a angústia nos faz admirar como se fosse uma obra de museu.

— A menos que... — sugeri, como que mudando de assunto, num tom quase alegre, que fez minha mãe levantar o olhar — que eu vá sozinha para o Recife. Comigo longe de Bom Retiro, o Coronel há de se acalmar e permitir que vocês permaneçam na cidade.

A solução parecia magicamente simples e uma onda de excitação, nascida daquele leve aceno de escapatória, percorreu todo o meu corpo. Se eu me sacrificasse deixando Bom Retiro, minha família seria poupada. O que duas senhoras e uma menina cega poderiam ter feito de tão grave? Elas obviamente estavam alheias aos planos de Eugênia. A escolha de ajudar minha amiga fora minha, e não delas. Eu seria a pária, era o justo.

Levantei-me com novo ímpeto. Tínhamos algum dinheiro no banco, obtido com a venda das rendas, e havia também a oferta de hospedagem das senhoras da Ave Libertas. A vida que Eugênia sonhara para si agora seria minha. Como naquelas corridas das gincanas estudantis – em que passamos um bastão para que a companheira de equipe complete o percurso em nosso lugar. Em minhas mãos, eu quase podia ver o bastão de Eugênia chegando até mim.

Eu moraria junto ao mar. Eu, que nunca saíra daquela terra de chão seco, coberto de ranhuras como uma renda. Eu, que não tinha tantas vontades como Eugênia e que só almejava pela tranquilidade do vaivém da minha agulha silenciosa nas tardes quentes do Vale. Eu, Inês Flores, partiria dali e me transformaria em outra pessoa. Honraria a memória de Eugênia vivendo por ela.

— Filha minha não vai a lugar algum sem mim — minha mãe anunciou de forma repentina, dando fim ao meu devaneio sob o olhar surpreso de Tia Firmina. — Eu e Cândida vamos com ela.

— Está louca, Carmelita? — Tia Firmina repreendeu a irmã.

— Você pertence a esta casa, Firmina — minha mãe respondeu, num tom afetuoso. — Mas eu pertenço às minhas filhas. Só te peço que, quando estivermos na capital, nos envie pelo banco o dinheiro que nos cabe pelas rendas.

Ao ouvir o pedido, o rosto de Tia Firmina se contraiu. Não havia mais dinheiro algum. Ela o gastara para compensar o acordo desfeito com o homem do carreto. Por alguns instantes, minha tia avaliou se deveria ser sincera sobre seu erro e revelar à irmã que a nova vida seria ainda mais penosa do que imaginara, mas decidiu se abster da confissão para que tivessem uma despedida livre de ressentimentos.

Ter segredos com Carmelita não era algo novo para Tia Firmina. Ela soubera silenciar a verdade sobre a maldição da cigana por tantos anos para poupar a irmã que, agora, não sentia dificuldade de se calar mais uma vez. Queria lhe adiar a decepção e a angústia pela vida futura sem recursos.

— Assim o farei — Tia Firmina concordou, mentindo, e minha mãe, com a calma que sempre a caracterizara, enxugou as lágrimas e começou a recolher os poucos objetos que pretendia levar.

Começou tirando o retrato de meu pai com meu irmão bebê da parede. Tia Firmina ainda estava com o olhar fixo na marca retangular que a ausência do retrato evidenciou na pintura quando sentiu o leve toque da mão de Cândida em seu braço.

— Tem certeza de que a senhora não vai ficar triste, tia? — minha irmã quis certificar.

— Ora, menina, deixe de besteira. Vá ajudar sua mãe — ela respondeu, controlando-se para não derramar uma lágrima que fosse.

— Pense que meus passarinhos continuarão aqui e que a senhora não ficará sozinha — Cândida quis confortá-la. — A senhora pode continuar colocando o jiló e o alpiste. Uma vez por dia já basta. O canto deles há de lhe fazer companhia. A senhora faria isso por eles? Faria isso por mim?

Tia Firmina permaneceu calada e Cândida considerou seu silêncio como um "sim". Tranquila com o acerto, retirou-se para o quarto com a intenção de fazer sua mala.

A noite já ia alta, mas estávamos exaustas demais para acender a lamparina. Iluminadas pelo luar que entrava pelas janelas azuis, ficamos apenas eu e Tia Firmina na sala, em silêncio por um tempo que eu não soube precisar depois.

A fúria já havia desaparecido de seu rosto. Ela entendera que aquele desfecho também era consequência dos seus próprios atos.

— Inês?

— Sim, minha tia.

— Aquele carreto — ela começou, hesitante, pois não era do seu feitio fazer perguntas, e sim dizer verdades. — Era para Eugênia, não era?

Fiz um meneio afirmativo com a cabeça e Tia Firmina suspirou.

— Tenho que lhe dizer algo sobre o dinheiro, mas você deve aguardar para explicar a Carmelita apenas quando vocês estiverem a salvo. Não quero que ela se alarme ainda mais.

Fiz que entendia e ouvi com calma o relato que ela me fez em seguida, sem acusá-la de ter se apossado de um dinheiro que não lhe pertencia, pois grande também era o seu sofrimento. Na tentativa de enganar o destino, Tia Firmina tinha cometido seus erros. Aquela foi a única vez que a vi chorar e também foi a última vez que a vi em vida.

Epílogo

Como sua visão não era mais tão afiada como nos tempos em que subia em escadas para espiar segredos, Vitorina convocou duas bisnetas para ensinarem a Alice Flores os pontos básicos da renda, hoje conhecida como renda Bom Retiro e exportada até para o exterior.

A intenção da bisneta de Cândida com as aulas era conseguir rendar, em cima do véu original de Eugênia, o pedaço da história que ainda não fora contado.

— Não acredito que você estragou o véu, Alice — Vera comentou ao ver a filha entrelaçando fitas coloridas sintéticas naquela relíquia centenária, no Rio.

— Não estou estragando, mãe, estou continuando — Alice fez a ressalva sem a postura defensiva habitual. Ao que Vera, levemente arrependida pela crítica desnecessária, que lhe escapara também por costume, ponderou:

— Bom, qualquer coisa, se ficar ruim, é só desfazer.

As duas andavam mais pacientes uma com a outra, talvez pelas descobertas que Alice proporcionara a Vera sobre a própria história, que sua mãe Celina nunca lhe contara.

Em vez de lacê branco, Alice trançava um cordão dourado *Made in China* e alinhavava miçangas compradas por Sofia dias antes no Saara a um e noventa e nove. Após algumas semanas de trabalho, a peça ainda apresentava sua essência clássica e comportada, mas exibia agora uma explosão de brilho e tons de néon vibrante.

O véu se transformara numa instalação artística que unia duas épocas.

No centro da peça, um quadrado de um metro por um, rendado por Eugênia, nome de batismo Damásio Lima, em 1918, pedindo ajuda para uma fuga que não conseguiria empreender. O mesmo véu que ficara décadas pendurado na redação da associação Ave Libertas até ser dado por Dona Maria Amélia de Queirós a Inês quando o escritório mudou de endereço.

Nas laterais do véu, agora multicoloridas e com pontos menos elaborados, o código fazia um resumo do que acontecera nos anos posteriores. Dessa vez, assinado pela representante da sétima geração da família desde o casamento de Das Dores Oliveira: Alice.

Os convidados estavam reunidos no Centro Cultural de Bom Retiro para a inauguração da exposição "Código da renda – Rompendo o silêncio feminino hoje e no início do século XX". O objetivo de Alice ao reunir todo aquele material era permitir que a história das rendeiras de Bom Retiro fosse compartilhada – não apenas com as descendentes das pioneiras, como vinham fazendo suas antepassadas, mas com o maior número possível de pessoas. Homens e mulheres.

Alice ainda não sentia o chamado do Vale, como Tia Helena uma vez lhe desafiara, mas talvez só não soubesse identificá-lo. Afinal, assim que recebera a peça de presente, naquela manhã em que acordara zonza de ressaca, Alice estivera continuamente caminhando para aquele local, talvez já obedecendo ao chamado.

Ainda iniciante na técnica de suas antepassadas, Alice levara meses para rendar os acontecimentos ocorridos a partir da tentativa de fuga. A chegada de sua bisavó Cândida, acompanhada da mãe e da irmã Inês, ao Recife. As dificuldades financeiras dos primeiros tempos na cidade grande, já que não puderam dispor das economias que acreditavam possuir, e o posterior reequilíbrio com a dedicação ao trabalho e uma boa clientela.

Alice também contava no véu a coragem de Firmina Flores, que, dias após a partida das parentas, fora pessoalmente procurar o viúvo Coronel Aristeu Medeiros Galvão na Fazenda Caviúna, alegando ser uma velha temente a Deus que reprovara enormemente a atitude da sobrinha e que, portanto, continuaria a morar na casa onde nascera. Se o Coronel decidisse cometer mais aquela injustiça, teria que prestar contas com Nosso Senhor Jesus Cristo quando sua hora chegasse, "passar bem e com licença".

O Coronel pareceu acatar o ultimato, já que nunca mais enviou aviso algum à casa de janelas azuis. O viúvo também não se casou pela terceira vez, como esperado, apesar de terem aparecido diversas famílias interessadas em apresentar-lhe as filhas. Morreu novo, aos quarenta e cinco, de nó nas tripas.

Conversando com os moradores de Bom Retiro, Alice descobriu que, nos anos que se seguiram ao ocorrido, Firmina Flores nunca deixou de colocar alpiste e jiló para os pássaros da casa, exatamente como Cândida havia lhe pedido. É por isso que os bichos vivem por lá até hoje, a incomodar os novos proprietários e a sujar os cadernos recém-chegados ao estoque da Papelaria Elegância.

Firmina Flores também protagonizou um episódio envolvendo o bandido Virgulino Ferreira, que nascera na região e formou o seu próprio bando no mesmo ano da morte de Eugênia. Já a caminho da Bahia para se tornar o bandido mais procurado do país até sua morte, duas décadas depois, Virgulino e seus homens tiveram a intenção de atacar Bom Retiro. Porém, em vez de policiais e moradores armados, os cangaceiros encontraram um véu de mais de vinte metros estendido na praça fazendo as vezes de escudo.

Atrás dele, a imagem de uma santa de cabelos cor de mel e nenhuma alma viva por perto. Conta-se que, ao ver uma cena tão incômoda quanto enigmática, o bandido decidira não desafiar aquela guerreira, que, mesmo inanimada, lhe ameaçava com forças que ele não conhecia e preferia não mexer. Em respeito à padroeira de Bom Retiro, o bando seguiu seu caminho de violência por outras paragens e a cidade foi deixada em paz.

A artimanha se dera graças à esperteza de Firmina Flores, que tivera a ideia de montar a barreira física – e também mística – e emprestara a mortalha a que vinha se dedicando desde a juventude para ser usada na defesa de sua terra. Até o fim de seus dias, as atividades na igreja mantiveram Firmina Flores ocupada. Mesmo saudosa da convivência com as parentas, a senhora estava convencida de que era mais seguro que as sobrinhas fossem criadas longe do Vale do Pajeú. Talvez a maldição da cigana não as alcançasse perto do mar.

Quando a notícia de sua morte chegou ao Recife, Inês leu a carta para Carmelita e Cândida, que ouviram, juntas e de mãos dadas, a descrição detalhada do velório feita com a caprichosa letra de Dona Hildinha, que a acompanhara até o fim. "Firmina sorria, envolta na mais linda mortalha já vista e que nos defendeu até do terrível Lampião." A carta havia sido recuperada por Alice numa caixa encontrada nos guardados de uma prima da linhagem de Tia Helena.

Após aquela primeira viagem a Pernambuco, Alice voltou algumas vezes tanto ao Recife como a Bom Retiro para tentar encontrar as primeiras peças que exibiam o código: a gola do vestido, os sachês, o jogo com o centro de mesa e os guardanapos. Firmina Flores doara quase tudo para a igreja.

Revirando as gavetas da sacristia, Alice chegou a encontrar, dobrada dentro de um papel de seda, a delicada camisolinha que fazia parte da fantasia de querubim, tão pequena, quase de boneca, que pertencera a sua bisavó Cândida. Sua vontade foi de levá-la para casa, mas não o fez. Sua herança era outra: acreditar que nenhum destino está perdido de antemão.

Na praga proferida por amargura, a cigana jamais dissera que só as mulheres da família sofreriam, mas a maldição fora entendida assim, mesmo sem ter sido dita dessa maneira, porque, afinal, é comum que se conclua que são as mulheres que devem sempre pagar por tudo, e isso vem desde que alguém comeu uma maçã que não era para ser comida.

Alice estava convencida de que a história da maldição servia para mostrar como é preciso continuar cuidando das palavras. Um filho de uma puta é apenas um babaca. Não havia por que ofender a mãe do sujeito.

Na entrada da exposição, contrastando com a parede pintada de vermelho-sangue, via-se em destaque o véu que Eugênia usara em seu casamento e que retornara para sua família após sua morte. Quando chegou à Caviúna com o corpo da esposa nos braços, o Coronel mandara queimar tudo o que fosse de Eugênia, mas Dorina, sabendo que a versão contada sobre o acidente não era verdadeira, e também sentindo uma ponta de culpa por estar envolvida na desobediência da moça – que até o fim da vida ela acreditou ter sido por amor a Durvalzinho –, arriscou-se mais uma vez.

Contrariou o patrão e mandou entregar um baú com os pertences de Eugênia na casa do delegado, antes que ele e a esposa partissem da cidade. Dorina considerara que as lembranças da filha falecida poderiam servir de consolo na velhice desterrada daqueles dois infelizes. Em vez de virarem cinzas, aquelas roupas, pentes e lenços teriam a serventia de aplacar a saudade dos pais da patroa.

Nesse baú também foi encontrado, secretamente guardado dentro de um livro, um trapinho de renda ensanguentado. Numa das placas da exposição, fixada à parede um pouco abaixo do item, a explicação: "Nesta peça, as palavras *medo* e *ódio* em código".

Entrevistando a filha de uma prima de Tia Helena, Alice descobriu que Inês Flores nunca se casara. Essa parente, já falecida, se tornara muito próxima de Inês entre os anos 1940 e 1950, e sua filha lembrava-se bem das Flores. Segundo ela, Inês sempre falava de um rapaz de sua terra, que uma vez até fora visitá-la na capital, quando já estava na meia-idade.

— Era um nome engraçado com O, mas não lembro direito. Otônio, Otílio.

— Odoniel — Alice completou, pensando que O era uma inicial que facilmente se formaria com uma casca de maçã, se Inês tivesse se aventurado a fazer a simpatia de Santo Antônio proposta por Eugênia.

— Isso mesmo — a entrevistada de Alice confirmou e, depois, lhe contou o desfecho: — Ao que parece, os dois não se acertaram. Lembro de Dona Inês naquele dia, após o encontro, dizendo: "O tempo passou para nós".

O nome de Inês Flores também constava de alguns exemplares do jornal *Ave Libertas*, assinando artigos sobre uma remuneração mais justa para as mulheres que ganhavam menos do que seus colegas homens mesmo quando faziam a mesma função. Apesar de nunca ter inventado e batizado um ponto de renda só seu, fruto do acaso, que ela um dia planejara batizar como riacho, orvalho ou alvorecer, era Inês Flores, sua tia-bisavó, a grande narradora daquela história.

Num cartório da capital, Alice encontrou a certidão de casamento de sua bisavó, Cândida, que se casara aos dezoito anos com um comerciante – aquele que se suicidaria no Capibaribe após ver seu pequeno negócio falir, fazendo com que sua filha Celina rompesse definitivamente os laços com a família e se mudasse para o Rio. Celina culpara a sina da família pela morte do pai e por isso não registrara sua filha, Vera, como Flores, sem saber que a noiva amaldiçoada décadas antes do seu nascimento era apenas Oliveira, um detalhe que o tempo, o silêncio e as escolhas feitas por quem veio antes dela haviam deixado encoberto.

No mesmo livro de registro estavam lavradas as certidões de óbito das três mulheres vindas de Bom Retiro. Carmelita: aos sessenta e três, de parada cardíaca. Inês, aos 82, de acidente vascular, que Alice descobriu ter ocorrido durante o sono, em paz. Cândida, por sua vez, aos 90, de falência múltipla dos órgãos. Ao ler aquelas datas, Alice não pôde deixar de lamentar. Sua bisavó fora tão longeva que as duas poderiam ter se conhecido, não fosse a determinação de sua avó de esquecer as raízes.

Nos últimos meses, Alice insistiu para que Vera tentasse se lembrar de algum episódio ouvido na infância, mas a mãe dizia que Celina jamais falava sobre o passado.

— Quando perguntávamos sobre as origens da família, minha mãe sempre resmungava e mudava de assunto. Até o sotaque pernambucano ela tentava disfarçar.

Desse detalhe Alice lembrava-se bem: quando perguntavam à sua avó de onde ela era, Celina sempre se orgulhava em dizer, mesmo sem ser verdade: "Carioca da gema. Assim como minha filha e minha netinha aqui". Era como se a simples entonação da voz pudesse acordar seus fantasmas.

— Não achei nada nas pastas antigas. — Vera lamentou-se para a filha, de forma sincera. — Só os passaportes com muitos carimbos de viagens. Nunca tivemos nada antigo em nossa casa. Sua avó classificava qualquer coisa com mais de dez anos como velharia e estava sempre jogando tudo fora, comprando novidades, redecorando os cômodos. Minha mãe não tinha apego aos objetos. "É para a frente que se anda, que não sou caranguejo", era o que ela dizia.

Vera riu com a lembrança e Alice ficou agradecida pelo esforço e intenção da mãe. As duas estavam se moldando a um novo desenho de convivência, que talvez funcionasse.

A história ainda tinha muitas lacunas, e Alice sabia que continuaria assim. A identidade de seu avô materno, por exemplo, ainda era nebulosa. A avó nunca revelara essa informação para a mãe, que desconfiava se tratar de um homem casado ou de alguém com quem Celina tivera um romance breve ou um único encontro que resultara em gravidez. Estaria vivo esse homem? Teria sido vítima de uma morte prematura também, como os demais homens que se envolveram com as Flores?

Mesmo sem todas as respostas, Alice sentia-se próxima o bastante da árvore da qual era fruto e sobre a qual nunca havia ouvido falar até meses antes. Tanto que passara a assinar Alice Ribeiro Flores. Não era fruta nascida do chão.

Até os descendentes de Aristeu Medeiros Galvão compareceram ao evento. Quase cem anos depois, já era do conhecimento público que o Coronel era o responsável pela morte da esposa fugitiva. A versão da época, contada pelo marido, fora de que Eugênia morrera numa queda de cavalo. O padre fora chamado às pressas para encomendar o corpo na mesma noite, e Eugênia tinha sido enterrada na manhã seguinte num caixão lacrado na própria Caviúna, sem velório e sem a presença dos pais, que haviam deixado a cidade, segundo se anunciou, "de tanto desgosto". Na ocasião, todos fingiram acreditar naquela narrativa, mesmo sabendo que as coisas não haviam acontecido daquela forma.

— Foi um feminicídio, mas naquela época ainda não se chamava assim — Alice comentou com um dos descendentes do Coronel, que a ouvia interessado. — Minha família também foi expulsa na ocasião, e, sinceramente, uma queda de cavalo não cria tantos desafetos.

A Fazenda Caviúna era agora um hotel de experiência, gerenciada pelo bisneto do menino Durvalzinho.

— Eu sinto muito pelo que aconteceu no passado entre nossas famílias — o descendente de Aristeu comentou, levemente constrangido pelos crimes de seu ancestral. — No que eu puder ajudar para esclarecer o caso, você é nossa convidada no hotel. Mantivemos tudo praticamente como estava na época. Os hóspedes preferem assim. É como se fizessem uma viagem no tempo, o chamado turismo de imersão. — Alice sorriu em agradecimento à oferta, e o rapaz acrescentou: — Meu bisavô falava com muito carinho da madrasta Eugênia. Ele a considerava uma mãe. Eles conviveram pouco tempo, mas eram muito ligados. Uma vez, já bem idoso, ele chegou a me dizer que nunca perdoou o pai pelo que fez à moça, que era muito afetuosa com os enteados.

Passar uma temporada na Caviúna não seria má ideia: ajudaria na pesquisa que agora Alice pensava em transformar em sua tese de final de curso na faculdade de Comunicação. Quando estivesse hospedada na casa-grande da Fazenda, seria ela, agora com os seus *boots*, a provocar o rangido no assoalho de madeira que Eugênia tanto temia, sinal de que o marido se aproximava.

Poderia também visitar o local onde a moça havia sido enterrada e onde, de certa forma, ainda estava aprisionada. Alice também cogitou que, na ocasião, poderia lhe fazer uma homenagem. Chupar uma manga suculenta e depois cavoucar o chão ao lado da lápide para deixar que os anos se encarregassem de fazer nascer ali, só para Eugênia, uma mangueira carregada de frutos.

Entre os convidados, Alice avistou Dona Vitorina, num cadeira de rodas, admirando a principal obra da exposição. O véu de missa original que agora exibia as ousadas interferências de Alice, que só se tornaram possíveis a partir dos pontos espiados no passado e depois ensinados a tanta gente pela velha senhora. O Professor havia anos que não saia mais de casa.

— Então, Dona Vitorina? Estou aprovada como rendeira?

— Ah, ficou uma beleza! — ela sorriu para Alice. — Você conseguiu colocar alegria nesse véu que até hoje só fez o povo chorar.

E, puxando Alice para mais perto de si, para que a moça pudesse escutá-la melhor, lhe segredou:

— De onde Eugênia estiver, aquela tinhosa deve estar rindo aos montes.

— Por quê? — Alice ficou curiosa.

— Eugênia sempre foi contra fazermos rendas brancas. E ela tinha razão, sabe? Poderíamos ter usado qualquer cor na época, mas era considerado correto que fossem brancas. Mas o que é o correto, afinal? As rendas podiam ser amarelas como os canários, como diria sua bisavó Cândida. Vermelhas como o penacho do galo-da-campina, azuis como...

A velha ia dizer "como seu cabelo", mas, ao olhar de forma mais atenta para Alice, surpreendeu-se novamente.

— Ué, e não é que está rosa? — Vitorina achou graça — Vocês, Flores. Sempre inventando moda. Não perdem essa mania.

Alice sorriu em agradecimento ao elogio. Estava se acostumando com eles.

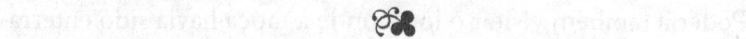

※

Árvore da família Flores e caminho do véu

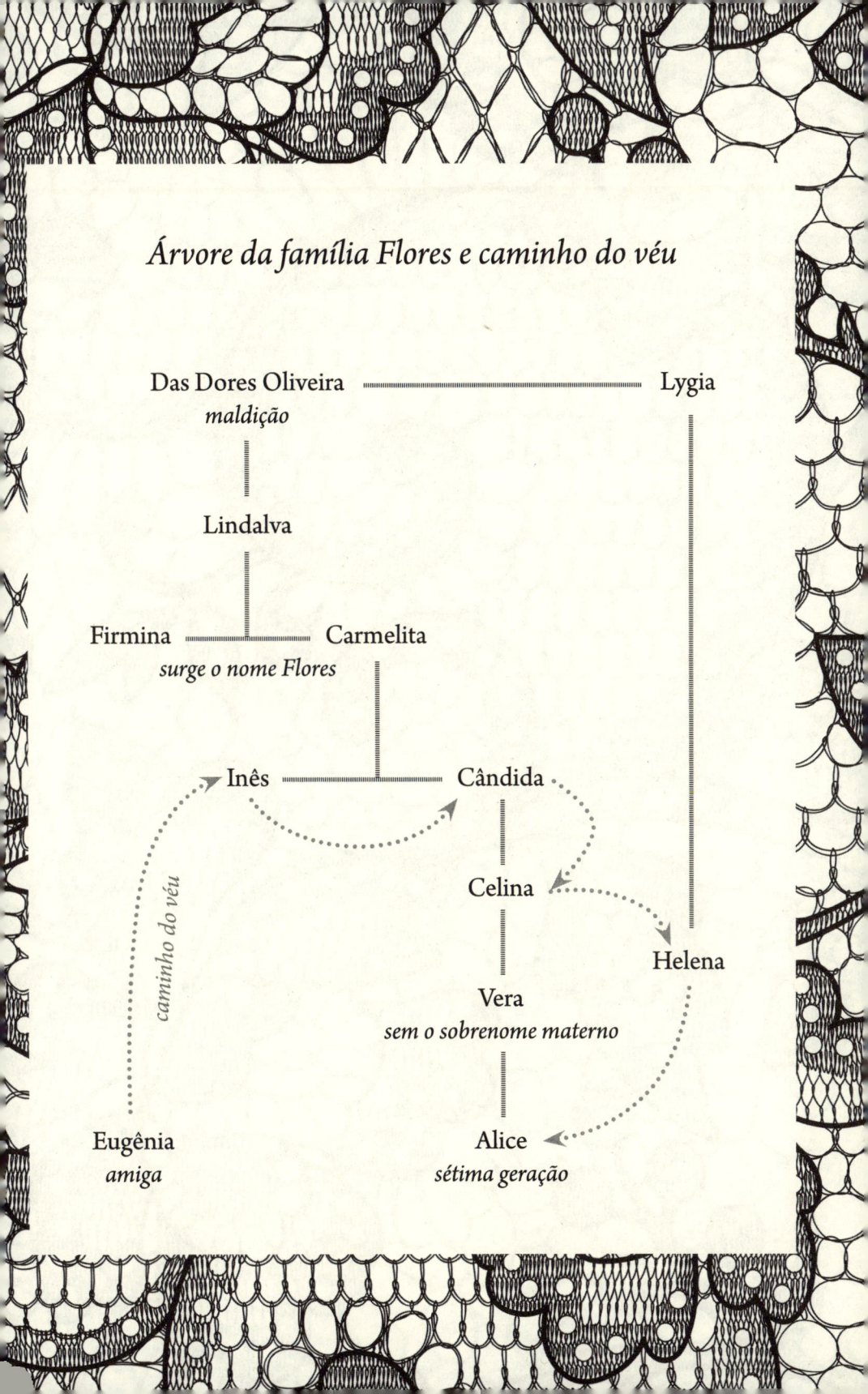

Das Dores Oliveira —————————————————— **Lygia**
maldição

Lindalva

Firmina ————— **Carmelita**
surge o nome Flores

Inês ————— **Cândida**

Celina

Helena

Vera
sem o sobrenome materno

Eugênia
amiga

Alice
sétima geração

caminho do véu

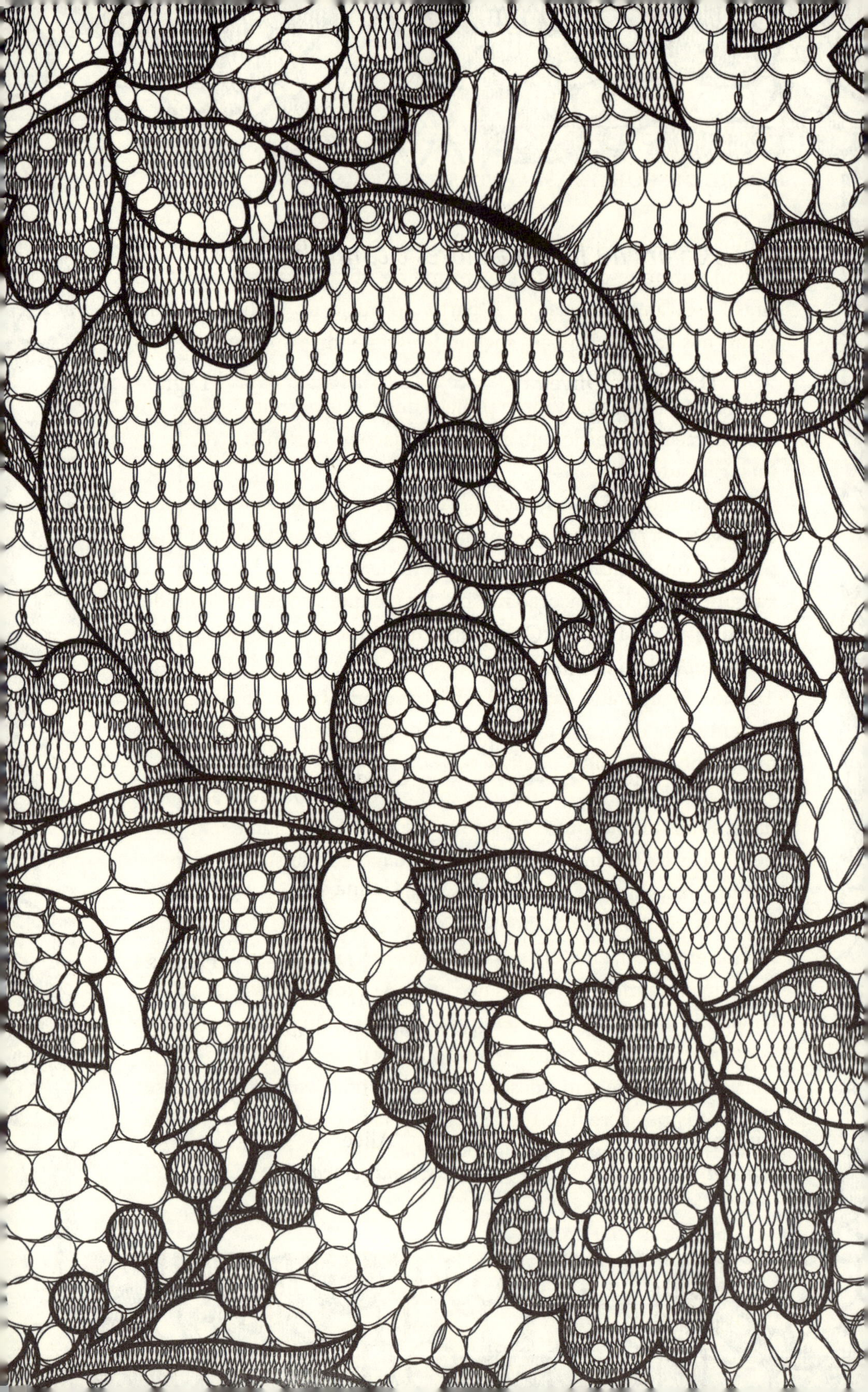

SOBRE DESCOBERTAS, AFETOS E MOTIVAÇÕES

Minha intenção foi ambientar a história ficcional das rendeiras num período em que o debate e as primeiras conquistas femininas no Brasil estavam começando. A partir do início do século XX, surgiram nas capitais do país, incluindo Recife, diversos movimentos de luta pelos direitos femininos, que se intensificaram na década de 1920. Em 1916 foi aprovado o projeto de lei que permitia o desquite e a separação de corpos em algumas situações. Porém, o divórcio só foi legalizado em 1977.

Enquanto isso, no interior de Pernambuco, mais especificamente no vale do rio Pajeú, região marcada por guerras entre famílias e pelo Coronelismo, iniciava-se uma era de grande violência com o surgimento do Cangaço, ao mesmo tempo que se observava um desejo progressista por parte da classe média local, aspiração que tem como símbolo a construção do elegante Cine Teatro Guarany, em Triunfo, inaugurado em 1922. A fictícia Bom Retiro simboliza justamente essa dicotomia. Atraso e cultura, brutalidade e delicadeza, masculino e feminino, poeira e renda.

Quase cem anos depois, em 2010, nossa personagem da atualidade, Alice, pratica outro tipo de ativismo, mais focado em mudanças sociais e de comportamento do que nas conquistas legislativas, sempre necessárias. Outras figuras e dados inseridos no livro, como Dona Maria Amélia de Queirós e a associação Ave Libertas (inaugurada em 1884), também são reais, mesmo que tenham sido usados de forma totalmente ficcional no romance. Nos dois casos, também há alguns leves desajustes temporais (já que não há, por exemplo, confirmação de que o grupo atuou até 1918, e a data de morte de Maria Amélia também é desconhecida). Ainda assim, mantive esses elementos por acreditar que enriqueceriam a narrativa e por estarem dentro do espectro do período que quis recriar.

ANGÉLICA LOPES

Acreditamos nos livros

Este livro foi composto em Arno Pro e impresso pela Geográfica para a Editora Planeta do Brasil em maio de 2022.